맛있는
삶의
레시피

맛있는 삶의 레시피(개정판)

초판 1쇄 발행 2016년 11월 11일

지 은 이 이경서
발 행 인 권선복
편집주간 김정웅
디 자 인 최새롬
전 자 책 천훈민
발 행 처 도서출판 행복에너지
출판등록 제315-2011-000035호
주   소 (157-010) 서울특별시 강서구 화곡로 232
전   화 0505-613-6133
팩   스 0303-0799-1560
홈페이지 www.happybook.or.kr
이 메 일 ksbdata@daum.net

값 15,000원
ISBN 979-11-5602-428-6 03810

도서출판 행복에너지는 독자 여러분의 아이디어와 원고 투고를 기다립니다. 책으로 만들기를 원하는 콘텐츠가 있으신 분은 이메일이나 홈페이지를 통해 간단한 기획서와 기획의도, 연락처 등을 보내주십시오. 행복에너지의 문은 언제나 활짝 열려 있습니다.

맛있는 삶의 레시피

이경서 지음

도서
출판 행복에너지

맛있는 삶,
그 레시피!

33년 교직생활을 총장까지 지내고 임기를 마치면서 앞으로 '맛있는 삶의 레시피'라는 화두를 가슴에 품고 살겠다고 결심했다. 교직에 있는 동안 "피할 수 없으면 즐기자"가 생활신조였는데, 단순히 즐기면서 산다면 그것은 진정한 삶의 자세가 아니라고 생각했다. 그동안 쌓아온 경험을 활용해 보람 있는 일을 하면서 즐긴다면 이것이야말로 진정 내가 원하는 삶임을 깨달았다.

'맛있는 삶 연구소'를 발족하고 어떻게 삶을 꾸려 나갈지를 여러 사람과 함께 고민하고 처방을 제시하면서 즐기기로 했다. 내가 '맛있는 삶' 연구자·강연가로 나선 것은 오래전부터 마음속에 간직했던 '나의 꿈'과 새로운 '삶의 목표' 그리고 '나는 할 수 있다'는 도전의식이 작용했기 때문이다.

요즈음 우리들은 1인당 국민소득 3만 달러 국가의 국민으로서 먹고 사는 문제가 화두가 아닌 삶의 질을 생각하는 시대에 살고 있다. 경제력 향상과 의료과학기술 발달에 힘입어 얼마나 사느냐보다 어떻게 사느냐가 중요한, 삶의 질을 생각하는 100세 시대가 되었다. 하지만 우리 국민의 행복지수는 높지 않다. OECD 34개국 중 행복지수가 하위권으로 떨어진 국가이다. 그 이유는 무엇 때문일까? 주어진 삶을 어떻게 살아야 할 것인가? 이것에 대해 깊이 생각하게 되었다.

이런 말이 있다. 누구나 이승에서 살다 언젠가 저승으로 가기 마련이다. 그런데 저승에는 극락행과 지옥행을 판가름하는 심판관이 있단다. 그 심판관의 심판기준은 "이승에서 사는 동안 즐거웠냐? 남을 위해 즐겁게 했냐?"이란다. 그러니 이승에서 살면서 어떻게 해야 하나? 정답은 "모두 주어진 삶을 즐기는 것"이다.

삶은 사람의 준말이다. 맛있는 사람이 되어야 맛있는 삶을 즐길 수 있는 거다. 여기서 맛있는 삶이란 무엇인가? 바로 "자신이 사랑하고 자신에게 즐거움, 기쁨을 주는 일을 하며 사는 것"이다.

맛있는 음식을 위해 레시피가 중요하듯이 우리의 삶을 맛있게 음미하려면 레시피가 중요하다. '맛있는 삶의 레시피'에는 어떤 것이 있을까? 그동안의 경험으로 보면 크게 두 가지가 있다. 하나는 좋은 인간관계이고, 다른 하나는 자신만의 꿈이다. 이 두 가지를 조합하여 우리 주변에서 보는 인생은 네 가지 유형이 있다. 인간관계도 떨어지고, 자신의 꿈도 갖고 있지 못한 그야말로 따분한 인생, 인간관계는 떨어지지만 자신의 꿈은 갖고 있는 고슴도치 같은 따끔한 인생, 인간관계는 뛰어나나 자신의 꿈을 갖고 있지 못한 따뜻한 인생, 그리고 인간관계도 뛰어나고, 자신의 꿈도 갖고 있는 '따봉인생'이 있다.

우리는 노력 여하에 따라 좋은 인간관계와 자신의 꿈을 갖고 맛있는 삶을 사는 '따봉인생'이 될 수 있다. 그런데 지금까지 살아온 내 인생은 어떠했을까? 늘 맛있게 '따봉인생'을 살지 못했던 것 같다. 어느 때는 따분한 삶도 있었고, 따끔한 삶도 있었고, 따뜻한 삶도 있었다. 나름대로 성찰을 통해 따봉인생을 살기 위한 긍정적 생각과 노력을 하고 있고, 할 수 있다는 확신을 갖고 있다.

성공한 인생이란 무엇일까? 맛있는 삶을 즐기며 사는 것이다. 그러기 위해서는 '맛있는 삶의 레시피'를 어떻게 만들어야 하나?

먼저 스스로를 정확하게 파악해야 한다. 그동안 겪은 경험을 바탕으로 현 시점에서 자신의 성격·적성·능력을 객관적으로 파악할 수 있어야 한다. 그 바탕 위에서 우리에게 필요한 '좋은 인간관계'와 '자신만의 꿈' 두 마리의 토끼를 잡도록 노력해야 한다. 새가 비상하기 위해서는 양 날개가 필요하듯이 부단한 노력을 통해 좋은 인간관계와 자신만의 꿈을 쌓는다면 맛있는 삶은 실현 가능하다.

많은 사람들은 행복의 추구가 무엇을 통해서라고 했을까? 좋은 인간관계를 통해서라고 답하고 있다. 인간관계는 행복한 삶, 맛있는 삶을 살기 위해 매우 중요한 의미를 지닌다. 아울러 한 사람이 사회에서 발휘할 수 있는 능력의 정도를 결정하는 중요한 변수 중 하나이다. 자신의 전문성과 함께 좋은 인간관계를 갖추고 있어야 제대로 역량을 발휘할 수 있다. 아무리 전문성이 뛰어나다 하더라도 인간관계가 좋지 않다면 역량을 제대로 발휘할 수 없다.

또한 자신만의 꿈을 갖는 것이 중요하다. 꿈이 있느냐 없느냐에 따라, 그 꿈을 성취하기 위해 어떻게 준비하느냐에 따라 달라질 것이다. 인생을 맛있게 사는 사람이 되기 위해서는 어떻게 해야 할까? 자신만의 꿈을 만들어 적어 놓고, 그 꿈의 실현을 기대하고 믿고, 열정을 갖고 실천하는 것이 중요하다.

지금은 어느 시대인가? 산업화시대, 지식정보화시대를 거쳐 도달한 창조화시대이다. 시대 흐름을 잘 알고 거기에 걸맞은 레시피로 좋은 인간관계와 자신의 꿈을 제대로 갖추고 비상해야 한다.

나와 인연을 맺은 모든 이들이 맛있는 삶을 누리는 '따봉인생'이 되기를 바란다.

목차

Chapter 1   맛있는 삶

Chapter 2 좋은 인간관계

Chapter 1

맛있는
삶

마음에
여유를 갖자

지금까지 우리는 조급하게만 살아온 것은 아닐까?

외국여행을 하다 보면 관광객이 많이 모이는 장소에서 물건 파는 이들이 우리가 한국인인 줄 알아보고 제일 먼저 건네는 말이 있다. '대~한민국'과 함께 '빨리빨리'란 말이다. 그 정도로 빨리빨리 문화는 한국인을 대표하는 말이 되었다.

단체여행객 중에 제일 바쁜 여행객은 십중팔구 대한민국 사람이다. 우리들의 여행일정은 새벽에 일어나 밥을 먹는 둥 마는 둥 대충 아침을 때우고 여행일정을 소화시키기 위해 서둘러 숙소를 떠난다. 식당에 가면 식당주인이 제일 반기는 사람이 한국인이란다. 인물이 좋은 것도 아니고 그렇다고 팁을 듬뿍 놓는 것도 아니다. 이유가 궁금해서 물어봤다.

"왜 한국인이에요?"

그들의 답이 재미있다.

"빨리 자리를 비우기 때문이에요."

주문된 식사가 나오기 무섭게 무언가에 쫓기듯 음식을 먹고 자리를 비우기 때문이란다. 그러고 나서 정신없이 이동하면서 저녁 늦게까지 꽉 짜인 여행일정을 소화하고 밤늦게 숙소에 들어오곤 한다. 도대체 정신이 없다. 이런 식으로 일정을 소화시키다 보니 마음에 여유가 없다. 너무하다 싶어 일행을 볶아 대는 가이드에게 투덜대면 가이드의 대답이 재미있다.

"이렇게 하지 않으면 금방 관광객의 불만이 터져 나와요."

그 말에 대꾸도 못 하고 나름 생각해보니 나도 예전엔 그랬었다. 여행이 요즘처럼 일상화되지 않았던 시절이라 한번 여행을 가게 되는 경우 같은 비용으로 여러 나라의 많은 곳을 보기를 원했었다. 우리 민족만큼 목측目測이 고도로 발달한 민족도 없다. 눈으로 대충 측정하는 능력이 뛰어나다. '척 보면 삼천리'다. 유명한 프랑스의 루브르박물관도 한 시간 만에 구경을 마치고 나오는 민족도 우리뿐이다. 가이드 안내에 따라 모나리자 보고, 몇 곳을 둘러보고 난 후 입구에서 단체사진 한 장 찍으면 박물관 관광이 끝난다. 이런 식으로 베르사유 궁전 관광도 끝이 난다. 집에 돌아와서는 각 나라의 출입국 확인 스탬프를 여권에 얼마나 찍었는지를 자랑하곤 했었다. 그런 여행객의 욕구를 충족시키려니 여행사도 어쩔 수 없는 모양이다.

이곳저곳을 여행하다 보면 휴양지에서 한가롭게 앉거나 누워서 독서 등을 하면서 즐기는 서구인의 모습을 많이 본다. 왜 우리는 이런 여유를 갖지 못하는 것일까? 아마도 우리 국민의 속성과 무관하지 않은 것은 아닐까?

우리는 살아가면서 마음에 여유를 갖지 못하는 삶이 습관처럼 되어 있는 것 같다. 예전에 물자가 풍부하지 못했던 어린 시절에는 먹거리가 있으면 내가 먼저 먹어야 했다. 그렇지 않으면 내 몫이 없어지기 때문이었다. 마음의 여유를 가질 수가 없었다. 그러나 물자가 풍부해진 요즈음에는 맛있는 먹거리가 있어도 굳이 먹겠다고 서두를 필요가 없다. 언제나 내가 먹고 싶을 때 냉장고를 열면 먹거리가 늘 있으므로 마음에 여유가 생겼기 때문인 거다.

그럼에도 불구하고 아직도 우리는 매사에 조급하고 여유가 없다는 느낌을 받곤 한다. 한 예로 어느 곳에 가더라도 줄서기에 약하다. 외국인들은 본인이 원하는 서비스를 받기 위해 줄이 길게 늘어서 있다 하더라도 당연한 것처럼 여기며 느긋한 표정으로 여유를 갖고 기다린다. 반면에 많은 한국인들은 줄서기에 약하다. 도로에서 신호대기 중에 있다가 청색신호로 바뀐 경우 앞 차량이 조금만 더디면 바로 뒤에 서 있던 차가 바로 경적을 울려댄다.

은행 ATM기를 이용하고자 하는 경우엔 여러 대의 ATM기가 있는 경우 번호표를 뽑지 않고 눈치를 봐가며 빠르다 싶은 사람 뒤에 줄서서 기다린다. 외국처럼 입구에서 순서대로 기다리다가 빈 기기가 나오면 차례에 맞춰 이용하는 건 어떨까? 비행기 수속을 하는 경우 한 줄로 서서 기다리다가 빈 창구가 생기면 차례대로 창구를 찾아 수속을 하듯이 말이다. 아마도 줄서기에 익숙하지 않기 때문인 것 같다.

마음의 여유를 갖고 매사에 익숙해지면 좋겠다는 생각을 한다.

10여 년 전 어느 날 인도네시아 발리 행 여행상품을 구입하여 부부가 떠났다. 발리 하면 남태평양의 아름다운 바다와 석양이 화면에 펼쳐졌던 〈남태평양〉 영화의 배경이 되었던 지역으로 젊은 시절부터 한 번 가보고 싶다는 나름대로의 로망이 있던 지역이다. 지금도 지구촌에서 많은 이들이 찾는 휴양지로 인기가 높은 지역이다. 그래서인지 발리로 여행을 가기 전부터 아내와 나는 여유를 갖고 느긋하게 여유를 즐기는 서구인의 모습을 떠올리며 조금은 설렘을 갖고 있었다.

그곳에 도착하여 기본일정으로 관광지를 둘러본 후 해변에서 걸으며 바닷물에 빠지며, 영화 속의 주인공이라도 된 것처럼 석양을 바라보며 감상에 빠지기도 했었다. 식사시간에 야외에 마련된 뷔페에서 바닷바람을 맞으며 맛있는 음식을 즐기는 행복에 젖기도 했다. 아내와 나는 다시 시간이 나면 이곳에 또 오자고 약속을 했다. 진정한 여행은 여러 곳을 정신없이 다니기보다는 여유를 갖고 쉬며 즐기는 거라고 한목소리를 내면서 말이다. 이런 여행이 되려면 어느 정도 경제적, 시간적으로 여유도 있어야 하지만 무엇보다도 마음의 여유가 있어야 한다.

지지난해 아내와 함께 호주 시드니에 둥지를 틀고 살고 있는 아들네 집에 한 달 정도 다녀왔다. 지금까지 호주지역을 3차례 다녀왔지만 그 동안은 연수의 일환으로 바쁜 일정을 소화하던 중 시드니 주변에서 잠시 즐겼던 것이 전부였다.

이번 여행은 아들집에 머무르면서 한나절 또는 하루 정도 시간을 내어 여기저기 여행하는 것이어서 시간에 쫓기지 않고 여유로운 가운데 심신이 편안한 상태에서 즐길 수 있는 것이었다. '맛있는 삶이 이런 것이다'라는 생각과 함께 부부가 행복감에 젖었던 여행이었다.

국민소득의 증가와 함께 눈에 띄는 것은 삶의 인프라가 잘 구축이 되어졌다는 점이다. 이곳저곳에 둘레길이나 올레길 등 산책로를 만들어 놓고 많은 주민들이 마음만 먹으면 여유를 갖고 즐길 수 있도록 해 놓았다. 나는 거주하는 곳에서 멀지 않은 곳에 서해안 바닷가가 있다 보니 마음만 먹으면 언제든지 가벼운 마음으로 바닷가에 다녀올 수 있다.

바닷길을 걷고 싶으면 10여 분 걸려 차를 타고 탄도항에 간다. 썰물로 하루에 두 번씩 물이 빠져 바닷길이 열리면 누에섬까지 1시간여 걷곤 한다. 갯벌의 살아있는 생명체인 조개, 게들과 대화하며 비릿한 바다내음을 맡으며 걸으면 마음이 재충전되기도 한다. 누에섬에 오르면 등대 위 전망대에서 제부도, 대부도가 눈앞에 보이고 풍도, 선재도, 영흥도 등 오밀조밀하게 전개되는 서해의 모습을 감상할 수 있다. 누에섬의 능선을 따라 내려오면서 바닷길과 풍력발전기를 배경으로 인증샷을 만들기도 하고, 섬을 둘러싸고 잘 조성된 둘레길을 걸으며 풍광을 즐길 수 있다.

저녁 때 낙조를 감상하고 싶으면 낙조가 아름다운 궁평항에 간다. 어느 곳보다도 낙조감상의 최적지로서 화성 8경 중의 하나인 궁평항의 낙조를 감상하면서 항구 주변의 바닷바람을 맞으며 걷는 즐거움이 있는 거다.

포구 내의 수산물 시장에 들러 생생한 삶의 모습을 감상하고 싱싱한 해산물을 즉석에서 먹고 오기도 한다. 아니면 주변의 소문이 자자한 전문 횟집에서 근처 갯벌에서 잡은 낙지무침 요리와 바지락칼국수를 먹고 즐기기도 한다.

이런 주변 바닷가 풍광의 매력에 푹 빠져 여유롭게 지내는 즐거움은 거처가 이 근처에 있기 때문이다. 내가 도시를 떠나 전혀 연고가 없는, 바닷가가 멀지 않은 이곳에 와서 지내고 있는 것이 많은 지인들에게는 호기심의 대상인 모양이다. 모처럼 친구 등 지인들이 방문하면 근처 바닷가를 한나절 다녀와서 해산물을 선보이면 다들 좋아한다. 나의 이 즐거움 삶을 함께 즐길 이들이 있어 삶은 더욱 행복하다.

현재의 삶을
맛있게 즐기자

결혼식 주례를 설 때마다 늘 하는 말이 있다. "오늘 탄생하는 부부는 살아가면서 삶의 가치를 어디에 둘 것인가에 대해 부·권력·명예를 추구하기보다는 삶을 맛있게 즐기면서 살기를 바랍니다"로 시작한다. 우리는 흔히 성공한 삶 하면 부·권력·명예 등을 많이 떠올리는데 맛있는 삶은 '자기가 선택한 일을 즐기는 것'이다. 자기가 그런 일을 찾았다면 열정을 가지고 노력하면서 즐길 수 있는 경지가 되어야 한다.

개그맨 남희석은 "가장 잘하는 일, 가장 하고 싶은 일이 현재 나의 직업이라 행복합니다"라고 했다. 이렇게 하고 싶은 일과 가장 잘하는 일이 자신의 현재 직업인 사람은 분명 행복한 사람이다. 적어도 그시간을 즐기면서 보낼 수 있는 기회를 가졌기 때문이다. 나도 한때는

"취미 생활을 직업으로 갖고 있는 사람은 얼마나 행복할까?"라며 그들을 부러워한 적이 있다. 그러나 그런 사람이 얼마나 될까?

큰아들은 어려서부터 유난히 스포츠를 좋아했다. 특히 유년 시절부터 스포츠게임을 가상으로 만들어 놓고 기록하기를 즐겼다. 어려서는 축구선수가 되기를 바랐는데 그때 부모의 반대로 운동선수가 되지 못했다고 지금도 말한다. 그 아들은 서울대를 졸업하고 공군장교로 군복무를 마치면서 여러 회사에 입사지원을 하여 대기업을 비롯한 여러 곳에 합격했다.

그러나 늦게 스포츠 관련회사의 오즈메이커Oddsmaker 시험에 합격하자 좋은 조건의 대기업을 마다하고 오즈메이커로 인생을 시작했다. 어렸을 때부터 즐겨온 스포츠 관련 일을 하며 축구 관련 오즈메이커로 살고 있다. 큰아들이 어려서부터 취미로 삼던 그 일을 직업으로 택해 살고 있으니 이제는 인생의 즐거움을 만끽할 수 있기를 바라는 마음이다.

우리 모두는 앞으로도 주어진 삶을 마음껏 즐기면서 맛있게 살아야 한다. 삶을 맛있게 즐기고 있는 사람들은 반드시 부자이거나 사회적으로 성공한 이들이 아니다. 오히려 평범하고 소박하지만 긍정적으로 생각하고 삶을 즐기면서 자신의 삶을 소중하게 여기는 사람들이다.

이들은 자신과 타인의 삶을 비교하지 않고, 먼 미래가 아니라 지금 즐기면서 행복하게 지내는 것이 중요하다는 사실을 잘 안다. 그들은 지금 하고 있는 일이 가장 소중한 일이라는 믿음을 갖고 있다. 맛있는 삶은 가난하거나 명예와 권력이 없을지라도 몸과 마음이 긍정적이며 하고 싶은 일을 즐기면서 살아가는 것이다.

『논어』에 "알기만 하는 사람知之者은 좋아하는 사람好之者을 이기지 못하고, 좋아하는 사람好之者은 즐기는 사람樂之者을 이기지 못한다"라는 말이 있다. 삶을 즐기고 있는가? 즐기고 있는 사람을 이길 수 있는 사람은 아무도 없다.

우리가 삶을 즐겨야 하는 이유는 무엇 때문일까? 우리에게 두 번째 삶이란 없기 때문이다. 누구나 단 한 번의 삶만 주어지므로 '왜 부자가 아닐까? 왜 권력이 없을까? 왜 명성이 없을까?'라고 고민하기보다 '왜 지금 즐겁지 않은가?'에 대해 더 많이 고민해야 한다.

"Seize the day"라는 말이 있다. 이를 직역하면 "오늘을 잡아라"이다. 이를 풀어보면 "현재를 즐겨라"이다. 현재를 어떻게 사느냐에 따라 미래는 바뀌게 된다. 어떤 일을 하면서도 그 일의 노예가 되기보다는 일을 즐길 수 있어야 한다. 같은 일을 하더라도 스스로 즐거움에 빠져서 하는 일이 되어야 한다. 누가 시켜서 또는 마지못해 하는 일이 되면 안 된다. 진정한 행복은 먼 훗날 달성해야 할 목표가 아니라 지금 이 순간 존재한다.

지금의 삶을 즐기면서 행복하기로 마음먹으면 우리는 행복해질 수 있다. 그러기 위해서는 먼저 있는 그대로의 것을 받아들이는 자세가 필요하다. 행복한 사람은 원하는 것을 다 가지는 사람이 아니라 자신이 가지고 있는 것에 만족할 줄 아는 사람이다. 90cm의 키로 뼈가 부러지는 병을 앓았던 숀 스티븐슨S. C. Stephenson은 "행복은 그냥 떨어지는 게 아니라 나에게 일어난 일을 어떻게 받아들이느냐에 달려있어요. 행복은 선택입니다"라고 했다. 내게 행복은 대단한 것을 통해서가 아니라 적은 것에 만족하고 이를 받아들이는 데 있다.

불교경전인 임제록에 수처작주 입처개진隨處作主 立處皆眞이라는 말이 있다. 어떻게 사는 것이 수처작주의 삶인가? 언제 어디서나 '주인 되는 삶'을 사는 것이다. 지금 자신이 처해있는 곳에서 주인의식을 가지고 살아가야 한다. 인생은 우리가 살고 있는 세상을 무대로 펼치는 쇼이다. 그러니 이 세상을 무대로 각자가 주인공이 되는 삶을 살아야 한다.
수처작주 입처개진을 4자로 줄이면 현법낙주現法樂住이다. 각자 앞에 다가온 현재의 상황을 마음껏 즐기는 삶이 되라는 것이다. 각자 즐기되 지혜롭게 스스로의 한계를 지키며 인생을 즐겨야 한다. 나 또한 "피할 수 없으면 즐기자"를 생활신조로 하면서 스스로 보람을 느끼며 즐기는 삶이 되어야 한다고 생각했다.

요사이 우리 사회에는 등산붐이 일고 있다. 산은 올라가는 맛이 있다. 오르다 보면 어느덧 정상에 도달하는데 정상에서 느끼는 기분은 그 무엇과도 비교할 수 없는 최고의 오르가즘이다. 등산을 통해 얻는 쾌감을 '마운틴 오르가즘Mountain orgasm'이라고 한다.
나도 등산 마니아이다. 아침마다 혼자 집 주변의 산을 다니는 취미를 갖고 있다. 시간이 나면 설악산 같은 큰 산을 당일치기로 가고 늦은 밤에 도착하여 집 앞에서 소주잔을 기울이며 등산의 쾌감을 맛보던 경우도 있었다. 엄홍길 같은 전문산악인은 아닐지라도 취미로 산을 오르며 '마운틴 오르가즘'을 느끼는 것이다.

전문 마라토너는 아니지만 단축마라톤을 즐기거나 풀코스 마라톤을 취미로 즐기는 친구들을 본다. 그들에게 물어보면 그들만이 느끼는 쾌감이 있단다. 뛰어본 사람은 30~40분 정도 달리다 무아지경에 이르는 순간을 맛본다고 한다. 이것을 마라토너들은 러너스 하이 Runner's high라고 하는데 그 무슨 쾌감과도 바꿀 수 없다고 한다.

주변에 봉사나 기부를 통해서 행복감을 느끼며 사는 분들이 있다. 아들 친구 아버지인 정해광 원장은 소위 잘나가는 성형외과 전문의로서 개업 15년 차로 안정적인 수익이 있는 병원을 운영하고 있던 의사였다. '삶의 목표'를 분명하게 갖고 있었던 그는 젊었을 때 스스로 약속을 했다고 한다. 그 약속은 "가난한 이들을 위해 나이 50살이 되기전에 의료봉사를 다녀오겠다"라는 것이었다. 그는 그 약속을 지키기위해 2001년에 병원을 폐업하고 네팔로 의료봉사를 떠났다. 그곳에서무려 3년간 부부가 함께 의료봉사를 하고 돌아왔다. 그 후에도 지속적으로 봉사를 하며 네팔의 가장 가난한 체빵 부족을 돌보고 있다. 그에게 묻지는 않았지만 스스로와 한 봉사약속을 실천에 옮기고 난 후의그가 가졌을 헬퍼스 하이Helper's high는 그 무엇과도 바꿀 수 없는 것이었으리라. 남을 도울 때 느끼는 그 무엇이 있다는 얘기다.

등산이든 달리기든 봉사든 무슨 취미든 최고조에 이르는 마음의 즐거움이 오르가즘이요 하이다. 살아있는 동안 오르가즘 또는 하이를 최대한으로 누리다 가는 맛있는 인생을 살아야 한다. 인생을 즐길 만한 일과 시간을 만들어 자기가 선택한 좋아하는 일을 하며 즐길 수 있도록 해야 한다.

우리는 살아가면서 각자의 방식대로 적극적으로 취미활동을 해야 한다. 취미활동 그 자체로 삶이 더욱 즐거워진다. 친구 Y는 사진에 심취해 많은 시간을 사진동호회에 소속되어 취미 생활을 하고 있다. 좋은 풍광을 찾아다니며 작품 수준의 사진을 만들어 자기 실력을 뽐내며 지인들에게 선물하곤 한다. 나도 뉴질랜드 북섬 '타우포 호수'의 풍광을 담은 사진을 선물받아 오랜 시간 사무실에 걸어놓고 간직해왔다.

이렇게 취미를 생산적으로 연결시키면 더욱 맛있는 삶이 된다. 글쓰는 것이 취미라면 글을 써보는 것이고, 사진이 취미라면 사진전시회를 가져보는 것이고, 강연이 취미라면 강연에 나서는 것이다. 또 악기를 배우기 시작했다면 모임에서 실력을 보이는 것이다. 여행이 취미라면 여행을 해보는 것이다. 이럴 경우 해냈다는 성취감과 함께 더 잘하고자 하는 즐거운 동기가 생기는 것이다.

올 가을 서신중학교 음악선생님 지도하에 '기타반'이, 주민자치센터에 '색소폰반'이 운영되고 있다는 이야기를 듣게 되었다. 집에 기타와 색소폰이 있던 터라 배워보기로 용기를 냈다. 대학에서 색소폰을 전공한 송 선생 지도하에 즐거운 미래에 대한 나름대로의 상상을 하며 열심히 배우고 있다.

나에게
봄날은 계속된다

"여보, 이번에 제주 가는데 같이 갈까?"

아내에게 물으니, "그래요" 하면서 덧붙인다. "이번 제주에 가면 한
라산 등반을 해보고 싶어요." 여러 차례 제주도를 다녀왔지만 한라산
을 한 번도 올라가지 못했단다. 이번엔 꼭 한라산 백록담에 올라가고
싶다고 한다. "정말 한라산을 오를 수 있겠어?" 재차 물으니 아내는 비
장하게 "이번에 기회를 놓치면 못 갈 것 같아요. 천천히 오르면 돼요"
하며 자신만만한 모습이다.

나도 산이 좋아 이 산 저 산을 가리지 않고 다니면서 소위 마운틴
오르가즘Mountain orgasm을 많이 느껴본 등산마니아이다. 그러다 혹사
한 무릎 연골이 파열되어 내시경 연골시술을 3년 전에 받았다. 그 후

부터는 큰 산을 오르지 않고 조심해 오고 있던 중이라 한라산 등반이 내심 걱정도 되었다. 과연 오를 수 있을까 했지만 그동안 재활을 해왔으니 도전해보자는 생각으로 아내와 의기투합했다.

2박 3일 일정으로 제주에 도착한 첫날, 우리 부부는 워밍업도 할 겸 힐링하기에 딱 좋기로 소문난 사려니숲으로 달려갔다. 그곳의 자작나무와 편백나무 숲 속을 2시간여 오르내렸다. 진하게 뿜어져 나오는 피톤치드 향기에 도취되니 저절로 심신이 회복되는 느낌이 들었다.

그날 저녁은 다음 날 등반을 앞두고 든든히 먹기로 하였다. 제주의 명물인 흑돼지요리 전문식당에 갔다. 옥호가 늘 봄이다. 우리의 마음도 나이에 관계없이 '늘 봄'처럼 유지되었으면 하는 생각이 든다.

호텔로 들어와 다음날 한라산 등반을 위해 미리 구입한 오이, 물, 포도, 초콜릿, 찹쌀떡, 사탕, 붙이는 파스 등 준비물을 확인한 후 알람을 맞춰놓고 잠을 청했다. 새벽 3시 30분 알람소리에 잠을 깬 우리는 준비물을 이것저것 챙기고 출발지인 성판악으로 차를 몰았다. "아침을 먹고 가는 것이 어떠냐?"는 제안에 아내는 "배를 비우고 걷는 것이 더 낫다"며 길을 나섰다. 아침을 건너뛰기로 하고 김밥 두 줄만 준비했다.

30여 분 걸려 도착한 성판악에서 안내원에게 백록담까지 시간이 얼마나 걸리냐고 물었다. 길이는 9.6km이고 왕복 9시간이란다. 슬그머니 걱정이 되었지만 "시간에 연연하지 말고 무사히만 다녀오자"는 다짐을 서로 하고 출발했다.

나는 30대 초였던 80년대에 서쪽 어리목 쪽 코스로 2번 백록담을 다녀온 경험이 있다. 젊은 시절이었음에도 내려오는 동안 끝없이 이어지는 돌길에 발바닥이 아파 무척 힘들어했었다. 아내에게 그때 경험을 이야기해주며 한라산 등반로는 돌길이 끝없이 이어지니 무리하지 말자고 했다.

어쨌든 나는 30여 년 만에 다시 백록담을 오르는 것이라 감회가 남달랐다. 아내는 한라산을 처음 오르는 것이니 무척 흥분된 모습이었다. 산을 오르기 시작하면서 콧노래를 부르고 등반로 주변의 굴거리 나무, 대나무 숲, 돌 틈바구니에 뿌리를 내리고 자라고 있는 야생화의 풍경에 감탄사를 연발한다. "여보, 매우 기분이 좋아 보이네"라고 말을 건네자 "동쪽의 설악산 대청봉은 여러 차례 다녀왔지만 남쪽의 한라산 백록담은 처음이니 기대도 되고 행복해요" 하며 웃는다.

아침 일찍 출발해서인지 그리 많지 않은 등반객들과 함께 앞서거니 뒤서거니 하면서 산을 올랐다. 3시간여 오르니 마지막 대피소인 진달래대피소가 나온다. 그곳에서 정상까지는 거리가 2.3km로 1시간 반 정도 걸리며 힘든 정도가 A급이라는 친절한 안내 표지판이 눈에 들어온다.

몸과 마음을 추스른 후 다시 오르니 등반로 주변의 풍광이 확 바뀐다. 고사목이 등반로 좌우로 나타나기 시작하다 별안간 하늘이 열리고 진달래 밭이 눈앞에 펼쳐졌다. 날씨는 청명하여 우리가 그동안 올라온 한라산 동능선의 길게 펼쳐진 풍광과 함께 서귀포 앞바다의 섬까지 선명하게 눈에 들어온다. 진달래 밭은 절정기를 지났지만 바로 눈 아래 진달래 군락지가 펼쳐지니 탄성이 절로 나왔다.

거칠게 숨을 몰아쉬며 가다 쉬다를 반복하며 얼마를 더 오르니 드디어 물이 담긴 백록담이 눈앞에 펼쳐진다. 30여 년 만에 맛본 백록담 정상의 감동을 어찌 말로 다 표현할 수 있으랴. 아내는 손을 모은 채 동서남북 사방을 향하여 무사히 오른 것에 감사인사를 올렸다.

나는 "여보, 이제 언제 또 온다는 보장이 없으니 열심히 눈에 백록담의 모습을 담아요" 했다. 정상에서의 기쁨을 만끽하면서 핸드폰으로 찍은 백록담 사진을 SNS에 올려 지인들에게 보냈다. 우리가 백록담 등반을 해냈다는 것을 자랑하면서 말이다.

30여 분 정상에서 즐거움을 만끽한 후 하산을 시작하였다. 그런데 내려오는 길은 예상했던 것처럼 만만치 않았다. 아내는 얼마 가지 않아 피로감을 느끼기 시작했다. 그러면서 "이런 길을 어떻게 올랐는지 모르겠네"라고 혼잣말을 한다.

어렵게 진달래 대피소에 도착한 후 컵라면으로 요기를 하며 쉬어가기로 했다. 그런데 등반을 하면서 우려했던 나의 걱정이 현실로 나타났다. 돌길을 계속 내려오다 보니 아내가 발바닥이 아프다고 한다. 걱정이 되어 등산화를 벗고 발 마사지를 하자고 했다. 발목과 발바닥에 준비해 간 파스를 다시 붙였다. 등산화 끈을 다시 동여매면서 천천히 해 떨어지기 전까지만 내려가면 된다고 말하고 발걸음을 내디뎠다.

내려오는 길에 등반을 포기하고 널브러져 있는 중국인 가족에게 아내는 주머니에서 사탕과 초콜릿을 꺼내 건네준다. "이것을 먹어야 힘이 나요"라고 하면서 말이다. 그들 가족은 준비 없이 등반을 한 것이 틀림없었다. 아내에게 고맙다는 인사를 합창한다.

하산 길은 끝없이 돌길로 이어진다. 새벽에 등반을 시작하면서 콧노래를 부르며 즐거워하던 표정은 아내에게서 찾아볼 수 없다. 나는 "설악산도 다녀온 사람이 왜 그리 힘들어해요?" 했다. 아내는 "설악산을 가더라도 한라산처럼 하루에 왕복을 안 하고 봉정암에서 자면서 1박 2일로 다녀왔기 때문에 오늘처럼 힘들지 않았어요" 한다.

우여곡절 끝에 출발지인 성판악에 도착하니 출발시간으로부터 10시간 30분이 지난 오후 4시 30분이었다. 오르는 길보다 내려오는 길이 더 힘들었던 우리는 서로 껴안고 우리가 드디어 해냈다는 자축을 했다. 성판악 입구를 배경으로 하산 기념사진을 찍은 후 우리가 해냈다는 행복감을 마음속에 간직하면서 서로를 격려하며 호텔로 돌아왔다.

아내의 제안으로 좋은 추억을 갖게 된 이번 한라산 등반은 우리 부부에게 큰 용기를 주었다. 이번 한라산 등반을 다녀오면서 건강을 추스르고 마음가짐을 잘 가져 우리 부부의 봄날은 흑돼지집의 옥호처럼 오래 지속되어 다음에도 한라산 백록담을 오를 수 있었으면 하는 바람을 가져본다.

아무리 산을 오르고 즐기고 마운틴 오르가즘을 느끼고 싶어도 건강이 허락하지 않으면 갈 수 없다. 무릎이 고장 나 수년을 재활해 보면서 느꼈다. 또 몸은 건강해도 마음이 허락하지 않으면 할 수 없다. 이번에 아내 덕분에 '나도 오를 수 있다'는 용기를 낼 수 있었다. 그러니 늘 건강한 몸과 긍정적 마음가짐을 갖도록 더욱 노력해야겠다.

　인생을 살아가면서 늘 봄날만 있는 것은 아니다. 세월의 흐름을 막을 수 있을까? 그러나 마음먹고 준비하기에 따라서는 자신의 봄날을 더 오래 가질 수 있지 않을까? 이번에 한라산 등반을 무사히 다녀오면서 생각해 본다.

긍정적인 태도와
관점을 갖자

'맛있는 삶'의 성공 여부는 무엇에 달려 있을까? 바로 긍정적 태도와 관점이 좌우한다.

어느 강연장에서 했던 재미있는 게임을 해보겠다. 인생을 100점짜리로 만들기 위한 조건을 한번 찾아보는 게임이다. 방법은 일단 알파벳 순서대로 숫자를 붙여준다. A에 1을 붙여주고 B에 2, C에 3, D에 4, 이런 식으로 해서 Z에 26까지 붙이면 된다. 그런 다음 어떤 단어 알파벳에 붙여진 숫자를 모두 더해 100이 되는 단어를 찾는 게임이다.

지식이 많으면 100점짜리 인생이 될까? Knowledge는 단어에 붙여진 숫자를 더하면 96점이 된다. 지식만 갖고 있다고 100점짜리 인생이 되지 않는다. 그렇다면 열심히 일하면 될까? Hard work, 98점이 된다. 일만 열심히 한다고 100점짜리 인생이 되는 건 아니다. 사랑에 목매여 사는 것은? Love는 54점이 된다. 돈이 많으면? Money는 72점이 나온다. 운으로 사는 인생은 100점짜리가 될까? Luck은 47점짜리 인생에 불과하다.

그렇다면 100점짜리 인생이 되는 것은 뭘까? 답은 Attitude이다. 긍정적 태도를 가져야 100점짜리 인생이 된다. 재미삼아 하는 게임이지만 우리에게 많은 것을 보여준다. 우리는 마음먹기에 따라서 얼마든지 100점짜리의 인생이 될 수 있다.

물이 반 담겨있는 물컵을 바라보는 태도와 관점에는 두 가지가 있다. 하나는 '컵에 물이 반밖에 없네'라고 생각하는 부정적 태도와 관점이고, 다른 하나는 '물이 반이나 남았네'라고 생각하는 긍정적 태도와 관점이다.

같은 창문을 통해서 세상을 바라봐도 누구는 별을 보고, 누구는 시궁창을 본다. 동일한 사물과 현상을 놓고도 생각 끝이 향하는 길을 따라 세상에 대한 자신의 태도와 관점이 결정된다. 자신의 시선은 그 방향에 머무를 수밖에 없다.

살아오면서 주변에서 많은 사람들을 만나곤 한다. 많은 이들은 본인을 둘러싼 상황이 모든 것을 결정한다고 믿는다. 나는 상황이 본인을 만드는 것이 아니라 본인이 상황을 만들어 간다고 본다. 정작 고민해야 하는 것은 무엇일까? 본인을 둘러싼 상황이 아니라 '본인의 태도와 관점'이다.

여행자유화 붐을 타고 해외로 여행을 많이 한다. 단체여행을 하다 보면 먹는 것이나, 자는 곳이나, 여행하는 장소가 자기 맘에 안 든다고 투덜대는 경우를 보곤 한다. 여행지가 집과는 다른 환경이다 보니 아무래도 불편할 수밖에 없다.

똑같이 처한 상황인 데도 불구하고 왜 누구는 그것을 받아들이고 즐겁게 여행을 하는가 하면, 누구는 불평불만을 늘어놓으면서 즐기지 못하고 있는 걸까? 상황을 긍정적으로 보면서 즐기고 있는 입장에서는 투덜대면서 상황을 즐기지 못하는 사람들이 안타깝다는 생각이 든다. 그 이유는 무엇 때문일까? 바로 개인의 태도와 관점이 긍정적이냐 부정적이냐의 차이 때문인 것이다.

나는 아내와 결혼해서 꽤 오랜 기간 지지고 볶으며 살아오고 있다. 그래도 아직 함께 살고 있는 것은 아내의 성품 덕분이기도 하다. 아내는 늘 '긍정적인 태도와 관점'을 갖고 있다. 상황을 어떻게 풀어나가야 할지를 고민하게 되는 경우에도 늘 '긍정적인 태도와 관점'을 갖고 조언을 하곤 한다.

여럿이 모임을 가질 때 늘 긍정적인 사람이 나타나면 모임이 밝아지고, 늘 부정적인 사람이 나타나면 모임의 분위기가 어두워지는 것을 많이들 경험한다. 아내는 긍정적이어서 모임에 나타나면 모임을 밝게 만들어 주는 사람이다. 그래서인지 아내의 친구들이나 나의 친구들은 아내의 그런 '긍정적인 태도와 관점'을 칭찬하곤 한다.

인생에서 성공한 많은 사람들은 '긍정적 태도와 관점'이 우리 삶에 훨씬 유용하다고 이야기한다. 살아가면서 거친 인생 바다를 헤쳐 나갈 수 있는 힘은 바로 '긍정적 태도와 관점'에서 시작되기 때문이다. 긍정적 태도와 관점은 긍정적 사고체계를 만들고 자신감이 되어 나타난다.

인생을 즐기고 싶다면 반드시 '긍정적인 태도와 관점'을 가져야 한다. '긍정적 태도와 관점'은 영혼을 살찌우는 보약으로서 부·성공·즐거움·건강을 가져다준다. 반면에 부정적 태도와 관점은 영혼의 질병으로서 부·성공·즐거움·건강 등 모든 것을 앗아간다.

맛있는 삶이란 우리 인생 앞에 '어떤 일이 생기느냐?'에 따라 결정되는 것이 아니다. 우리가 '어떤 태도와 관점을 취하느냐?'에 따라 결정된다는 것을 명심해야 한다.

'엄청난 격차를 만드는 아주 작은 차이'라는 제목의 글에서 성공학 학자인 나폴레온 힐은 사람과 사람들 간에는 아주 작은 차이가 존재하는데, 여기서 작은 차이는 '마음가짐이 긍정적인가 부정적인가'이다. 그러나 이 작은 차이가 엄청난 격차를 만들어낸다는 것이다. 여기서 엄청난 격차는 '자기가 하는 일에 성공하느냐 실패하느냐'이다.

우리의 태도와 관점은 사소한 것이지만 그것이 만드는 차이는 엄청나다. '긍정적 태도와 관점'을 지닌 사람은 "어떻게 하면 그것을 할 수 있을까?"라는 긍정적 태도와 관점에서 문제를 바라본다. 하지만 부정적인 태도와 관점을 갖고 있는 사람에게는 끝내 해결하기 힘든 짐이 되기도 한다. 어떤 태도와 관점을 갖고 있는가에 따라 개인과 조직의 성과는 큰 차이를 내기 마련이다.

살아가면서 자신만의 활동무대에서 어떤 씨를 뿌릴 것인가? 이는 전적으로 자신의 선택에 달려있다. 긍정의 씨앗을 뿌리는 사람은 긍정의 열매를 얻을 것이고, 부정의 씨앗을 뿌리는 사람은 부정의 열매를 얻게 될 것이다.

'긍정적 태도와 관점'을 갖는 것이 얼마나 큰 힘을 갖는지를 우리의 성웅 이순신을 통해서 확인해 볼 수 있다. 얼마 전 성웅 이순신과 명량해전을 소재로 하여 만든 '명량' 영화가 관객 1,700만 명을 끌어 모으는 인기몰이를 했다.

이순신 장군이 당시 왕인 선조에게 올린 장계에 의하면 "지금 신에게는 12척의 배가 있사옵니다. 죽음을 각오하고 싸움에 임한다면 이길 방책이 있사옵니다"라고 하여 긍정적 태도와 관점을 강하게 보였다. 그 결과 이순신 장군은 불과 12척의 배로 133척의 적선을 상대로 대승을 거두게 된다. 명량해전은 세계 해전사에 길이 남는 전투로 기록되고 있다.

한편 부정적인 태도와 관점이 얼마나 끔찍한 결과를 가져오는지 보여주는 사례도 있다. 1950년대 포르투갈산 포도주를 운반하는 화물선의 한 선원이 스코틀랜드 항구에서 짐을 내린 뒤 냉동창고에 갇혀버렸다. 얼마 후 냉동창고 문을 열었을 때 그 선원은 이미 목숨이 끊긴 상태였다.

냉동창고 벽에서는 그가 갇혀있는 상태에서 쇳조각으로 새겨 넣은 글이 발견되었다. "냉동실에 갇혔으니, 이제 난 오래 버티지 못할 거야"라는 문구 등이 세밀하게 묘사되어 있었다. 사람들은 그 문구를 보고 깜짝 놀랐다. 냉동창고의 냉동장치는 실제로 가동되지 않은 상태였고, 냉동창고 내에는 식량도 충분했었다.

그러면 선원을 죽음에 이르게 한 것은 무엇이었을까? 죽을 만큼의 추위나 배고픔이 아니었다. 바로 죽게 될 것이라는 두려움이었다. 이 이야기는 개인의 부정적인 태도와 관점이 얼마나 큰 파괴력을 가졌는지 보여주는 유명한 사례다.

이렇게 개인의 태도와 관점이 어떤 상태에 있느냐에 따라 엄청난 결과를 가져온다는 것을 확인할 수 있다.

사람은 17세가 될 때까지 "넌 할 수 없어"라는 부정적인 말을 15만 번 듣고, "넌 할 수 있어"라는 긍정적 말은 5,000번 정도 듣는다고 한다. 부정과 긍정의 비율은 30:1이다. 많은 사람들의 마음속에는 부정적 믿음이 강하게 각인되어 있다.

우리는 노력을 통해 '자기 긍정-타인 긍정'의 긍정적 태도와 관점을 갖고 삶을 살아야 한다. 그러기 위해서는 늘 긍정적 태도와 관점을 키우고 훈련할 수 있는 좋은 방법이 뭘까 고민하고 시도해야 한다.

대학 재직 중 나름대로 '긍정적인 태도와 관점'을 가지고 매우 열심히 생활했다. 사무실에는 마음을 다잡기 위해 "피할 수 없으면 즐기자"라는 글을 적어 벽에 붙여놓고 생활했다.

지금도 남은 인생을 맛있게 즐겨야겠다고 결심하고, '나는 할 수 있다'는 긍정적인 태도와 관점을 가져왔으며, 앞으로도 그러한 태도와 관점을 갖고 살아가려고 한다.

　매사에 늘 '긍정적인 태도와 관점'을 갖고 살아가면 자신감과 함께 '맛있는 삶'을 살 수 있다. 우리가 해야 할 일은 부단한 노력으로 '긍정적인 태도와 관점'을 갖고 세상을 바라보는 것이 아닐까?

황태 덕장을 바라보며

맛 좋은 황태가 만들어지기 위해서는 꽤 오랜 시간이 필요하다. 차고 매서운 바닷바람을 맞으며 얼고 녹기를 수차례 반복해야 비로소 상품上品의 황태가 탄생한다.

우리네 인생도 그렇지 않은가? 수시로 불어오는 칼바람과 끊임없이 거듭되는 고난들. 그 과정을 거쳐 성숙한 하나의 인간으로 거듭나는 모습이 흡사 황태와 다르지 않다.

눈발이 날리는 황태 덕장. 황태 위에도, 내 머리 위에도 눈이 쌓여 간다. 그리고 언젠가 봄날이 오면 황태는 누군가의 배 속을 든든하게 할, 진한 국물을 우려낼 것이다. 나 역시도 누군가의 마음을 따뜻하게 할 진한 향내를 우려내고 싶다.

백팔배로
하루를 시작한다

　퇴직 후 남은 인생을 맛있게 살아보자고 마음먹었다. 굳이 도시에 거주할 필요가 없다고 생각한 부부는 도시를 떠나서 어딘가 머물고 싶은 곳에 머물면서 남은 인생을 즐기기로 하였다.

　어느 선배가 말해 준 "나이 들면 정신적으로 의지할 수 있는 종교를 갖고 있는 게 좋다"는 이야기가 귓가에서 맴돌던 터라 사찰 근처로 가자고 했다. 그래서 찾은 둥지가 화성시 서신에 위치하고 있는 신흥사 근처이다. 이것이 가능했던 까닭은 자식들을 모두 결혼시켜 각기 둥지를 틀고 잘 살고 있고, 아마도 퇴직하며 자유인이 된 내 뜻에 아내가 동참해주었기 때문이리라.

　사찰 근처로 거처를 옮기고 나서 처음 며칠 아침 새벽에는 걸어서 사찰을 다녀오곤 했다. 인도가 따로 만들어져 있지 않은 시골길이어서 위험하기 그지없었다. 며칠 고민 끝에 걸어서가 아닌 차로 매일 아침 사찰을 다녀오고 있다.

아침 6시 30분경 '큰법당'에서 108배를 시작으로 명상을 하고 경을 읽으며 참배를 한다. 참배 후 큰 법당 계단을 내려오면 왼쪽에 불국사의 다보탑 모양을 한 3층석탑이 있다. 이 부처님 진신사리탑 탑돌이를 하고 경내를 가로질러 요사채인 수선당 옆의 관음전으로 이동한다.

관음전은 큰법당이 조성되기 전의 법당 모습을 간직한, 신흥사 역사가 서린 곳이다. 참배를 마친 후 관음전 옆 야외에 조성된 약사여래석불상으로 이동해 참배를 하고 안내문의 약사여래불 서원을 소리 내어 읊조린다. 이어서 옆 계단을 통해 삼성각으로 올라가 참배가 끝나면 계단에 서서 "오늘 숙제가 끝났다"는 생각으로, 눈앞에 펼쳐지는 풍광을 바라보며 심호흡을 한다.

이렇게 아침마다 부부는 사찰 내 참배생활을 하면서 행복감에 젖어들고 있다. 매일 아침 부부가 함께할 수 있는 일이 만들어졌고 108배, 명상, 참배를 함으로써 정신건강은 물론이요 육체적인 건강도 추스르게 되어 좋다.

사찰 내 참배를 마치고 계단을 내려오면 오른쪽으로 '관음연못'이라고 불리는 조그마한 연꽃연못이 있다. 관음연못 속의 개구리들 합창소리를 들으며 봄을 만끽한다. 여름이 다가오면서 아름다운 자태를 뽐내는 연꽃을 감상하며 기쁨을 만끽한다. 겨울에는 두껍게 얼은 얼음을 두드리며 추위의 정도를 가늠해보기도 한다.

연꽃연못을 지나면 부처님교화공원 입구인 돌로 만든 금강문을 통과하게 된다. 금강문을 거쳐 구봉산 산자락에 조성된 교화공원을 30여 분 오르내리며 부부가 주고받는 많은 대화는 예전에 갖지 못했던 조그마한 행복을 느끼게 해준다.

교화공원 입구 오솔길에 세워놓은 좋은 글귀들을 보고 읊조리면서 건강한 마음을 갖도록 다짐한다.

"원망으로서 원망을 갚으면 끝내 원망은 쉬어지지 않는다. 오직 참음으로써 원망은 사라진다."

이 글귀는 많은 좋은 글들 가운데서도 내 가슴에 제일 와 닿는다. 맞다. 그동안 살아오면서 어떤 결과를 놓고 내 스스로를 탓하기보다는 남의 탓으로 돌리면서 살아오지 않았는가 말이다. 특히 한때에는 누군가를 탓하고 원망하면서 살고 있었다. 때로는 복수심도 마음 한 구석에 생겨나곤 했다. 아침에 교화공원 입구에 서 있는 좋은 글귀를 읊조리며 '맞다 그렇다'라는 생각이 어느 날부터 들기 시작했다. 그러면서 원망을 원망으로 갚으려 하지 말자는 생각을 갖게 되고 머리가 맑아지게 되었다. 매일 매일 마음을 닦고자 하니 정신적으로 맑아지는 것을 느낀다.

"3일 닦은 마음은 천년의 보배요, 백년 탐한 물건은 하루아침의 티끌이라." 이 글귀를 읽으면서 욕심은 부질없는 것이라는 생각을 갖게 되었다. 탐욕스런 마음으로 이것저것을 탐하다 보면 탐하는 욕심은 점점 더 커져 결국 욕심을 탐하다 끝이 난다. 공수래 공수거空手來 空手

去라 했다. 세상에 올 때 빈손으로 왔다가 갈 때도 빈손으로 가는 게 우리네 인생이다. 살아온 날보다 살아갈 날들이 얼마 없으니 이제부터는 내려놓고 살아야 하지 않을까 생각한다.

"부지런히 노력하는 것을 즐겨라. 항상 새벽처럼 깨어 있으라. 부지런히 노력하는 것을 즐겨라. 자기의 마음을 지켜라." 나는 인생을 살아오면서 부지런히 노력하면서 즐기고 있었는지를 생각해 본다. 부지런히 노력하는 것을 즐기려고 많은 노력을 해온 것은 맞다. 앞으로도 끊임없이 새로운 꿈을 만들고 그 꿈의 달성을 위해 노력하는 것을 게을리하지 말아야겠다는 생각을 해 본다.

교화공원 입구 오솔길을 지나 숲길을 오르면서 '불교는 숲의 종교'라는 제목과 함께 설명해놓은, 나무로 만든 안내문이 눈에 들어온다. 석가모니 부처님이 태어난 곳도 룸비니동산이고, 29세에 출가하여 6년간 히말라야의 설산에서 고행하여 깨달음을 얻은 곳은 보리수나무 아래라고 한다. 35세에 깨달음을 얻은 이후 45년간 법을 설한 곳은 사슴이 뛰노는 녹야원이라는 숲이다. 80세에 석가모니 부처님이 열반에 든 곳은 사라나무 아래라고 한다. 그래서 불교가 '숲의 종교'인 거다.

부처님 교화공원 숲길에 새겨놓은 좋은 글들을 읽으며 굽이굽이 조성된 숲길을 오르며 새들의 아름다운 합창소리와 함께 이런저런 들꽃들을 감상하는 재미도 있다. 다양한 들꽃들이 철따라 자유자재로 자신들의 자태를 뽐내며 숲을 찾는 이들을 맞이한다. 봄의 전령사인 하얀색 매화꽃, 분홍색 매화꽃과 노란 산수유꽃의 아름다운 모습, 목련과 진달래꽃의 군락을 보면서 봄이 왔음을 실감한다. 이어서 야산의 빨강색 양귀비꽃의 우아한 자태, 보라색의 날씬한 나리꽃, 군락을 이룬 보랏빛 잔디꽃을 감상하는 즐거움도 여간 크지 않다. 앵두나무 열매와 버찌를 따먹으며 입으로 즐기기도 한다. 늦여름에는 백 일 동안 핀다는 백일홍의 아름다운 자태를 감상하는 즐거움도 있다. 가을로 접어들면서 산을 뒤덮은 야생들국화의 모습을 보면서 가을이 성큼 다가왔음을 느끼곤 한다. 숲 속에서 밤과 도토리 등을 주우며 갖게 되는 이런 저런 행복감도 꽤나 크다.

푸르디푸른 나뭇잎이 단풍잎으로 옷을 갈아입는 아름다운 모습, 교화공원 내에 피어 있는 들꽃들의 피고 지는 모습 등 주변 풍광의 변화무쌍한 모습을 매일 아침마다 보면서 세월의 흐름을 몸과 마음으로 느끼곤 한다. 어쩌면 우리네 인생과도 같다는 생각을 해 본다.

구봉산 산자락에 편백나무숲과 함께 조성된 부처님 교화공원에는 불교를 이해하는 데 크게 도움이 되도록 다양한 테마별로 석물이 만들어져 있다. 부처님 진신사리를 복장에 간직한 11분의 부처님상이 테마별로 조성되어 있어 부처님의 위대한 업적을 쉽게 이해하도록 되어 있다. 그야말로 적멸보궁이다. 각기 테마별로 안내글과 음향센서를 통해서 흘러나오는 2분 정도의 안내멘트를 듣고 따라 하며 경전의 내용을 나름대로 내 것으로 소화시키고자 하곤 한다.

석가모니 부처님의 일생을 돌에 조각하고 설명을 해놓은 팔상성도를 보고 읽으면서 석가모니부처님의 태어나서 열반에 이르기까지의 과정을 쉽게 이해할 수 있는 거다. 부모은중경의 내용을 석판그림과 안내문으로 설명해 놓아 부모님의 은혜를 되뇌게 한다. 그러다 보면 어느새 교화공원 정상에 도착하여 오늘도 해냈다는 환희를 갖고 최초의 법을 설하던 모습의 부처님께 합장을 하는 거다.

부처님 교화공원 정상에서 산하를 보면서 불그레하게 떠오르는 일출 장관을 감상하거나, 날씨가 좋으면 멀리 서해바다쪽의 모습도 시야에 들어와 풍광을 즐길 수 있다. 교화공원을 내려오면서 숲 속에 명상길이 조성되어 있어 편하게 명상을 하면서 사색을 즐길 수 있다. 명상길을 걷다가 평상에서 쉬어갈 수도 있고 누각에 앉아 쉬어갈 수도 있어 그야말로 몸과 마음을 힐링할 수 있는 좋은 곳이다.

4대가
함께하는 즐거움

개성 출신 실향민인 아버지는 서울 출신 어머니와 결혼하여 슬하에 4형제를 두었다. 맏아들인 나는 대학원 다닐 때 결혼하여 몇 년 동안은 부모님·형제들과 대가족으로 한집에 살았다.

결혼한 다음 해 큰아들을 낳고 그 이듬해 둘째 아들을 낳았다. 두 아들은 어떻게 키웠는지 잘 기억이 안 날 정도로 부모님과 삼촌들 사랑을 받으며 자랐다.

부모님은 40대 후반이라는 남들보다 빠른 연세에 첫 손주를 얻었다. 이후 4형제가 모두 결혼하여 가정을 꾸리고 각각 두 명씩을 낳았으니 손주가 여덟 명이 된 것이다. 일곱 명이 손자이고 한 명이 손녀이다.

그래서 우리는 자랑 삼아 농담으로 집안에 축구팀이 만들어졌다고 말하곤 했다. 아버님은 축구감독이고 아들 넷과 손자 일곱 모두 열한 명으로 축구팀을 꾸리고 손녀는 매니저를 하면 된다고 말이다. 그런 농담을 듣는 부모님은 손주들이 얼마나 예쁘고, 얼마나 삶의 재미와 행복을 느끼셨을까? 많은 이들이 "자식 사랑보다 손주 사랑이 더 크다"라고 얘기한다. 세월이 흘러 나도 두 아들을 결혼시키고 손주를 얻으면서 '인생 선배들의 손주 사랑'에 대한 말이 맞다는 생각을 한다.

부모님 기쁨은 손주로 그치지 않는다. 부모님은 첫 손주인 내 아들이 28세가 되던 해에 결혼하면서 증손주를 70대 중반에 얻었다. 80대를 넘긴 지금 증손주가 넷이다. 남들이 부러워하는 4대 가족인 것이다. 한마디로 부모님은 생전에 건강한 모습으로 4대가 함께하는 즐거움을 누리고 있다.

가족행사가 있는 날이면 으레 그날의 주인공은 증손주가 된다. "정연아, 유치원에서 배운 춤 한번 보여줄래?" 하고 청하면, 잠시 머뭇거리다가 '백조의 호수' 율동을 보여준다. 식구들의 박수와 함께 용돈을 받은 손녀는 격려에 힘입어 배운 대로 또 노래와 율동을 한다. "세상 사람들은 어떻게 인사할까? 미국 사람들은 굿모닝, 일본 사람들은 오하이오, 프랑스 사람들은 봉주르, 독일 사람들은 구텐모르겐" 하면서 말이다. 식구들은 너 나 할 것 없이 손주들의 재롱으로 웃음바다에 푹 빠진다. 손주들이 있는 집에서만이 누릴 수 있는 가족의 단란한 모습이다.

얼마 전 아내가 분주해졌다. 1박 2일로 집에 오겠다는 큰며느리 전화 한 통을 받고 나서부터다. 집안 청소를 하고 나더니 얼굴에 찍고 바르고 하면서 몸치장을 한다. 나도 손님맞이를 위해 방을 정리했다. 아내에게 "손주가 무섭구만" 했더니 피식 웃는다. 손주가 좋아하는 김밥과 탕수육도 만들었다. "밖에 나가 맛있는 음식을 사주자"라는 제안을 마다하면서 말이다. 손주들 좋아하는 음식을 만들어 주는 재미가 크단다.

내겐 손주가 셋 있다. 50대 중반에 큰아들을 결혼시켰고 그로부터 2년 뒤 첫 손녀 정연이를 보았다. 첫 손주를 보게 된 기쁨은 이루 말할 수 없었다. 둘째 손주가 태어나기 전까지는 손녀의 재롱에 모든 식구가 행복한 시간을 보냈다. 이어서 4년 후에 첫 손자인 정하가 큰아들네서, 손녀 정윤이가 둘째 아들네서 태어나면서 나와 아내는 손주들 사랑에 푹 빠져 '내리사랑'의 참맛을 즐기고 있다. 약속이 있어 밖에 나갔다가도 손주들이 집에 온다고 하면 만사를 제쳐놓고 집으로 달려오곤 한다.

주례를 설 때마다 새로 탄생하는 부부에게 잊지 않고 건네는 말이 있다. "부모님에 대한 효도는 내 경험으로 말하면 돈 봉투, 선물 한 꾸러미가 아니라 빨리 손주를 안겨드리는 겁니다"라고 말이다. 하객들은 주례의 말이 옳다는 표정으로 웃는다.

요사이 젊은이들은 결혼하더라도 바로 아이를 가지려고 노력하지 않는다고 한다. 우리 아들들도 다른 젊은 부부들과 다르지 않았다. 결혼 후 계획 없이 바로 아이가 생기면 신혼 기분을 즐길 수가 없어서 그렇다는 것이다.

그러다 보니 많은 신혼부부들이 막상 아이를 갖고 싶을 때 아이를 갖지 못하는 일도 생기곤 한다. 이런 이야기를 아들과 며느리로부터 직접 들은 우리 부부는 몇 년을 당사자들이 불편해할까 대놓고 표현도 못 하고 불안해하면서 보냈던 기억이 있다.

그 몇 년이 지난 어느 날 우리 부부에게 전해진 큰며느리의 임신과 출산 소식은 그 어떤 선물과도 비교할 수 없는 값진 선물이었다.

누군가가 말했다. "손주들은 평생 효도할 것을 태어나서 4살까지 다한다"라고 말이다. 지금 가만히 생각해보면 첫 손녀가 태어나서 몇 년간 보여준 재롱을 통해 많은 효도를 우리 부부에게 한 것 같다. 생각해보면 그때 많이 행복했었다.

첫 손녀를 몇 년 키우면서 내심 기다렸던 손자 임신 소식은 대박사건이었다. 첫 손녀의 동생을 4년 만에 임신했다는 소식으로 손자일 거라는 나름의 기대를 하며 몇 달이 지났다. 어느 날 진찰 결과 임신한 아이가 손녀라는 소식을 전해왔다. "아들을 낳아 집안의 대를 이어야 하는데"라는 생각을 갖고 있던 나는 섭섭했다. 요사이는 아이를 많이 낳는 시대가 아니고 또 장손의 아이였기 때문이다.

그러던 차에 여섯 달 정도 지난 어느 날, 병원에 진찰하러 들른 큰 며느리로부터 문자가 왔다. "아버님 놀라실까 봐 문자로 먼저 소식을 전합니다"라고 하면서 말이다. 문자내용은 "임신한 둘째아이가 딸이 아니라 아들이래요"라는 것이었다.

그 문자를 사무실에서 받자마자 세상을 얻은 기분이었다. 마음을 진정하고 "집안에 대박이다"라는 문자를 큰며느리에게 보냈다. 마음을 추스르고 전화로 직접 큰며느리에게 확인을 하고 축하의 말과 감사의 말을 전했다. 이렇게 하여 집안의 대박 사건인 손자가 탄생하게 되었다.

둘째 아들은 결혼을 한 후 3년 동안 아이 소식이 없어 걱정하던 중 아내가 작심하고 관악산 연주대에서 3박 4일 기도의 시간을 가졌다. 스님의 제안대로 가마니쌀을 시주하면서 '임신에 대한 간절한 소망'을 담아 절에서 자면서 기도를 했다.

기도 마지막 날 새벽에 아내는 꿈을 꾸었다. 꿈속에서 둘째 아들네 안방 침대 위에 예쁜 노란 새가 날아들어 앉아있는 모습을 보았다고 한다. 아들에게 "네가 방문을 열었니?" 하고 물으니 아들은 "아닌데요" 하는 소리를 들었다. 그러면서 아내는 스님의 새벽예불 목탁소리에 꿈을 깼다. 이 꿈 이야기를 스님께 하니 스님은 "보살님, 소원 성취하셨네요. 태몽을 꾸셨네요" 했다. 그 이야기를 집에 도착해서 둘째 며느리에게 하니, "어머니, 절대 그럴 일 없어요" 하고 펄쩍 뛰었다. 그러나 스님의 예측은 맞아떨어져 몇 주 후에 임신 소식을 둘째 며느리로부터 들었다.

그렇게 해서 태어난 손주가 둘째 아들네 정윤이다. 정윤이는 돌이 지나면서 1년 동안 우리집 근처에 살고 있었던 관계로 할머니인 아내의 보살핌을 받으며 성장했다. 그동안 우리 부부는 둘째네 손녀를 돌보면서 또 다른 행복에 빠져 즐거웠다. 특히 아내는 키운 정을 나보다 더 많이 느끼고 있어 둘째 손녀를 호주로 떠나보내면서 허전함을 많이 느꼈다.

첫 손녀 정연이가 아직도 예쁜 모습과 뛰어난 표현력을 잃지 않고 잘 커가고 있다. 초등학교 학생이 되어 시작된 초등학교 생활이 첫 손녀의 꿈을 만들어가는 좋은 기회가 되기를 기원한다. 첫 손녀와 달리 남자의 본색을 어김없이 드러내며 자라고 있는 손자 정하가 늠름한 모습으로 성장해 가족들에게 큰 즐거움을 안겨주기를 바란다.

멀리 호주의 시드니에 둥지를 튼 손녀 정윤이를 자주는 못 보지만 낯선 땅에서 예쁘게 성장해가길 바란다. 이제는 많이 성장해 전화로 "할머니, 할아버지 보고 싶어요"라고 어눌한 목소리로 녹음해서 보내준 손녀의 목소리를 반복해 들으면서 조만간 손녀를 보러 가야겠다고 다짐한다.

손주들과 함께하면서 손주들이 안겨준 큰 기쁨의 선물에 감사한다.
앞으로 손주들에게 부탁하고 싶은 말이 있다. "손주들아, 건강하게 잘 커가야 한다."

나는 어떤 곳에
살고 있나

　나는 어떤 곳에 살고 있나? 소위 서구의 선진국이라고 일컬어지는 이태리·영국·미국 등의 국가들은 르네상스와 산업혁명을 거치면서 수세기에 걸쳐서 꾸준히 국가발전을 이룩해 왔다. 지난 1세기 동안 가장 많이 발전한 나라는 어디인가? 일본이다. 그렇다면 지난 50년 동안 가장 발전한 나라는 어디인가? 대한민국이다. 1960년 대한민국 1인당 GNP는 98달러였다. 그 후 세계를 깜짝 놀라게 하는 비약적인 발전을 하여 2013년 GNP는 26,205달러이다. 2015년에는 대한민국 GNP가 3만 달러를 오르내리는 국가가 될 전망이다.

　1960년대까지만 해도 우리나라 국민들의 다수는 인간의 욕구 중 기본적 욕구인 생리적 욕구의 충족이 안 되는 시대에 살고 있었다. 이들의 관심사는 '어떻게 하면 절대빈곤의 상태에서 벗어날까?'였다. 흰쌀밥에 미역국은 귀한 사람의 생일이나 명절 때에 구경할 수 있는 음식이었다. 이 당시 음식의 맛을 논한다는 것은 평민들에게 상상할 수 없는 일이었다. 그저 절대량이 확보되어 허기진 배를 채울 수 있다면 행복한 시절이었다.

봄이면 춘궁기를 겪었고 풀뿌리나 나무껍질에 의존하면서 연명하던 시절이었다. 이런 이야기를 어른들이 과거를 회상하며 요사이 애들한테 해주면 뭐라고 하나? "그때에 라면 먹으면 됐잖아요"라고 한다는 우스갯소리도 있다.

그러던 대한민국이 경제개발계획의 성공에 힘입어 먹고사는 문제가 해결되었다. 88올림픽, 2002월드컵을 치르면서 1만 2천 달러를 넘더니 2012년에는 20-50클럽에 가입하는 세계의 7번째 국가가 되었다. 20-50클럽국가란 어떤 국가인가? 국민소득이 2만 달러 이상이면서 인구가 5천만 이상인 국가를 지칭한다. 대한민국이 2013년 1인당 GNP가 26,205달러가 되었고, 머지않아 1인당 GNP가 3만 달러인 국가가 될 것으로 예상되어 30-50클럽국가에 가입하는 진정한 선진국이 될 전망이다.

이제는 삶의 질을 생각하는 시대, 100세 시대로서 얼마나 사느냐보다 어떻게 사느냐가 중요한 시대가 되었다. 인간의 욕구 중 생리적 욕구의 충족이 주된 관심사가 아닌 시대인 것이다. 우리 삶에서 음식의 양보다는 음식의 질이 중요하다. 음식의 맛을 중요시하여 맛이 좋다고 하면 장소와 거리 불문하고 달려간다. 몸에 좋다고 하면 어디든지

가고 보는 세상이 된 것이다. 유기농 식재료를 찾고, 영양가를 찾고, 건강식을 찾는 세상이 된 것이다. 예전에는 어느 정도 배가 나와야 잘 사는 것으로 인식이 되었는데 요즈음은 어디를 가나 건강, 다이어트가 화제로 입에 오르내리고 있다. 이제는 삶에 있어서도 양이 아닌 질을 추구하는 세상이 된 것이다.

외국의 많은 국가에서는 한류열풍이 불고 있다. K-POP, 한국 드라마, 한국어 배우기, 행정한류, 스포츠 분야, 새마을운동 등 단시일 내에 압축성장을 이룬 한국의 기적에 대해 놀라움과 함께 한국을 롤모델Role model로 삼고 배우고 있다.

몇 년 전에 몇 달 머물고 있던 필리핀에서 한류열풍을 직접 느끼곤 했다. 주말이면 차 없는 거리를 만들어 놓고 그 당시 유행하던 가수 싸이의 '강남스타일' 노래를 틀어놓고 단체로 말춤을 추며 즐기고 있었다. 백화점에서는 주말마다 K-POP 콘테스트를 진행하고 있다. 유원지의 공연 때마다 하이라이트에서는 '강남스타일' 노래를 부르며 모두가 말춤을 추던 기억이 있다.

그런데 아이러니가 있다. 외국에서는 그렇게 한국을 기적을 만든 나라로서 부러워하고 있는데, 막상 우리 국민의 행복지수는 2014년에 OECD국가 34개국 중 32위인 최하위그룹에 속하고 있다.

왜 이런 현상이 나오는 걸까? 행복은 내가 만들어 가는 걸까 아니면 남이 만들어 주는 걸까? 우리 주변의 많은 이들은 행복을 나 아닌 국가·사회·가족 등 나 아닌 남이 만들어준다고 생각하는 것 같다. 나는

"행복은 스스로 만들어가는 것"이라고 생각한다. 우리는 그동안 맛있는 삶을 즐기기 위하여 가정 친화적이라든가, 취미생활을 한다든가, 친구 만들기를 하는 등 개인의 행복을 가꾸는 노력을 제대로 안 했다.

필리핀 이야기를 잠깐 해보겠다. 필리핀은 2014년 기준 1인당 GNP가 2,900달러인 국가이다. 우리의 1인당 GNP가 100달러에 못 미치고 있을 1960년대 초에 필리핀은 350달러로서 아시아에서 일본 다음으로 2번째로 잘사는 국가였다. 우리는 자본과 기술이 빈약한 그 당시에 그들은 대한민국에 자본과 기술 원조를 통해 장충체육관을 지어줬다. 원조 공여국이었던 필리핀은 50여 년이 지난 지금 원조 수혜국이 된 것이다. 대한민국은 원조 수혜국에서 원조 공여국이 되었다. 서로의 처지가 바뀌었다.

그럼에도 불구하고 행복지수 조사에 의하면 필리핀의 국민들은 행복지수가 상위 수준이다. 소득이 높아서 행복지수가 그렇게 높은가? 아니다. 그들은 독특하게 자기만족도가 높은 사람들로서 현실의 모든 것을 긍정적으로 받아들인다. 자신의 삶을 스스로 그냥 즐기고 있는 것이다. 금요일이면 불금의 시간을 보낸다. 젊은이들 사이에 TGIF란 말이 있다. 'Thanks to God, It's Friday'의 약자이다. 금요일 저녁이면 광란의 밤을 보낸다.

대한민국은 2014년 기준 1인당 GNP가 필리핀의 10배인 국가이다. 그런데 왜 우리국민의 행복지수가 이렇게 낮을까? 깊이 생각해봐야 한다.

서구에서는 300여 년 동안 질서와 규정에 따라 균형적으로 인위적인 계획 없이 모든 분야가 골고루 꾸준히 성장해왔다. 반면에 대한민국은 50년이라는 단시일에 압축성장을 했다. 이 과정에서 한정된 자원을 가지고 국가발전을 시키다 보니 국가 주도하에 경제발전계획을 수립하고 국가발전을 시켜야 하는 부득이한 상황이 되었다.

　　경제발전에 최우선을 두는 불균형적 성장전략을 택할 수밖에 없었다. 경제발전에 최우선을 두다 보니 정치·사회·문화 등의 발전에 소홀히 하게 되었다. 이에 따라 성장통과 후유증을 낳게 되었다. 곳곳에서 부동산 투기가 일어나서 집값과 땅값이 오르고 이를 바탕으로 졸부가 생겨났다. 직접 본인 주변에게 자주 겪는 현상이 된 것이다. 이런 과정을 통해 상대적 박탈감이 나타나게 되었다.

　　이런 현상은 개인에게도 마찬가지였다. 서민들은 절대빈곤의 상태에 있으므로 한정된 자원으로 자식들을 원하는 대로 교육을 시킬 수 없었다. 자식들 중에 될성부른 자식을 골라 집중적으로 교육을 시켰다. 나머지 형제들은 선택받은 자식의 뒷바라지를 위해 희생을 했다. 그 선택받은 자식이 성공을 하면 자기 때문에 희생을 당한 나머지 식구들을 돌보아야 했다. 그 과정에서 희생당한 식구들이 원하는 대로 돌봄이 이루어지면 다행이지만, 그렇지 못한 경우 불행해지게 되는 것이 주변에서 보는 모습이었다.

　　또 남북 대치상황이 존재하는 지구촌 유일의 국가이다 보니 이념적 갈등이 나타났다. 좁은 땅덩어리의 국가에서 동서 간 지역 간 갈등이 지속되고 있다. 수명이 길어지는 100세 시대가 되다 보니 세대 간 갈

등이 나타나고 있다.

예전에 한국인의 수명은 무척 짧았다. 1960년에 한국인의 평균수명은 얼마였을까? 53세였다. 이 당시에는 퇴직하고 환갑 정도 되면 희귀동물로서 동네 뒷방늙은이로 헛기침만 하며 살아왔다. 그러더니 국가의 경제발전, 의료 과학기술의 발달에 힘입어 요사이에는 평균수명이 80세를 넘기는 시대가 되었다. 어렵던 시절에 굶주리면서 절대 근면하며 청춘을 바쳐 가족을 위해 살아온 노년세대와 고생을 모르고 살아가고 있는 젊은 세대가 공존하는 세상이 되었다.

예전에는 30년 준비하고 30년 일하고 환갑 정도가 되면 퇴직하여 몇 년간 여생을 즐기다 살아진다고 하는 '30-30공식'이 존재했었다. 그러나 평균수명이 늘어난 오늘날 소위 100세 시대에는 이 공식이 어울리지 않는다.

'30-30공식'에서 더 나아가 '30-30-30공식'에 따라 환갑 이후에 30~40년을 준비하는 부단한 노력이 요구된다. 그래야 노년의 생활을 맛있고 멋있고 행복하게 즐길 수 있다.

우리의 현실은 녹록지 않다. 이런저런 이유로 국민들은 행복하지 않다고 한다. 행복지수가 하위권 국가인 것이다. 우리 모두가 20-50클럽에 가입한 국가, 100세 수명 시대에 걸맞은 국민으로서 맛있는 삶을 즐기는, 행복한 삶을 살았으면 좋겠다.

재래시장

이곳에 가면 '사람 사는 맛'을 제대로 느낄 수 있다. 바로 재래시장이다.

백화점이나 쇼핑몰에 가면 번드르르한 상품과 점원, 고객만 보이지만 재래시장에 가면 사람과 정情이 있다. 오가는 흥정 속에 이따금 목소리가 커지기도 하지만 대부분은 웃음과 덕담으로 마무리된다. 푸짐한 먹을거리가 있고 저렴한 생활용품이 있다. 우리네 정을 가장 잘 느낄 수 있는 곳. 어쩌면 외국 관광객들이 꼭 재래시장을 들르는 이유는 당연할지 모른다.

하지만 경기침체 탓인지 재래시장 상인들의 표정이 밝지만은 않다. 젊은이들은 마치 관광객처럼 그곳을 찾을 뿐, 거래의 주체가 되지는 못한다. 재래시장은 전통시장이 아니다. 엄연히 우리 경제의 한 부분을 담당하는 거래의 장이다. 어설픈 정책으로 시장을 살리겠다는 생각보다는, 국민들이 자발적으로 재래시장을 찾게 만드는 방법을 찾아야 하지 않을까?

오늘은 아내와 함께 재래시장에 한번 가 봐야겠다. 신혼 때 아끼고 아낀 돈으로 재래시장을 찾던 기분을 떠올리며, 사람 사는 맛을 느끼고 싶다.

남은 인생을
맛있게 살아야

30년 넘게 즐기고 있는 테니스 클럽이 있다. 수원 지역에서 가장 오래된 클럽이다. 한때는 40명 넘는 회원이 테니스를 즐기던 모임이었으나, 최근에는 회원이 줄어 활기가 예전만 못하다.

테니스장에 나오는 회원들은 다수가 고령임에도 불구하고 테니스를 꾸준히 즐기고 있다. 나도 "저 회원들처럼 나이가 들어도 테니스를 즐길 수 있을까?" 하는 생각을 문득 하기도 한다.

회원 중 나이가 들면 닮고 싶은 회원이 있다. 그 회원 부부는 퇴직 후 늘 부부가 등산이나 여행 등의 좋은 취미를 부부가 함께 갖고 있다. 전국의 '풍광 좋은 곳', '맛있는 집' 등을 섭렵하며 삶을 즐기며 살고 있다. 나도 아내와 큰 욕심 내지 않고 여기저기 '풍광 좋은 곳', '맛있는 집'을 찾아다니며 즐겨야겠다는 생각을 아내에게 이야기하곤 한다.

　이런 노후생활에 대한 바람이 나만의 생각이 아닌 것을 알고 있다. 주변의 많은 이들이 "나이 들어 이렇게 살고 싶어한다"는 것을 모임을 통해 듣기도 하고 보기도 한다. 많은 이들이 이런 생각을 갖게 된 데는 국가사회의 급격한 변화로 '삶의 가치관'이 바뀌고 있는 것과 무관하지 않다.

　인간의 욕구는 5단계의 욕구체계를 형성하고 있다고 한다. 매슬로우A.H.Maslow에 의하면 생리적 욕구·안전 욕구·사회적 욕구·존경 욕구·자기실현 욕구가 그것이다.

　개개인의 가장 강한 욕구가 무엇이냐에 따라 개인의 행동은 결정되는 것이다. 기본적으로 먹고사는 문제인 '생리적 욕구'가 해결이 되지 않으면 먹고사는 문제에 집착하게 된다. 먹고사는 문제는 인간에게만 국한된 문제는 아니다. 모든 동물이 기본적으로 당면하고 있는 문제이다 보니 '동물적 욕구'라고도 한다.

　어느 정도 먹고사는 문제가 해결이 되어 생리적 욕구의 충족이 이루어지면서 다음 단계의 욕구인 신체적·정신적 안전에 관심을 보이게 된다. 안전과 건강을 생각하여 음식도 질을 따지고, 운동도 하게 되고, 각종 보험도 들게 된다.

　'안전 욕구'의 충족이 어느 정도 되면 다음 단계인 '사회적 욕구'의 충족에 관심을 보인다. 그동안 먹고살며 안전을 챙기느라 소홀히 했던 학창 시절의 친구가 생각나고 남과 어울리고 싶어진다. 서서히 동창회에 나가거나 각종 모임을 만들어 즐기면서 지내게 된다.

그 '사회적 욕구'의 충족이 어느 정도 이루어지면 새로운 고차원의 욕구에 관심을 갖게 된다. 모임에도 단순 참석보다 남으로부터 인정받고 존경받고 싶은 욕구가 생긴다. 그래서 회장, 고문 등의 감투를 찾게 되고 명예를 찾게 된다. 남으로부터 인정받고 싶어지는 '존경 욕구'도 어느 정도 충족이 되면 마지막 단계의 욕구인 자기실현 욕구의 충족에 나서게 된다.

'자기실현 욕구'는 자기가 하고 싶은 일에 자기가 갖고 있는 역량을 최대한 발휘하면서 자기충족을 하는 것이다. 가수는 노래하는 분야에서, 선생은 가르치는 분야에서, 세일즈맨은 세일즈 분야에서 자기가 갖고 있는 잠재적 역량을 최대한 발휘하고 싶은 욕구가 생긴다.

자기실현 욕구의 충족 여부는 누가 알까? 남이 알 수 없다. 오직 본인만이 알 수 있는 것이다. '엘레지의 여왕'의 별명을 갖고 있는 여가수 이미자는 50년 넘게 국민가수로 우리의 심금을 울리고 있다. 그런데도 불구하고 정작 본인은 아직도 대중 앞에 나서기가 두렵단다. 아직 '자기실현 욕구충족'이 안 되고 있는 것이다. 그래서 노래 연습을 매일 부지런히 한단다. 우리가 보기에는 "그 정도면 잘한다"고 생각하는데도 말이다.

얼마 전에 황정민 주연의 〈국제시장〉이라는 제목의 영화를 봤다. 이 영화는 주인공이 한국전쟁 이후 현재까지 격변의 시대를 관통하며 살아온 이야기를 소재로 삼고 있다. 과거의 우리 삶이 얼마나 힘들었는지를 회상할 수 있게 하는 내용이었다.

영화 속의 내용처럼 대한민국은 1960년대 전까지는 먹고사는 문제가 해결이 안 되어 절대빈곤상태에 있었다. 1인당 GNP 100달러 미만에 머물고 있던 지구상의 가장 가난한 나라였다. 어린 시절의 이런 기억도 있다. 집안 어느 친척이 제사를 지내는 날이 되면 그날은 잠을 안 자고 기다렸다. 제사가 끝나고 제사 음식을 엄마가 싸가지고 오면 먹고 자곤 했다. 그때에는 먹을 것이 풍부하지 못했으므로 조금 여유가 있는 친구네 집에 식사 때를 맞추어 일부러 찾아가 주린 배를 채우기도 했다.

1960년대부터 시작된 경제개발과 국민들의 성실과 근면에 힘입어 먹고사는 문제가 해결되었다. 이제는 3만 달러의 1인당 GNP를 목전에 두고 있는 세계 7위의 '잘사는 국가'가 된 것이다. 못살던 시절에는 죽느냐 사느냐와 직결되어 삶을 생각했기 때문에 먹고사는 문제 때문에 '삶의 질'을 생각할 여유가 없었다.

이제는 경제력 향상과 의료과학기술 발달에 힘입어 기대 수명이 길어졌다. 올해 60세인 사람의 기대 수명이 22년이나 된다고 한다. 요사이에는 99.88.23.4라는 말이 많은 이들에게 소망으로 회자되고 있는 세상이 되었다. 이 말이 무슨 말인가? 99세까지 팔팔하게 살다가 이삼 일 앓다가 생을 마감한다는 말이다. 이 말이 또 진화했다. 99.88.23.1이다. 이 말은 무슨 의미인가? 99세까지 팔팔하게 살다가 이삼 일 앓다가 일어난다는 말이다.

이런 '인생 100세 시대'를 감안해 본다면 나이에 관계없이 남은 인생을 살고자 하는 많은 이들이 꿈 없이 하루하루를 사는 것은 바람직하지 않다. 그런데 주변에서 노년을 거의 아무것도 하지 않으면서 세월을 보내는 데 단순 만족하는 모습을 많이 본다. 노년을 열심히 가족들을 위해 달려온 당연한 대가로 주어진 휴식 기간이라고 생각하기 때문이다.

나이 들어 맞이하게 되는 노년은 수십 년의 인생경험을 축적해놓고 있어 마음먹기에 따라서 '자아실현'을 위해 가능성을 탐색할 수 있는 완벽한 기회를 제공한다. 무언가 '삶의 목표'를 만들고 거기에 걸맞는 인간관계 형성을 통해 맛있는 삶을 꾸려나가야 된다. 인간관계에는 직접적인 인간관계 외에도 사이버 인간관계도 있다. 직접적인 만남과 함께 카카오톡, 페이스북, 블로그, 밴드 등 SNS를 통한 인간관계에 푹 빠져보는 것은 어떨까?

'삶의 목표'인 꿈은 젊은이들만 꾸는 것이 아니다. 마음은 가능한 한 젊게 갖고 인생 100세 시대에 맛있는 삶을 살기 위한 새로운 꿈을 만들어야 한다. 꿈을 가지면 되는데 주변의 많은 사람들을 보면 그렇지 않다. 나는 2004년 5월 23일에 작성한 나의 꿈이 있다. 이미 오래전에 'MY DREAM 2014'라고 하여 10년 후의 꿈을 만들어 놓았다. 그 내용은 '대중강연가의 삶'이 되는 것이었다. 삶의 목표인 나만의 꿈을 가지니깐 '앞으로의 삶에 대한 자신감'이 생겼다.

이처럼 '삶의 목표'인 새로운 꿈을 가졌다면 '꿈을 실현할 수 있다'는 긍정적인 태도와 관점을 가지고 있어야 한다.

남은 인생을 맛있게 살기 위한 '삶의 목표인 새로운 꿈'과 그에 걸맞은 '좋은 인간관계'를 구축하면서 살아야 한다. 새가 비상하기 위해서는 날개가 필요하다. 한쪽 날개에는 삶의 목표인 새로운 꿈을, 다른한쪽 날개에는 좋은 인간관계를 구축한다면 멋지게 비상하리라 확신한다.

이 세상의 과학자들이 풀 수 없는 미스터리가 있다. 꿀벌은 논리적으로는 날지 못한다. 왜냐하면 몸집에 비해 날개가 작기 때문이다. 그러나 꿀벌은 난다. 꿀벌이 나는 이유는 무엇일까? 날기 위해 더 빠른속도로 날갯짓을 하기 때문이다. 내가 젊은이는 아니다. 그러나 젊은이들보다 더 열심히 열정을 가지고 부지런히 뛰고 도전하고 싶다. 새로운 꿈과 거기에 걸맞은 좋은 인간관계의 날개를 갖고 말이다.

우리가 어떠한 연령대에 있을지라도 "나이가 들어감에 따라 어떻게 살아갈 것인가?" 이를 고민한다면 그 고민은 빠를수록 좋고 준비를 빨리할수록 좋은 것이다. 모두가 제2의 인생을 준비하고 있다면실버세대가 아닌 블루세대로서 지금까지의 인생보다 맛있는 삶을 살아야 한다.

배우는 만큼
즐겁다

얼마 전 아내와 함께 속리산 탈골암에 다녀오기로 했다. 늘 다니던 사찰이다 보니 언제나 마음먹고 가고 싶으면 친척집에 가듯 다녀오는 곳이다.

2시간 반 정도 달려서 점심때쯤 도착을 했다. 법당에 참배를 하고 원주스님 방에 들러 인사드리고 안부를 여쭈었다. 90대의 연세에도 불구하고 쩌렁쩌렁한 목소리로 반갑게 부부를 맞이해주신다. 그러더니 대뜸 출간한 책 내용에서 불만스러운 부분에 대한 이야기를 하신다. 아무리 해명을 해도 노스님의 불만이 누그러들지 않는 분위기이다. 다음에 꼭 수정을 하겠노라고 몇 번이나 약속을 드리고 나서야 노스님의 심기가 가라앉았다.

점심공양을 하라는 젊은 스님 이야기를 듣고 공양실로 내려갔다. 식판을 들고 줄을 서 있는데 뒤가 궁금하다. 고개를 돌리니 아는 공양보살이 서 있다. 탈골암에서 공부하던 대학생 시절에 그는 공양보살로서 탈골암과 인연을 맺은 이후 지금까지 탈골암을 지키고 있다. 그당시 속리산에 왔다가 우연히 탈골암과 인연이 닿아 두 어린 아들을 데리고 탈골암에 들어왔다고 한다. 스님의 보살핌으로 두 아들을 성공적으로 키워 결혼시키고 지금까지 공양보살로 지내고 있으니 인연치고는 보통 인연이 아닌 거다. 반갑게 인사를 나누고 가족들의 안부를 물은 후 식사를 했다. 잠시 40여년의 지나간 세월이 주마등처럼 머리를 스쳐간다.

공양이 끝나고 나서 주지스님인 혜운스님을 뵙고 인사를 했다. 책내용이 스님 마음에 들어 탈골암을 찾는 신도들에게 새해 인사용으로 500권을 구입했노라고 했다. 나와 아내는 커다란 감사의 마음을 스님께 전했다.

나는 아내가 종무소에서 일을 보는 동안 늘 그랬던 것처럼 뒷산에 올라 옛 추억을 더듬고자 했다. 예전에 오르내리던 산길은 인적이 끊어져서인지는 몰라도 길이 없어져 길을 제대로 찾기가 쉽지 않은 거다. 미끄러지고 넘어지고 하면서 뒷산을 올라 예전처럼 소리도 질러보고 노래도 한 가락 부르며 추억을 더듬고 내려왔다.

집에 어둡기 전에 도착하려면 떠나야겠다고 생각하고 스님께 하직인사를 하고자 했다. 스님께서 차 한잔 같이 하자고 하면서 아메리카

노 커피 한 잔을 주신다. 스님은 "맛있는 삶이란 무엇일까요?" 하면서 나름대로 사례를 들어가며 삶의 지혜에 대한 법문을 해주신다. 스님은 법문을 듣고 일어나려 하는 부부에게 염주를 선물로 주시면서 직접 손목에 채워주신다.

작별인사를 하고 산길을 내려와 태평교를 지나면서 아내가 예전의 추억을 떠올린다. 태평교 위 다리 난간에 서서 밑으로 보이던 개천의 고기 떼를 보고 가족이 즐거워하던 일도 있었다. 그런가 하면 추운 겨울날 초등학생 아들들과 함께 스님이 어울려 꽁꽁 얼어버린 저수지에서 얼음을 지치며 즐기던 일도 있었다. 30여 년 전 꿈 많던 젊은 시절의 이야기인 거다.

법주사 근처에 다다르자 오늘은 법주사 경내를 돌아보자 하고 안으로 들어섰다. 간간히 속리산에 오면 들르는 곳이기는 하지만 오늘은 왠지 남달랐다. 지난 한 해 동안 불교대학에서 불교를 공부했기 때문이다.

사찰마당의 우물가에서 생수 한 잔을 쪽박에 담아 마시니 갈증이 확 해소된다. 미륵부처님상의 위용이 눈에 들어온다. 미륵부처님의 황금모습이 저녁햇살을 받아 광채를 들어내고 있다. 기념사진을 만들어야겠다고 생각하고 주변을 지나는 관광객에게 부탁을 했다. 인증샷을 만든 후 사찰 경내의 이곳저곳을 둘러보니 법주사내 가람의 위치, 의미, 당간, 탑, 석등 등 예전에 그냥 지나쳤던 많은 것들이 오늘따라 가슴에 다가온다.

국보인 팔상전에 들어가 배운 대로 확인해보고자 했다. 예전에는 목조건물로서 국보라는 의미만을 생각하며 들렀던 건물이다. 이제는 팔상전 안으로 들어가 부처님이 태어나서 열반에 이르기까지의 과정을 8가지로 나누어 그림으로 나타내고 있는 곳이라는 걸 알게 되니 그 기쁨은 대단했다.

도솔천에서 사바세계로 내려오는 모습을 담은 도솔의래상, 인도 카팔라국 룸비니동산에서 태어나시는 모습을 담은 비람강생상, 동서남북 사대성문을 유람하면서 생로병사의 고통을 보는 사문유관상, 성을 넘어 출가하는 모습을 담은 유성출가상, 히말라야 산기슭에서 고생하시는 모습을 담은 설산수도상, 보라수 아래에서 모든 번뇌와 마군중을 항복받고 바른 깨달음으로 성불하는 모습의 수하항마상, 최초로 녹야원에서 설법하는 모습을 담은 녹원전법상, 사라나무 아래에서 열반에 드시는 모습을 담은 쌍문열반상 등 팔상성도가 모셔져 있다. 신흥사교화공원에서 본 석물 속의 모습이 그림으로 모셔져 있는 것이다.

'그래서 배움이 필요한 거구나'라고 하면서 아내와 함께 이야기를 주고받았다. 팔상전을 나와 경내의 이곳저곳을 둘러보면서 불자로서 둘러보는 재미가 배가됨을 알 수 있었다. 이렇게 된 것은 지난 한 해 동안 불교대학을 다녔기 때문일 것이다.

팔상전을 나와 대웅전으로 향하는데 계단에 학사모를 쓴 사람들이 모여 있다. 다가가 자세히 보니 가운을 입은 사람들이 스님과 함께 모여서 단체사진을 찍고 있다. 현수막과 화환을 보니 법주사 내 불교대학 졸업식이 있었던 것이다.

요사이 많은 사찰에서 불교대학을 개설하여 운영하고 있다. 불교의 대중화를 위해 종단의 관심과 사찰의 노력이 어우러져 만들어진 결과라고 생각한다. 내가 아침마다 다니고 있는 신흥사에도 불교대학이 있다. 불교신자로서 불교를 제대로 이해하고자 하는 마음에서 불교대학에 다니고 있다.

누군가가 "종교가 무엇이세요?"라고 물으면 "불교입니다"라고 말하곤 했지만 가슴 한구석엔 자신감이 없었다. 그러던 내가 본격적으로 신행생활을 해야겠다고 마음을 먹고 신흥사 근처로 거처를 옮기게 되었다. 아침마다 경내에서 기도를 하면서 신심 어린 신도가 되기 위해서는 불교대학에 입학하여 교리공부를 해야겠다고 생각을 했다. 불교대학에서 불교 공부하기를 잘했다는 생각이 든다. 예전에 그냥 지나쳤던 사찰의 가람 배치부터 시작하여 각종 조형물의 배치, 의미, 의식이나 참배절차 등 여러 가지를 배우면서 사찰에 오는 재미가 더해졌다. 재미가 더해지니 누구와 대화를 해도 즐겁고 종교의 참맛을 느낄수 있게 되는 것이다. 이제는 불교신자로서 신행생활을 자신 있게 하게 되었다.

이제는 누가 "종교가 무엇이냐?"고 물으면 당당하게 "불교예요"라고 답을 할 수 있게 되었다. 진정한 불자의 길을 가게 되어 행복하다.

불교대학을 졸업하는 것으로 그치지 않고 경전을 공부하는 모임인 경전연구반에 들어가기로 하였다. 이 과정은 교리를 깊이 있게 탐닉

할 수 있는 좋은 기회가 될 것 같다.

신흥사 근처에 거주하는 동안 내심 법화경 사경을 5번 하기로 마음 먹었다. 처음에는 한글법화경을 시간 나는 대로 사경을 하여 4번을 끝 냈다. 법화경의 사경 횟수가 반복되면서 법화경의 내용이 마음속에 자리 잡았다. 이제는 한자로 된 법화경을 사경하고 있다. 이는 경전을 이해하는 데 크게 도움이 되리라 생각한다.

나름대로 품고 있는 각자의 꿈을 이루고 삶을 즐기기 위해서는 관 심분야에 대한 지식을 갖추고 있어야 하듯이, 어느 종교이든 신자로 서 즐기기 위해서는 어느 정도 종교 관련 지식을 갖고 있어야 한다. 이를 위해 나이와 관계없이 머리공부와 마음공부가 필요한 시점이다.

외포리 선착장과
연륙교

어느 날 오후 아내가 슬며시 나에게 다가온다.

"오후에 바빠요?"

"안 바쁜데, 뭔 일 있어?"

"안 바쁘면, 얼마 전부터 가고 싶었던 강화도 석모도 보문사에 가요."

이렇게 해서 '번개여행'을 하게 되었다. 1시간 반 정도 차를 달려 강화대교를 건너 외포리 선착장에 도착하였다. 선착장의 안내요원이 빨리 오라고 손짓을 한다. 안내하는 대로 차를 멈추었다. 지금 배가 떠나려 하니 매표소에서 표를 끊어 오라고 재촉하는 것이다. 석모도에서 나오는 마지막 배가 몇 시에 출발하는지 물었다. 9시란다. "도착해서 2시간 정도면 보문사를 둘러보고 그 시간에 맞출 수 있어 다행이다"라고 생각하고 차를 배에 실었다. 차에서 내려 2층 갑판으로 올라 갔다. 떠나는 배의 갑판 위에서 외포리 포구의 모습을 바라보며 잠시 감회에 젖는다.

외포리 선착장에서 석모도까지는 20여 분 거리밖에 안 되는 뱃길이다. 하지만 갑판 위에 서 있으면서 어느새 알고 찾아와 끼륵끼륵 소리를 내며 맞이해주는 갈매기들을 볼라 치면 가슴이 울렁거리곤 한다. 어느 때는 새우깡을 매개로 하여 대화를 주고받는 즐거움도 꽤나 크다. 물이 빠지면 빠진 대로, 물이 들어오면 들어온 대로 뱃길 주변의 바다와 갯벌의 모습을 바라보고 바다냄새를 즐기곤 한다.

승무원에게 다가가 저 멀리 북쪽으로 보이는 연륙교에 대해 물었다. 외포리와 석모도를 이어주는 다리란다. 2016년 완공 예정이란다. 이 다리가 건설되면 많은 추억을 간직한 외포리와 석모도를 연결해주는 선착장과 배도 역사의 뒤안길로 사라지게 되는 것이다.

석모도 선착장에 도착한 시간이 해질 무렵이므로 석모도 선착장에서 떠나는 마지막 배 시간을 염두에 두지 않을 수 없었다. 부지런히 강화도 보문사를 향해 차를 몰았다. 예전에 보문사에 오게 되면 늘 정오 즈음이었고 관광지여서인지는 몰라도 항상 사람들로 북적였었다. 이날은 주중이고 저녁 때이어서인지 한적하고 매표소도 닫혀 있어 그냥 통과하여 사찰 경내까지 들어갔다.

조용한 분위기가 사찰 경내에 넘쳐흐르고 있다. 사찰 경내의 범종루에서는 몇몇 비구스님들이 예불이나 의식을 알릴 때 쓰이는 사물四

物 치고 있다. 공중을 떠도는 새의 영혼을 극락으로 인도하는 운판을 치는 소리, 물고기의 영혼을 제도하는 목어 두드리는 소리, 지옥의 중생을 제도하는 범종 치는 소리, 가축이나 짐승을 제도하는 법고 두드리는 소리가 사찰 경내에 울려 퍼지면서 사찰 내의 경건한 분위기를 더하고 있다.

대웅전 뒤로 부지런히 걸어가 산을 깎아 만든 돌계단을 오르기 시작한다. 10여 분 정도 쉬지 않고 오르고 올라 바위벽에 조성된 마애석불 앞에 도착했다. 1920년대에 만들었다는 마애석불을 뒤로하며 서쪽을 바라보니 석모도 바다가 시야에 들어온다. "이런 맛에 이곳까지 달려왔구나"라는 생각이 든다. 심호흡을 몇 차례 한 후 돌계단을 부지런히 내려왔다.

보문사 경내를 두루 참배한 후 '선착장 배 시간'을 염두에 두고 서둘렀다. 석모도 선착장에서 보문사로 달려오던 길이 아닌 북쪽 길로 차를 몰아 석모도 동쪽 경치를 즐기면서 선착장에 가기로 했다. 북쪽 길은 남쪽 길보다 풍광이 더욱 아름답기 때문이다.

굽이굽이 석모도 속내를 감상하며 선착장에 도착하니 8시가 조금 넘었다. 15분 정도 대기하면 승선할 수 있다는 말에 한숨을 돌리고 있으니 갑자기 옛 추억이 떠오른다.

20여 년 전 아파트 단지의 몇몇 부부가 친목모임을 하면서 석모도 보문사에 관광을 왔다. 외포리 선착장에서 배를 타고 석모도를 들어가 보문사 관광을 무사히 마치고 석모도 선착장에 도착했다. 배에 오르기 위해 기다리는 차량 줄이 행락철 일요일이어서인지 꽤나 길었다. 일행은 선착장 주변의 음식점에서 강화도 특산물인 밴댕이회를 안주로 먹으면서 길게 늘어선 줄이 줄어들기를 기다리며 시간을 보내게 되었다.

강화도에 오는 사람이면 누구나 강화도 특산물인 밴댕이회무침과 강화순무김치를 떠올린다. 특히 5월과 6월에 잡히는 밴댕이 회무침은 일품이다. 밴댕이는 부드럽고, 고소하고, 깔끔한 맛을 지니고 있는데 나는 새콤달콤한 밴댕이회무침이 더 좋다. 밴댕이는 성질이 급해 잡히자마자 스트레스를 받아 바로 죽는 성질이 있단다. 그런 밴댕이 성질에 빗대어 속이 좁고 너그럽지 못한 사람, 편협하고 쉽게 토라지는 사람을 '밴댕이 소갈딱지 같은 사람'이라고 부르곤 한다.

강화도 순무는 봄과 가을에 강화도에서만 재배되는 강화도 특산품이다. 무라고는 하지만 여느 무와 달리 쌉쌀한 맛과 순무의 고유한 짙은 향이 아주 매력적이다. 예전에는 강화도에 갔다 하면 순무김치 한 통을 사 들고 집에 오곤 했다.

이렇게 선창가에서 배를 기다리면서 지루한 시간을 밴댕이회무침을 먹으며 즐긴 일행은 승선할 순서가 되어 배에 올랐다. 배가 석모도 포구를 빠져나오는 모습을 보기 위해 갑판 위에 모인 일행은 우리를 위해 손을 흔드는 한 남자를 발견했다. 바로 우리 일행이었다. "어떻게 해" 하면서 발만 동동 구를 뿐이었다. 하지만 배는 출발했기 때문에 그 남자를 태울 수도 우리가 내릴 수도 없었다. 영화의 한 장면처럼 "다음 배로 올 때까지 외포리에서 기다릴게요"라는 말을 소리쳐 남기면서 외포리로 향했다. 다음 배로 그 남자가 올 때까지 외포리 선착장에서 기다렸다. 뒷배로 선착장에 나타난 그 남자의 손에는 새우젓 6통이 들려 있는 거다. 사연을 물으니 일행들에게 선물할 새우젓을 사느라 배를 놓친 거였다.

이런저런 추억이 서린 곳이 이곳이다. 그런 정감 어린 모습을 연륙교가 만들어지면 볼 수가 없게 되는 것이다. 주민들은 늘 오고 갈 수 있는 다리가 만들어지니 반가운 일이지만, 소풍 삼아 가끔 오는 입장에서는 아쉬운 마음이 있는 것이다.

8시 30분 출발, 배를 타고 나오면서 '이제 다음에 이곳 석모도를 간다면 배가 아닌 연륙교를 이용해 가겠구나'라는 생각을 하면서 조금은 아쉽다는 생각을 했다.

외포리로 향하는 배의 갑판 위에서 바라보는 불야성의 외포리 포구는 낮에 보는 모습과는 사뭇 다른 모습인 것이다. 머릿속에 그 모습을 담은 부부는 선착장 주변에서 번개여행의 백미를 장식하고 싶었다. 강화도 특산물인 밴댕이회무침을 먹으면서 이곳 외포리에 몇 차례 오면서 즐거웠던 이런저런 기억들이 떠오른다.

은사처럼 모시던 서울 S대의 윤 교수님과 강의를 끝내고 바닷바람도 마시고 머리도 식히고 쉴 겸해서 외포리에 와서 꽃게찜과 게장을 맛있게 먹었다. 식사 후 교수님이 게장을 좋아한다고 하면서 2통을 사서 내 손에 게장 한 통을 쥐여주던 기억도 있다. 이곳 석모도가 고향인 제자이면서 동료교수였던 N교수와 공무원 제자인 C와 함께 석모도에 와서 풍광을 즐기던 일 등이 머릿속을 스친다.

강화도는 각별한 인연이 있는 곳이기도 하다. 개성이 원적지인 아버지는 1950년에 한국전쟁이 발발하자 군에 입대하여 마산까지 갔다. 그곳에서 나이로 인해 귀향조치 되었으나 고향인 개성으로 가지 못하고 강화도로 건너왔다. 아버지는 강화도에서 직장 생활하면서 개성을 떠나온 할머니를 우연히 극적으로 만나서 서울로 들어오게 되었다. 그러니 아버지와 할머니만 이남으로 오고 나머지 식구들은 개성에서 못 넘어오게 되어 가족과 생이별을 했다. 이후 실향민이 된 아버지는 고향에 두고 온 누님과 가족을 가슴에 품고 평생을 사셨다.

강화도 석모도를 다녀오면서 외포리 선착장과 석모도를 이어주던 생명선이었던 배가 새로이 만들어지는 연륙교에 그 역할을 넘겨주고 역사의 뒤안길로 사라진다니 이런저런 추억을 간직하고 있는 사람으로서 아쉬움이 남는다.

떡국을 두 그릇 먹으면?

설날 때 아이들을 놀려주기 위해 "떡국 두 그릇 먹으면 두 살이 더 많아진다."라며 장난을 치곤 했다. 물론 말도 안 되는 이야기이지만, 요즘 세상을 지켜보면서 마음속으로 '그렇게 되면 얼마나 좋을까'라는 생각을 한다.

지금껏 수십 번 떡국을 먹고도 어른답지 못한 어른이 된 사람이 너무 많다. 그렇게 나이를 먹고도 갖은 사고를 치는 모습을 보면 네댓 살 꼬마와 다를 바 없다. 그런 사람들이 떡국 한 그릇씩 더 먹을 때마다 정신적으로 조금만 더 성숙해지길 바라는 마음에서다.

떡국을 먹으며 나도 곰곰이 생각해 본다. 과연 나는 내 나이에 걸맞게 살아가고 있는 걸까. 안 되겠다. "여보, 떡국 좀 한 그릇 더 줘!"

스스로를
정확히 파악을 하자

언젠가 집사람과 설악산 여행길에 낙산사에 들렀다. 사찰 경내를 둘러보고 홍련암 입구에 도착하자 안내문에 조고각하照顧脚下라고 써 놓은 글귀가 눈에 들어온다. '넘어질 수 있으니 잘 살피고 조심해서 계단을 걸으라'는 뜻이다.

사찰에 가면 대부분 경내에 사찰 식구들이 머무르는 공간인 요사채가 있다. 신발을 벗고 올라가는 곳에 있는 앞뜰 기둥에 조고각하照顧脚下라고 써 놓은 것을 본다. 아무 생각 없이 신을 벗고 덜렁 문을 열고 방에 들어가면 어떻게 될까? 신발이 가지런하지 못하게 된다. 뒤를 돌아보는 사람만이 신발을 제자리에 가지런히 놓았는지를 알 수 있는 것이다. 서 있을 때나 걸을 때도 마찬가지다.

이렇듯 살아가면서도 마찬가지이다. 항상 스스로를 정확히 돌아볼 수 있어야 한다. 스스로의 성격, 적성, 능력, 환경을 객관적으로 냉정하게 진단하고 파악할 수 있어야 한다.

스스로 어떤 사람이라고 생각하고 있는가? 스스로 어떻게 평가하는가? 이러한 것들은 곧 '무슨 일을 하며 어떻게 살아갈 것인가?'와 직결된다. 스스로를 정확히 진단하고 파악할 수 있는 성찰의 능력을 가져야 한다. 그 능력을 갖고 있지 못한다면 스스로가 누구인지 정확히 알 수 없을 뿐만 아니라 다른 사람에 대한 정확한 파악도 어렵게 된다.

속이 쓰리면 내과의원을 찾게 된다. 의사는 이력사항, 환자상태, 각종 검사결과 등 여러 가지를 고려하여 진단을 하곤 한다. 실제로는 어제 먹은 상한 음식 때문에 식중독에 걸렸음에도, 위염이 있다고 오진을 해 위염약 처방을 해준다면 어떻게 될까? 식중독으로 인해 발생한 속쓰림병이 나을 리가 없다. 그러나 어제 먹은 상한 음식 때문에 식중독에 걸린 것이라고 진단하여 해독제 처방을 해준다면 속쓰림병은 제대로 치료가 된다.

스스로에 대한 정확한 진단과 파악을 위해 유명 내과의사와 같은 진단가가 되어야 한다. 이때 진단은 누가 하는가? 스스로 할 수도 있고 누군가의 도움을 받아 할 수도 있다. 오늘 당장이라도 스스로를 되돌아보는 시간을 가져보면 어떨까? 집에서 또는 커피숍이나 포차에서 말이다. 또는 집을 떠나 풍광 좋은 교외에 나가서 하루 이틀 보내면서 해도 좋다.

정확한 진단을 통해 내가 어떤 일을 하면 즐겁고 나에게 기쁨을 주고 가슴이 울렁거리는지를 파악해야 한다. 또 어떤 일에 스스로가 능력이 있는지를 파악해야 한다. 어학능력이 뛰어난 사람이라고 판단되면 일하는 직장도 어학과 연결되는 것을 택하면 된다.

스스로에 대한 정확한 파악을 위해서는 스스로의 성격을 알아야 한다. 내 성격은 어떤지를 파악해 사교적이라고 판단이 서면 사교적인 업무에 종사하면 된다. 널리 소개된 DISC 성격유형을 갖고 진단해보자.

성격이 외향적이냐 내성적이냐의 여부와 업무 중심형이냐 사람 중심형이냐의 여부에 따라 D형(Dominant타입: 외향적-업무중심), I형(Inspiring타입: 외향적-사람중심), S형(Supportive타입: 내성적-사람 중심), C형(Cautious타입: 내성적-업무중심) 등 4가지의 성격유형이 만들어진다.

각각의 성격유형은 나름대로의 특징을 갖고 있다. 예를 들어 몇몇 친구들이 어울려 식사를 위해 중식당에 가게 되는 경우 각자의 성격이 그대로 드러나곤 한다.

메뉴판을 놓고 무엇을 주문할 것인가를 물으면 D형은 '난 짜장' 하며 소신 있게 말한다. S형은 다른 음식이 먹고 싶어도 먼저 음식을 시키지 않는다. 대세가 짜장이면 '나도 짜장' 하며 주변의 의견에 따른다. I형은 남들 앞에서 튀어야 한다는 생각으로 '난 짬뽕' 한다. 반면에 치밀한 성격의 C형은 짬뽕 값과 짜장 값을 비교분석하여 결정을 내린다.

그러니 성격으로만 보면 모임의 리더는 앞에 나서기 좋아하는 D형이, 총무역할은 분석적인 C형이 맡게 되는 것이다. 여러 명이 식당에 모여서 식사를 끝낸 후 더치페이를 하게 되는 경우 총무역할을 C형이 맡게 된다.

I형은 사람을 좋아하고 남들에게 튀어 보이는 것을 즐기기 때문에 사람만 많이 있으면 신이 난다. 리더역할을 즐기는 D형에게 총무역할을 맡기면 모임이 잘 안 된다. 분석적이고 꼼꼼한 C형에게 리더의 역할은 잘 안 맞는다.

저녁에 술좌석을 갖게 되는 경우 바람을 잡는 사람은 D형이다. 하지만 그런 좌석을 제일 즐기는 사람은 사람들과 어울리기를 즐기는 I형이다.

회식을 하면서 차수를 더해가며 즐겁지도 않지만 자리를 떠나지 못하고 제일 늦게까지 남아있는 사람은 누구일까? S형이다. 남에게 싫은 소리를 못하기 때문에 요령을 부리지 못하고 끝까지 남아서 사람을 좋아하는 I형의 수발을 다 들어주고 심지어는 집에까지 데려다주고 가게 된다.

노래방에서 모임을 갖게 되는 경우 분위기를 북돋우기 위해 제일 먼저 노래하는 사람은 누구일까? I형이다. S형이나 C형의 경우는 절대로 먼저 안 한다. 나는 노래방에 가게 되는 경우 제일 먼저 노래를 한다. 왜냐하면 모두들 제일 먼저 노래를 하기를 꺼려하기 때문이다. 내 머릿속에 갖고 있는 번호를 누르며 많은 이들이 같이 부를 수 있는 노래를 한두 곡 하면 분위기가 만들어진다. 그다음부터는 다른 사람의 몫이다.

부부가 같이 놀러가거나 노래방을 가게 되는 경우 부부가 성격이 다르다 보면 모임이 끝난 후 집에 와서 부부 싸움으로 이어지는 경우가 생기곤 한다. 예를 들어 남편이 I형이고 아내가 S형인 경우 I형 남편은 사람들과 어울리기를 즐기니 분위기를 만들어간다. 반면에 S형 아내는 남 앞에 나서기보다는 조용히 앉아서 분위기를 즐긴다. 노래도 누가 시켜야 마지못해서 하는 스타일이다. 그렇다 보니 S형 아내의 눈에는 남 앞에서 분위기를 주도하는 I형 남편이 못마땅한 것이다. I형 남편은 조용히 앉아있는 S형 아내가 못마땅한 것이다. 다른 집 여자는 분위기도 잘 맞추며 즐기고 있는데 말이다. 서로의 상대에 대한 못마땅함이 집에서 말싸움으로 이어지게 되곤 한다.

또 I형 남자가 사랑하는 여자한테 '이벤트'를 해주려고 준비를 한다. 차 트렁크에 풍선을 가득 싣고 분위기 좋은 공원에서 여친에게 직접 차 트렁크를 열어보도록 했다. 내심 여친을 놀라게 하려고 말이다. 그런데 차 트렁크를 연 C형 여친은 놀라지도 않으면서 "왜 쓸데없이 이런 일을 벌였느냐?"고 남친에게 무안을 준다. I형 남친이 기대했던 예상과는 정반대의 상황이 벌어진 것이다. 왜 그런 것일까? 바로 상대인 여친이 C형인 것을 제대로 이해하지 못해서 벌어진 일이다.

나는 '성격이 외향적이냐 내성적이냐'를 갖고 판단해볼 때 외향적인 성향을 갖고 있다. 그래서인지는 몰라도 활동적이고, 사교적이고, 새로운 자극을 즐기는 편이다. 또 업무 중심형이냐 사람 중심형이냐를 갖고 판단해볼 때 업무 중심형에 가깝다. 일을 좋아하다 보니 좋아하는 친구를 만나더라도 일단 하고 있는 일을 처리하고 만나는 성향을 갖고 있다.

대학교 재직 중에는 적극적이며 긍정적인 태도를 가지고 열심히 근무하며 성과를 만들어내는 것을 즐겼다. 그 결과 교수를 거쳐 총장으로 재직하였다. 총장직을 끝으로 교직을 떠나면서 '남은 인생을 새로운 꿈을 갖고 맛있게 살아야 하겠다'고 마음을 먹었다. 스스로에 대한 정확한 진단을 통해 내가 가장 잘할 수 있는 것이 무엇인가를 고민했다. 30여 년을 교육계에서 다양한 경험을 하며 지냈으니 '교육 분야'라고 보았다.

그동안의 교육경험을 바탕으로 한 '강연가의 삶'이 맛있게 삶을 사는 것이라고 보았고, '나는 할 수 있다'라는 긍정의 마인드를 갖게 되었다.

오늘 스스로에 대해 얼마나 고민하느냐에 따라 미래가 달라진다. 스스로가 갖고 있지 못한 것이 무엇인지 생각하지 말고, 스스로의 강점과 재능이 무엇인지를 정확히 파악해야 한다. 이는 '삶의 방향성'을 결정할 때 큰 힘이 된다. 그런 후에 구체적인 꿈을 향해 오랜 시간 각고의 노력을 기울여야 한다.

분수를
알고 지키자

옛말에 "목수는 굽은 나무를 원망하지 않고, 말을 타는 기사는 거친 말을 원망하지 않는다"라고 했다. 사람들은 나름대로의 분수가 있다. 자기의 분수를 모르고 더 좋은 직장, 더 많은 부, 더 높은 권력, 더 큰 명예에서 삶의 행복을 찾기 때문에 많은 사람들의 삶이 고통스러운 것이 아닐까?

맛있는 삶을 즐기는 사람은 누구일까? 재산이 많은 사람, 권력을 가진 사람, 지위가 높거나 명예를 누리는 사람일까? 아니다. 생활해 나감에 있어서 분수를 지키고 만족하고 즐기며 사는 사람이다.

모든 문제의 해결은 다른 데 있지 않다. 각자 서 있는 자리에서 자기 분수를 바로 알고 지키는 것이다. 많은 비극과 불행은 자기 분수를 제대로 알지 못하고 분수에 맞지 않는 일을 하려는 데서 시작된다. 사람에게는 각자 자기 자리가 있고 자기 실력이 있다. 자리에 어울리지 않는 일, 실력에 버거운 일을 하려는 데서 잘못을 범한다. 분수에 맞지 않는 많은 욕심을 갖지 않도록 해야 한다.

명심보감에 "안분신무욕安分身無辱이오, 지기심자한知機心自閑이니라"는 말이 있다. "편안한 마음으로 자기 분수를 지키면 치욕스러운 일이 없고, 일의 실마리를 알면 스스로 마음이 여유로워질 것이니라"라는 뜻이다. 분수를 지켜야 한다는 의미이다. 분수를 지킨다는 것은 자기 역할에 충실하는 것이다.

'먼저 스스로를 정확히 알아야 한다'는 평범한 진리를 잊지 말아야 한다. 스스로를 잘 아는 사람은 과도한 욕심을 품지 않는다. 언제 어디서나 분수를 바로 알고, 분수에 안 어울리는 것을 바라는 어리석은 사람이 되지 말아야 한다. 인생을 맛있게 살아가기 위해서는 늘 올바른 마음을 지니고 분수껏 살아가야 한다.

이 세상의 모든 존재는 자기만의 고유한 역할이 있다. 개는 집을 지키고 당나귀는 짐을 실어 나르는 역할이 있다.

일을 잘하는 힘센 당나귀가 있었다. 주인이 시키는 일을 천직이라고 생각한 당나귀는 아무 불평 없이 열심히 일을 했다. 어느 날 당나귀는 하루 종일 일을 하고 집에 돌아와 씩씩대고 있다가 강아지를 보게 된다. 강아지는 하루 종일 놀다가 주인이 오니 꼬리 치며 주인의 무릎에 앉아서 온갖 귀여움을 받고 있는 것이다.

당나귀는 자기도 강아지처럼 주인의 귀여움을 받아 보고 싶다는 생각이 들었다. 이때나 저때나 기회를 엿보던 중 강아지가 없는 틈을 타 주인에게로 달려가서 앞다리를 들고 꼬리를 흔들면서 주인의 무릎에 앉았다. 덩치 큰 당나귀의 행동에 당황한 주인은 몽둥이를 들고 마구 매질을 했다. 그런데 당나귀는 왜 주인으로부터 마구 매를 맞는지 몰랐다.

우리의 삶도 마찬가지이다. 스스로의 정확한 진단과 파악을 통해 '스스로의 분수를 정확히 알 필요'가 있다. 주변의 삶을 무리하게 좇다가 화를 자초하는 경우를 많이 본다.

동료들 몇 명이 설악산 등반을 가게 되었다. 전날 설악동에서 숙박을 한 일행은 새벽에 오색약수터 근처로 택시를 타고 이동하였다. 일행은 준비운동을 하고 있다가 등반로 입구가 열리자마자 등반을 시작하였다. 어둠 속에서 랜턴에 의존하며 앞사람을 따라 가파른 산을 오르기 시작하였다. 꽤나 산을 오르게 되었을 때 날이 밝아오기 시작하였다.

그런데 일행 중 한 사람이 뒤처졌다. 평소 산을 즐기지 않고 있던 사람이어서 걱정이 되어 괜찮으냐고 했더니 본인은 끄떡없단다. 쉬면서 천천히 올라오라고 하면서 나머지 일행은 등반로를 따라 산을 올라갔다. 그런데 본인은 자존심이 상했는지 본인의 분수를 모르고 굳이 같이 오르겠노라고 하면서 걸음속도를 우리에게 맞추는 것이다.

대청봉 정상을 얼마 남겨놓지 않은 지점에 도달해서는 거의 탈진 상태가 되어버렸다. 우리 일행은 무척 걱정이 되었다. 즐거운 산행이 되어야 함에도 즐겁지 않게 된 것이다. 대청봉 정상 근처에서 어렵게 주변의 도움을 받아 겨우 컨디션을 회복하고 천불동으로 하산했던 기억이 있다. 등산할 때는 "남을 무리하게 쫓으려고 본인의 분수를 모르고 오버페이스하지 말라. 뒤처지더라도 자기의 페이스를 유지하고 산에 오르라"는 산 사람들의 이야기가 있다. 그 말을 따르지 않은 것이 화를 자초한 것이다.

고등학교 졸업 후 재수 시절의 아픈 기억이 있다. 어느 여름날 죽마고우인 친구들 몇 명이 경기도 팔당의 능내역 근처 강가에 1박 2일 캠핑을 간 것이다. 나는 다음 날 도착했지만 친구들 몇몇은 먼저 도착하여 캠핑을 즐기고 있었다. 다음 날 새벽에 친구들은 같이 간 친구들 앞에서 강을 가로지르는 수영을 하게 되었다. 수영을 잘하는 친구 S는 무사히 건넜다.

이에 자극받아 평소에 지기 싫어하는 욕심이 많은 친구 T는 앞서 건넌 친구 S를 따라 수영을 하여 건너고자 했던 것이다. 사실 그 친구 T는 수영 실력이 강을 가로지를 만한 실력이 되지 않았다. 아마도 여친 앞에서 자기의 능력을 보여주고 싶었던 것 같다.

친구 T는 여친과 친구들이 보는 앞에서 분수를 모르고 욕심을 내어 수영을 하다가 익사하고 말았다. 좋은 여름날 물놀이를 갔다가 평생 같이해야 할 친구를 잃어버리는 안타까운 일이 벌어진 것이다.

분수를 망각한 데서 오는 불행한 사례는 주변에서 심심치 않게 보곤 한다. 남이 명품가방을 들었으니 나도 들어야겠다는 생각으로 스스로의 소득을 고려하지 않고 무리하게 가방을 구입하여 사서 고생을 하는 사람이 있다. 친구가 고급차를 구입하였으니 나도 질 수 없다고 생각하여 본인의 소득을 고려하지 않고 할부로 고급차를 구입하여 할부금을 갚느라 힘들어하는 이웃도 있다. 남한테 대접을 받았으니 나도 대접을 하겠다고 하여 무리한 지출을 감행하고 나중에 후회하는 친구도 있다. 과거에 지위를 떠올리며 현재의 상태를 고려하지 않고 허세를 부리는 경우도 본다.

자기의 분수를 아는 것이 맛있는 삶으로 가는 지름길이 아닐까? 직장, 가정, 친구들과의 사이 등 살아가면서 맛있는 삶을 위해 갖추고 있어야 할 마음자세가 분수를 지키는 것이다. 우리는 자기 분수를 먼저 알고 분수에 겨운 일을 하지 않도록 해야 한다.

퇴직한 이후 어느 날부터 내 분수를 알 수 있게 되었다. 과거의 역할, 지위 등에 연연하지 않게 되면서 스스로 변한 모습을 갖게 된 것이다. 말을 줄이고 남의 말을 보다 경청하려고 노력하게 되었다. 지위가 없어졌으니 누구를 만나더라도 보다 겸손하고자 애쓰게 되었다. 예전보다 소득이 줄게 되었으니 생활패턴도 바꿀 필요가 있다는 것을 알게 된 것이다. 밖에서 하는 활동의 시간을 줄이고, 만남의 횟수를 줄이고, 만나더라도 실속 위주로 즐기고, 움직일 때는 BMWBus, Metro, Walkig대중교통을 이용하는 것을 즐기고 있다.

약속 장소에 가고자 할 때 대중교통을 이용하면 정확한 시간에 도착할 수 있고, 걸으니 건강에 도움이 되어 여러 가지가 좋다.

우리 인간은 분수에 맞지 않게 생활한다면 '맛있는 삶'을 즐기며 살 수가 없다. 물론 분수를 안다는 건 인내와 고통을 감수하는 것이다. 분수를 알아야 마음의 평화를 찾고 안정을 유지하여 맛있는 삶을 즐길 수가 있다. 물질적으로 허세를 부리지 않고, 지나친 사치를 하지 않고, 적당한 음식과 스스로에 맞는 옷을 입는 등 모든 일을 스스로의 능력을 감안하여 행하여야 한다.

분수를 모르는 생각과 행동이 화를 부르는 근원이라고 한비자는 말했다. 분수를 모르고 부, 권력, 명예와 지위를 좇으며 추구하다 보면 자꾸 더 많은 것을 바라게 되는 욕심이 생긴다. 지나친 욕심은 제 무덤을 파기도 한다.

인간관계도 마찬가지이다. 서로가 분수를 알아서 생각과 말과 행동을 할 때 서로 간의 불화는 사라지고 마침내 스스로 삶이 즐겁게 될 것이다. 살아가면서 '맛있는 삶'을 즐기겠다는 생각을 갖고 있다면 대인관계나 물질 앞에서 분수를 지키는 태도를 가져야 한다.

본인의
라이프라인을 만들자

　교수 시절 학기가 시작되어 개강하는 날 학생들에게 1주간의 시간을 주면서 각자의 라이프라인Life line을 만들어 제출하도록 리포트를 부과하곤 했다.

　라이프라인은 스스로 그동안 살아온 모습과 미래 모습에 대해 그림으로 그리고 중요한 사건마다 설명을 하여 제출하도록 하는 것이다. 리포트를 부과하면 많은 학생들이 당황한다. 지금까지 그런 일을 한 번도 안 해 보았기 때문이다. 그러나 라이프라인을 만들고 나서는 본인을 되돌아볼 수 있는 좋은 기회였다고 말하곤 하며 기뻐한다.

　내가 이렇게 라이프라인의 작성 필요성을 경험한 것은 미국 캘리포니아 주립대 연구교수로 행정대학원수업에 참여하면서이다. 수업을 들는 다수의 학생이 나이가 든 학생들이다. 그럼에도 교수는 과제물로 라이프라인을 만들어 오도록 하는 것이다. 나도 귀국하면 라이프라인을 개강 초에 만들어 오도록 해야 되겠다는 생각을 갖게 되었다.

이렇게 스스로에 대한 정확한 파악과 진단을 하기 위해서는 스스로만의 라이프라인Life line을 작성할 필요가 있다.

1980년 강사를 시작으로 한 교직생활은 1981년 전임교수가 되어 30여 년 만에 총장까지 갔으니 사회적으로 성공을 하고 맛있는 삶을 살지 않았느냐고 말할 수 있다. 그동안의 삶의 모습을 자세히 되돌아보면 늘 맛있는 삶을 살았다고 볼 수가 없다. 때로는 따분하거나 따끔하거나 맛없는 삶을 살았던 아픈 기억도 가지고 있다.

대학을 졸업한 1977년 아내를 만나 그 다음 해에 아내와 결혼을 하고 두 아들을 둔 가장이 되었다. 그동안 해오던 고시공부를 접고 교직생활을 시작하였다. 30살이 안 된 나이에 교수가 된 나는 학교생활이 너무 재미있었다. 성격상 나이와 관계없이 많은 직장동료들과 잘 어울렸다. 학생들과도 때로는 형제들처럼 지내기도 하면서 즐겁게 생활했다. 1983년에는 대학원 박사과정에 입학하여 박사과정을 수료했다. 1985년 가을 미국으로 가족들과 함께 건너가 1년 동안 캘리포니아 주립대학CSUH에서의 연구교수를 했다. 미국에서의 생활은 가족 모두에게 소중한 경험이 되었다.

귀국하여 논문을 준비하여 1987년에 행정학 박사학위를 받았다. 이후부터는 현재의 교직생활에 만족하지 못하고 새로운 도전의 기회를 엿보게 되었다. 마음은 이미 다른 대학으로 떠나 있었다.

1989년 2월 도전이 시작되었다. 수도권 S대 임용을 염두에 두고 학교 측과 접촉을 했는데 S대 총장 제안은 일단 다니던 대학을 사직하고 오라는 것이었다. 식구들과의 상의 끝에 일단 S대 총장 제안을 진지하게 받아들이기로 했다.

그동안 근무하던 대학 교수직을 사직한다고 하니 동료교수들은 극구 말렸다. 나를 아끼는 마음으로 임명장을 받지 않고 왜 성급하게 사직을 하려고 하느냐는 것이었다. 내심 믿는 구석이 있었던 나는 "도전을 하기로 했다"라고 하면서 S대 총장 이야기만 믿고 사직서 제출을 감행했다.

사직서 제출 후 S대 총장은 나와의 약속을 이런저런 핑계를 대며 지키지 않았다. 1년 여를 쓴맛을 보면서도 희망의 끈을 놓지 않고 참으면서 보냈다. 그러던 다음 해 2월 도움을 주던 S대 이사장이 갑작스레 사망하게 됨에 따라 S대와 인연의 끈은 없어지게 되었다. 그 후 나는 S대 총장을 만나 '나에 대한 관심이 없음'을 확인했다. 그동안 "비싼 대가를 치르며 좋은 사회공부를 했다"고 마음을 고쳐먹고 S대에 대한 미련을 접게 되었다.

이후 강사로서 보따리 장사를 하면서 고난의 시간을 1년간 보내게 되었다. 이 시절 처와 두 아이를 가진 가장임에도 불구하고 생계를 위해 부모님에게 의존할 수밖에 없었다. 가장으로서의 나에게는 고통과 시련의 시간이었다. 아침에 테니스코트에서 레슨을 받는 시간이 나에겐 제일 행복한 시간이었다. 그 시간 동안은 다 잊고 테니스를 즐길 수 있었기 때문이었다. 그런 와중에도 스스로에 대한 기대와 믿음만은 놓지 않았다.

그러던 중 1991년에 신규채용의 형식으로 다시 근무하던 J대학의 교수로 임용될 수 있었다. 사실 내 손으로 사직서를 내고 나간 대학에 다시 지원한다는 것이 쉽지만은 않았지만, 여러 사람의 도움으로 다시 J대 교수가 된 것이다.

2년을 쉬고 난 다음의 교수임용은 스스로의 삶의 모습에 많은 변화를 가져왔다. 임용되는 날 아내에게 "이제 J대에서 인생을 아름답게 마무리 하겠다"고 약속을 했다. 그 후 J대학을 평생직장으로 생각하고 열심히 즐겁게 학교생활을 했다.

학교에서도 가르치는 일 외에 여러 가지 보직을 하면서 나름대로 능력을 펼칠 수 있는 기회를 가졌다. 성격에 가장 잘 맞는 보직은 2003년의 특성화팀장과 2004년부터 만들어진 산학협력단 보직이었다. 그 보직을 수행하는 동안 많은 일들을 공격적으로 추진하면서 나름대로는 보람과 성취를 맛보았다. 대외업무를 총괄하면서 나름대로 학교의 위상을 제고시키는 데 큰 기여를 할 수 있었다.

2010년 초에 교무처장으로 발령을 받고 나서 그해 4월 초 20여 년을 학교를 이끌던 총장이 전격 사퇴하면서 총장 직무대행으로 근무하다가 2011년 1월 총장이 되었다.

총장이 되면 교수직을 내놓아야 하기 때문에 총장직 제안을 받고 가족회의를 했다. 교수로 남아 있으면 정년 때까지 신분이 유지되나,

총장이 되면 교수가 아니기 때문에 언제나 총장직을 내려놓으면 학교를 떠날 수밖에 없다. 총장의 명예가 중요하다고 생각한 우리 가족은 총장직을 수락 하기로 했다.

총장이 된 후 대학에 교수로 재직하는 동안 마음에 갖고 있었던 생각들을 바탕으로 소신껏 행정을 펼쳐보고자 했다. 끊임없이 도전하고 밀어붙이면서 교직원들을 독려하며 학교발전을 위해 노력했다. 그러한 노력에도 불구하고 몇몇 학과의 취업률 문제로 인하여 나는 도의적인 책임을 지고 총장직을 사직하고 퇴직하게 되었다.

총장직을 사직하면서 준비 없이 교직을 떠난 마음을 추스르고자 자매대학이 있는 필리핀으로 떠나기로 했다. 가족모임을 갖는 자리에서 아내가 총장사임을 이야기하면서 말을 했다. "아버지는 지금까지 33년 동안 식구들을 돌보느라고 수고 많으셨다. 이제부터는 아버지를 우리가 돌봐드려야 한다. 아버지는 쉬기 위해 필리핀에 갔다 오시니 그렇게 알아라." 이 말을 듣는 식구들은 숙연해졌고 나 또한 가슴이 찡했다. 이제 퇴직이 현실이 된 것이다.

필리핀으로 떠난 나는 마닐라에서 3개월 동안 자매대학 관계자의 도움으로 '올티가스' 시티 아파트에 하숙하면서 필리핀 생활을 시작하였다. "총장을 지내던 분이 그곳에서 한 달도 못 견디고 귀국하게 될 것이다" 하면서 말해주던 주위의 우려와 걱정을 불식하고자 노력했다. 그야말로 단조로운 생활을 하며 예전 생활의 모습을 머릿속에서 지우려 애쓰며 지냈다. 매일 아침 5시 반이면 집을 나서서 산책하고 7

시경 아침 식사를 마치면 나갈 준비를 한다. 공부하러 가기 전에 "나는 학생이다"는 말을 되뇌이면서 마인드세팅을 하고 한눈팔지 않고 열심히 생활했다.

간간이 가족들과 함께 찍은 사진을 바라보면서 오랜 세월이 지난 이후에 손주들이 "할아버지가 총장으로 계실 때보다 총장 이후에 더 멋있게 사셨다"는 얘기를 듣고 싶다. 지금부터 새로이 꿈을 갖고 맛있게 인생을 살기 위한 노력을 해야겠다는 생각을 갖게 되었다.

남은 인생은 '지식나눔 봉사'를 하면서 보내겠노라고 하면서 E 대학교 명강사과정과 C 신문사 맛있는 글쓰기과정을 다니면서 새로운 도전을 준비하는 시간을 갖게 되었다.

대학 재직 중 '피할 수 없으면 즐기자'가 생활신조였다. 퇴직 후 보람 있는 일을 하면서 즐긴다면 이것이야말로 진정 내가 원하는 삶이라는 생각으로 '맛있는 삶 연구소'를 만들었다. 연구소활동을 통해서 그동안 쌓아온 내 경험과 지식을 여러 사람과 공유하고 즐기기로 다짐했다. 연구자이면서 강연가로서의 새로운 삶은 맛있게 펼쳐지리라 생각한다.

어머니의 김장김치

어머니가 해 주는 음식 중 맛있지 않은 것이 있으랴. 그중 유독 생각나는 것이 바로 어머니가 담그신 김장김치다.

김장철만 되면 온 동네가 부산해졌었다. 골목골목마다 가득 쌓이는 배추로 발 디딜 틈이 없었고, 아주머니들은 상기된 표정으로 걸음을 재촉하곤 했다. 시린 손을 호호 불며 절인 배추를 행구고 양념을 버무리던 기억. 부엌 한편에서는 점점 익어가는 돼지고기 냄새가 군침을 돌게 했다. 갓 담근 김치 한 조각에 싸 먹는 고기의 맛이란!

나이를 먹어 갈수록 점점 더 또렷해지는 기억들이 이제 주변에서 잘 찾아볼 수 없는 풍경들이다. 근래에는 김장김치도 전량 구입해 먹기도 하고, 냉장고가 좋아진 탓인지 김장 자체를 하지 않는 집도 많다. 그래서일까. 쌓인 눈을 걷어내고 땅속 깊이 묻힌 항아리에서 갓 꺼낸, 어머니의 김장김치가 더욱 그리운 요즘이다.

욕심을 내려놓으면
즐거움이 보인다

큰 며느리로부터 아내에게 전화 한 통이 걸려왔다. "손주 손녀 등 그들 가족이 주말에 부여 처가댁에 갈 예정이오니 아버님, 어머님도 특별한 약속이 없으시면 부여에 오시는 것이 어떻겠냐?"는 며느리의 제안이었다. 통화를 끝낸 아내는 "부여에 애들이 온다는데 어떻게 하나…" 하고 혼잣말을 한다.

부여 처가에는 장모님이 혼자 살고 계신다. 장모님이 연로하다 보니 누가 오더라도 손님 뒷바라지를 할 수가 없는 실정이다. 아들네 식구가 부여를 간다니 아내가 부여 장모님을 대신해 음식거리를 준비해 갖고 가서 손님맞이를 해야 했다. 아내는 손주들을 만나는 기쁨과 함께 본인에게 일거리가 주어지는 것이다.

나는 그날 영흥도에서 친구들과 일 년만에 테니스를 하기로 예정이 잡혀있었다. 이미 오래전에 만든 친구들과의 약속이라 일정을 취소할 수 없으니 오전 중에만 운동하고 양해를 구한 후 오후에 부여로 출발하기로 했다. 약속된 날 영흥도에서 오전만 테니스를 즐기고 아쉬움을 남긴 채 집으로 돌아온 나는 준비를 하여 부여 처가에 도착했다.

아내는 이내 팔을 걷어붙이고 아들네 식구들이 도착하기 전에 손님맞이 준비를 하느라 여념이 없다. 딱히 할 일도 없는 나는 집 앞마당을 거닐다가 감나무를 보니 감이 다닥다닥 달려 있다. 장모님에게 물으니 감을 딸 사람이 없어서 그냥 놔두고 있단다. 감을 딸 도구가 달린 장대를 광에서 찾아 놓고 다음날 한나절 감을 따리라 마음먹었다.

땅거미가 앉고 나서야 도착한 아들네 식구들과 저녁을 먹고 손주들 재롱에 흐뭇해하면서 시간을 보낸 후 일찍 잠자리에 들었다. 아침 일찍 잠에서 깬 나는 집 앞의 금강 주변으로 산책을 나가, 물안개가 짙게 드리워진 수변길을 따라 펼쳐진 아름다운 풍광과 새들의 재잘거리는 소리를 즐기고 집에 돌아왔다.

아직도 식구들은 기상할 생각을 안 하고 있는 건지 못하고 있는 건지 집안이 조용하다. 식구들이 깰 세라 조용조용하며 어제 준비해둔 감을 딸 도구가 달린 긴 장대를 들고 감나무 밑으로 갔다. 장대 끝에 달린 도구를 가지에 걸고 비틀어 감을 따기 시작했다. 생전 처음 해보는 감 따기가 나름대로 재미가 있었다. 도시생활을 하면서 지금까지 느껴보지 못했던 수확의 즐거움과 직접 딴 감을 식구들과 먹는 즐거움이 있겠다는 생각을 하니 나름대로 기뻤다.

장대를 이용해 한 상자 정도 감을 땄는데 서서히 감을 따는 즐거움이 줄어들기 시작했다. 감을 따기 위해 무거운 장대를 나뭇가지에 달린 감에 맞추다 보니 목에 부담이 오고, 감이 달린 가지를 건 장대를 비틀다 보니 손목이 뻐근해지면서 즐거움이 서서히 줄어드는 것을 느끼게 되었다.

감을 따는 것을 멈추고 그동안 딴 감을 집안으로 갖고 들어가니 식구들 모두 환호한다. 아침을 먹고 난 후, 초등학생인 손녀에게 감 따는 추억을 안겨주고 싶은 생각으로 손녀와 함께 다시 감을 따기 시작했다.

부여 읍내에 사는 사촌처남이 텃밭을 가꾸러 왔다가 감을 따는 걸 보더니 자기가 도와주겠단다. 장대에 매달린 도구를 이용해 감을 힘들여 따는 모습이 꾼의 입장에서 볼 때 안쓰러운 생각이 들었던 거다. 그는 스스로 '농사꾼'이라고 하면서 감나무를 오르기 시작했다. 올라가지 말라고 하는데도, "괜찮어유" 하면서 감나무에 오른다.

그는 정말 농사꾼답게 나무에 오르더니 감이 주렁주렁 달린 나무가지를 꺾어서 밑으로 보내며 "매형은 그 가지에 달린 감을 정리만 하면 되유" 한다. 역할분담을 하니 금방 포대에 감이 가득했다. 감나무 맨 꼭대기의 감은 '까치밥'이라고 남겨놓고는 감나무 한 그루를 깔끔하게 정리했다.

사촌 처남은 원숭이처럼 이쪽저쪽 가지를 옮겨가며 감을 따고 가지를 정리하던 중 썩은 가지를 밟아 고꾸라지는 사고가 발생했다. 비명을 지르긴 했지만 그는 다행히 다친 곳 없이 무사했다. 전문가다웠다. 그러면서 하는 말이 다른 나무에서는 떨어지면 크게 다치나, 감나무에서는 가지가 약해서 크게 다치지 않는다는 말도 해주는 것이었다.

어쨌든 그 처남 덕분에 감이 마당에 수북이 쌓였다. 식구들이 싱글벙글하며 감을 정리하여 여러 박스를 만들었다. 처음 생각과 달리 많이 갖고 와서 이 집 저 집 나누어 주었다. 아내는 나름대로 오래두고 먹겠다고 하면서 많은 감을 독에 쟁였다.

시간 날 때마다 매일 감을 먹다 보니 '한계효용체감의 법칙'이 적용되는 것을 느꼈다. 속된 말로 감에 물렸다고 할까? 이런 느낌이 들게 된 거다. 욕심이 화가 된 것이다. 갖고 왔을 때 '더 많은 이들에게 부지런히 나누어 주었으면 좋았을걸' 하며 때늦은 부부의 욕심에 후회를 해보기도 한다.

이렇게 욕심을 내다가 후회를 한 또 다른 경험이 있다. 작년에 이어 올해에도 뒷산에서 밤을 줍게 되었다. 작년에 밤을 줍는 재미에 부부가 푹 빠져 시간 나는 대로 밤나무를 찾아다니며 밤을 주웠다. 수확한 밤이 꽤 되어 이 집 저 집에 "우리가 직접 주운 밤이니 먹어봐요" 하면서 밤 선물을 즐겁게 하기도 했다. 그러고도 남아 말리는 과정에서 밤벌레와 씨름도 하곤 했다.

그때 나와 아내는 약속을 했다. "다음에 밤을 주울 때에는 즐길 수 있는 만큼만 밤을 줍자"라고 하면서 말이다. 그래서 올해는 덜 줍자고 하였는데도 그것이 잘 안 되어 또 후회를 하게 되었다. '많은 사람들에게 나누어 주는 즐거움을 여러 사람과 더 함께할걸' 하며 아쉬워했다. 이렇게 된 것이 무엇 때문일까? 다 부부의 마음 한편에 자리 잡고 있는 욕심 때문이다.

인간의 욕심에는 한계가 없다. 주변에 보면 '재산도 꽤나 갖고 있어 이제는 베풀고 살아도 되겠다' 싶은데 그렇지 못한 사람을 종종 본다. 또 권력을 많이 갖고 있음에도 권력을 더 누리기 위해 끌탕하는 사람들을 본다. 왜 그럴까? 욕심 때문이다. 분수에 넘치게 무엇을 탐하거나 누리고자 하는 마음이 있었기 때문인 거다. 아흔 아홉 개를 가진 사람이 하나를 더 채워 백 개를 만들려고 한다는 말이 맞다.

동물은 본인이 필요한 만큼만 섭취하면 더 이상 욕심을 내지 않는다고 한다. 그런데 우리 인간은 그렇지가 못하다. 그렇다 보니 욕심을 내게 되고 욕심이 화가 되어 패가망신을 당하는 경우를 어렵지 않게 본다.

얼마 전 불교대학에서 명상요가수업이 있었다. 명상요가수업하면 몸을 비틀고 다리를 벌리고 허리를 굽히고 하는 심신단련운동으로 알고 있던 터였다. 그래서 그 수업이 있는 날 내심 걱정이 앞섰다. 수업 시간에 강사의 첫인사는 "요가를 너무 어렵게 생각하지 마세요. 오늘 즐길 수 있는 만큼만 따라하도록 하세요"였다. 이 멘트는 요가에 대한 두려움으로 긴장하고 있던 많은 이들의 긴장을 풀어주기에 충분했다.

무리하게 요가동작을 따라 하다 보면 요가가 재미가 없다는 거다. 본인의 능력이 따라오는 만큼만 몸을 구부리고 펴면서 즐기도록 하라는 것이다. 자기의 능력에 맞게 즐기다 보면 자기도 모르게 능력이 향상된다는 거다. 강사의 설명을 듣고 동작을 따라 하다 보니 처음의 긴장감은 사라지고 그 시간을 즐길 수 있었다. 이렇게 된 것은 무리하게 강사를 따라가려고 욕심내지 않고 나의 신체능력에 맞추어 즐기려고 했기 때문인 거다.

경전에 '불탐욕'이라는 글귀가 있다. 이 글귀의 뜻은 '마음속에 불꽃처럼 타오르는 욕심을 억제하라'는 것이다. 삼 일 닦은 마음은 천 년의 보배요, 백 년 탐한 물건은 하루아침의 티끌이라 했다. 하루하루를 살아가면서 욕심내지 말고 삶을 살아가는 지혜가 필요하다는 것을 경험을 통해 또다시 느껴본다.

탈골암과 맺은
인연

    사찰과 인연을 맺은 것은 대학교 다닐 때이다. 늘 국가고시를 염두에 두고 생활했던 대학생활은 방학 때 여느 대학생들처럼 자유를 만끽하지 못했다. 매 학기 방학이 되면 책 보따리를 짊어지고 여기저기 사찰로 향했다.

    처음으로 찾아간 사찰은 속리산 법주사의 말사인 탈골암이다. 대학교 1학년 겨울방학 때 대학친구와 의기투합이 되어 속리산으로 떠났다. 속리산과 특별한 연고가 있어서가 아니다. 고향이 이곳도 아니고 단지 '서울에서 멀리 떨어져 있다'는 이유로 속리산으로 간 것이다. 속리산 법주사에서 공부할 곳을 수소문하니 탈골암에 가면 학생들 하숙이 가능할 거란다. 그렇게 탈골암과 인연이 맺어져 지금까지 40여 년 이상 이어져 오고 있다.

나와의 인연으로 시작된 탈골암과의 인연은 아내를 비롯한 모든 가족에게로 확대되어 스님들과 가족처럼 지내고 있다. 아내는 탈골암 화재 이후 법당중건 때 그 하기 힘들다는 '화주보살'을 하기도 했다. 법당중건 불사가 마무리되어 준공하는 날은 막내 처제의 결혼식이 있는 날이었다. 아내는 어렵게 친동생에게 양해를 구하고 막냇동생 결혼식장에 참석하지 않고 수원 모 사찰의 불교합창단을 이끌고 법당 준공식에 참석하기도 했다.

대학 재직 중에도 무엇인가 집중해서 할 일이 생기면 방학을 이용해 탈골암에서 지내며 책을 저술한다든가 하는 일을 하곤 했다. 지금도 틈만 나면 탈골암에 가서 지내고 온다. 탈골암을 고향집처럼 여기는 셈이다. 내가 나이가 들었듯이 탈골암도 조그만 규모의 암자에서 날로 발전해 이제는 '대휴선원'이라는 비구니선원까지 갖춘 큰 도량으로 자리매김했다.

속리산을 처음 찾게 된 것은 중학교 3학년 때이다. 속리산으로 수학여행을 왔던 것이다. 그 당시 국어선생이었던 송 선생님은 수학여행을 앞두고 있던 학생들에게 속리산에 다녀왔던 이야기를 들려주었다. "속리산 길을 걸으면 낙엽 쌓인 땅을 밟는 소리가 쿵쿵거렸다"라고 했던 그 선생님의 말이 아직도 귀에 생생하다.

그 당시에는 속리산 가는 길이 만만치 않았다. 속리산俗離山, 이름에서처럼 속세와 떨어진 곳이어서 꾸불꾸불한 말띠고개를 굽이굽이 버스가 넘어가야 속리산에 도달할 수 있었다. 수학여행단을 실은 버스가 오르기가 버거웠는지 말띠고개를 오르다가 학생들을 하차시켜 놓는 것이다. 버스에서 내려 말띠고개 정상까지 걸었다. 정상에서 다시 버스를 타고 속리산으로 향했다. 지금은 우회도로가 개설되어 말띠고개가 아니더라도 편하게 다녀올 수 있지만 얼마 전까지만 해도 말띠고개를 굽이굽이 오르며 속리산을 다녀오곤 했다. 힘은 들어도 고개를 오르내리는 재미가 있었다.

말띠고개를 넘어서 달리다 보면 속리산에 오는 이를 맞이하듯 당당하게 서 있는 잘생긴 한그루의 소나무를 만나게 된다. 바로 속리산을 상징하는 '정이품송'이다. 지금은 수백 년 세월이 버거운지 링거를 맞고 버팀목에 의존하고 있는데, 그 모습이 안타깝다.

속리산 버스터미널부터 법주사까지 솔밭길이 이어지는데 길이가 오리5里라 해서 '오리길'이라 부르고 있다. '오리길'의 소나무 숲길은 장관이다. 오리길의 푸른 소나무 숲길을 걸으면 솔향과 새소리에 취해 언제 왔는지도 모르게 일주문을 거쳐 법주사삼거리에 다다른다. 왼쪽으로 가면 법주사가 나오고, 오른쪽으로 가면 문장대 방향이 되는 것이다.

탈골암에 가기 위해서는 오른쪽 문장대 방향으로 향해야 한다. 그 길을 따라 걸으면 탈골암까지 40여 분 걸린다. 왼쪽으로는 인공으로 만든 저수지가 만들어져 있다. 이 물을 수원지로 하여 법주사 아래 사는 주민들 식수가 공급된다고 한다. 저수지를 따라 길게 늘어선 길을 걷다 보면 쉬기에 딱 좋은 바위가 나온다.

이 바위를 보면 그냥 지나칠 수가 없다. 대학 1학년 겨울에 책 보따리를 메고 탈골암을 향하다가 힘들어 쉬었다 간 그곳이기 때문이다. 이곳에서 쉬면서 가방 속에서 삶은 달걀을 까먹었었다. 여기서부터 태평휴게소를 지나 10여 분 가면 갈래길이 나온다. 왼쪽으로 오르게 되어 있는 갈래 길 초입에 탈골암이라는 안내 표지판이 있다. 큰 길을 따라 계속 가면 세심정을 거쳐 문장대로 가는 길이다.

이곳에서 탈골암까지는 거리가 800미터이고, 산길을 따라 오르면 15분 정도 걸린다. 예전에는 꼬불꼬불한 오솔길이었다. 지금은 길을 펴고 넓혀놓아 승용차가 오르내리기에 불편함이 없는 길이 되었다.

이렇게 산을 거슬러 오르면 양지바른 곳에 위치한 탈골암이 나온다. 누가 봐도 명당에 위치하고 있다. 절 뒤에는 치마바위가 병풍처럼 절을 감싸고 있다. 탈골암이라는 절 이름이 특이해서 주지스님에게 물어보았다. 탈골脫骨암의 한자말은 벗을 탈脫 뼈 골骨이다. 김알지가 이곳에 와서 약수를 먹고 닭 벼슬을 벗게 되었다는 데서 유래한 것이란다. 그만큼 이곳 약수가 영험이 있으니 많이 먹으란다.

이곳 탈골암에서 오랜 기간 지내다 보니 절 생활에 익숙해지게 되었다. 조금 곤혹스러운 것은 외로움과 식사였다. 절 생활을 하면서 혼자 지내는 거의 단순 반복적인 생활이다. 그렇다 보니 식사시간을 알리는 목탁소리를 기다리며 귀를 쫑긋 세우기도 했다. 그런데 절 음식이 속세 음식과 달리 가리는 게 많다. 고기는 물론 자극적인 파, 마늘 등의 재료를 사용하지 않는다. 물론 건강에야 좋겠지만 일반인에게는 잘 안 맞을 때도 있다. 그러나 식사시간에 먹을 수 있는 것만으로도 행복하다는 생각으로 음식 투정을 하지는 않았다.

어느 날 아침 식사로 무밥이 나왔는데 먹기가 힘들었다. 안 먹을 수도 없고 해서 고추장을 달라고 해 고추장에 맨밥을 비벼먹었다. 입맛이 확 도는 거였다. 그 다음부터는 식사시간에 반찬이 맘에 안 들면 고추장에 비벼먹곤 했다. 그랬더니 나 스스로 탈골암에서 담근 '고추장 마니아'가 되어버렸다. 집에서도 어느 때 몸이 축 쳐진 것 같으면 흰쌀밥에 고추장만 넣어 비벼먹곤 하는데 정말 몸이 달라진다. 스님은 지금도 나를 보면 '고추장을 좋아하는 사람'이라고 하면서 고추장 한 병을 챙겨 선물로 주곤 한다.

탈골암에서 지내는 동안 식사 후에는 운동을 하기 위해 절 뒷산으로 올라 소리도 지르기도 하고 노래를 부르기도 했다. 아무도 없는 산속에서 다람쥐, 소나무들과 벗하며 산책하며 지내는 시간도 행복했다. 주말엔 큰마음 먹고 아침식사 후 세심정, 복천암, 깔닥고개를 넘고 중사자암을 지나 문장대에 오른 후 신선대를 거쳐 경업대 쪽으로 내려오는 즐거움도 있었다.

사찰에서 지내다 보니 누가 시키는 것은 아니지만 법당에서 기도와 명상의 시간을 갖곤 했다. 법당에서 앉아 남쪽을 바라보면 마음이 평온해지는 것을 느낀다. 이 자리가 바로 명당자리인 것이다.

겨울방학을 절에서 보내고 하산하게 되었다. "스님, 내일 집에 갑니다"라고 스님에게 말하니, 스님이 절을 하고 가란다. "어떻게 해요?"라고 하니 삼천 배를 하란다. 그러면 소원이 이루어질 거라는 것이다.

스님들은 스님이 되기 위해 하루에 삼천 배씩 일주일에 걸쳐 하고 '스님계'를 받는다는 것이다.

스님의 말씀대로 삼천 배를 하겠다고 하고 요령을 익혔다. 성냥개비 28개를 준비하고 108염주를 팔목에 들고 저녁 식사 후 10시부터 절을 하라는 것이다.

작심하고 삼천 배를 하고 하산하리라 생각한 나는 절을 시작했다. 108염주를 한 번 돌리면 오른쪽 성냥개비 한 개를 왼쪽으로 옮기면서 절을 했다. 천 배를 하고 나니 입에 적이 돋기 시작하고 이천 배를 넘기면서 눈물과 함께 몸이 말을 안 듣는 거다. 성냥개비 22개를 넘기다가 더 이상 못 하겠다고 법당에 쓰러졌다.

삼천 배 하기를 포기한 나는 그 이후 다른 어느 기회에 또 삼천 배를 시도했다. 이번에는 천 배를 넘기면서 포기하고 말았다. 그 이후부터는 삼천 배를 엄두를 못 내고 있다. 그냥 기회가 주어지는 대로 108배만 열심히 하고 있다.

이렇게 맺어진 탈골암과의 인연 덕분에 나는 친척집이 하나 더 있는 것이다. 언제나 생각나면 전화할 수 있고, 가고 싶으면 가면 되는 곳이다. 그곳에 가면 가족처럼 맞이해 주는 스님을 비롯한 절 식구들이 있고, 절과 주변의 아름다운 풍광이 옛 추억을 오롯이 간직하고 있는 것이다.

탈골암에서 산길을 따라 하산하면서 겨울에 하얗게 내린 눈 속에서 오가는 이들을 위해 빗자루를 들고 길을 내던 생각이 뇌리를 스친다.

여행을 하며
추억을 만들자

결혼 이후 아내와 함께 시간 나는 대로 여행을 하면서 많은 추억을 만들려고 했다. 아이들에게 다양한 삶의 모습을 보여주고 싶어 시간 나는 대로 전국을 부지런히 누비곤 했다. 책으로 배우는 학습도 중요하지만 현장학습을 통해서 직접 느끼고 배우기를 바라는 기대가 있어서였다.

대학에 근무했기 때문에 나름대로 시간을 낼 수 있는 상황이었다. 언제든지 마음만 먹으면 혼자서, 부부가, 친구들과 또는 단체로 다양하게 여행을 즐기곤 했다.

어디를 가느냐에 따라 여행의 맛이 다르고, 같은 지역을 여행하더라도 젊었을 때와 나이 들어서 즐기는 여행의 맛이 다르고, 처음 갈 때와 두 번째 갈 때 여행의 맛이 다르고, 누구와 어떻게 어떤 목적으로 가느냐에 따라 그 여행의 맛이 사뭇 다르다.

여행을 하다 보면 문득 앞만 보면서 살고 있는 자신의 모습을 발견할 때가 있다. 그동안 덮어두었던 자신의 모습이 선명하게 떠오르기도 한다. 아마도 객지에서 비로소 자신을 객관적으로 볼 수 있게 되는 모양이다. 살아오면서 당연하다고 여겼던 일들이 여행을 통해 전혀 당연한 것이 아님을 느끼게 해주기 때문이다. 특히 외국에 갔을 때 더욱 그렇다. 나와 다른 가치관을 가지고 살아가는 사람들의 모습을 보면서 사는 게 무엇인가? 어떻게 살아가는 것이 옳은 것인가? 이런 근본적인 의문이 들곤 한다.

2000년 대 초 아내와 함께 캐나다에서 연수 중인 둘째 아들을 보러 갈 겸해서 이른바 캐나다 로키코치여행을 하기로 했다. 밴쿠버에서 시작하여 로키 산맥을 넘어 콜롬비아 빙하, 벤프를 거쳐 캘거리까지 다녀오는 코스로 일정이 짜여있는 프로그램이다. 거대한 자연의 모습에 경외감을 갖고 감탄하면서 관광을 하는데 이곳저곳을 이동하며 한참을 달려도 집이 보이지 않는 거다.

나와 아내는 "이런 곳에서 사는 삶은 어떨까?" 하고 대화를 주고받곤 했다. 우리는 좁은 땅덩어리에서 아웅다웅하면서 너무 바쁘게 살아가는데 말이다. 부부가 얻은 결론은 "어차피 한 번 살다 가는 인생인데 아웅다웅하면서 살지 말고 느긋하게 즐기며 살자"는 거다. 남반부에 있는 뉴질랜드나 북유럽의 국가를 여행하면서 어디를 가나 우리나라처럼 북적대지 않는 여유로운 삶의 모습을 보면서 무엇이 진정한 삶의 모습인가를 생각해보곤 했다. 이렇게 해외여행을 하면서 국내에서 살면서 지금까지 느끼지 못했던 새로운 느낌을 받으면서 앞으로의 삶에 나 자신을 되돌아보는 계기가 만들어지기도 한다. 여행을 하면서 나와 다른 삶을 사는 사람들을 만나는 즐거움도 있는 거다.

여행은 살아가면서 지친 심신의 피로를 덜며 리프레시되는 기회로 활용하기도 한다. 어느 여름날, 부부는 무작정 동해안으로 떠나자고 하고 영동고속도로로 들어섰다. 진부IC에서 빠져나가 오대산 국립공원의 잣나무숲을 마음껏 감상하고 신선한 공기를 마시면서 국도로 고개를 넘어 주문진으로 향했다. 고개를 넘어 소금강으로 향하는 구불구불한 산길이 구름으로 뒤덮여 있는 거다. 그야말로 한 폭의 동양화 같은 풍광이 눈앞에 펼쳐졌다. 부부는 감탄을 연발하며 소금강의 풍광을 감상하며 동해안으로 향했다. 주문진항에서 바다 내음과 항구 내 어시장의 생생한 모습을 돌아본 후 해산물요리를 먹고 집으로 돌아왔다. 출발할 때의 기분과 달리 그동안 쌓인 심신의 피로가 싹 풀린 것이었다. 이런 맛에 번개여행을 한다는 생각이 들었다.

여행은 미처 몰랐던 다양한 지역의 현장경험을 통해 그곳의 모습을 벤치마킹하는 기회로 삼기도 한다. 여러 차례에 걸쳐 해외선진국의 교육시스템을 벤치마킹하고자 대학 내에서 또는 여러 대학 교수들과 여러 나라를 다녀오곤 했다.
여행을 통해 새롭게 사귀게 된 사람들과 더욱 친밀해져 새로운 차원의 인간관계를 구축하는 계기가 되기도 한다. 2005년부터 시작된 성장동력사업에 참여한 전국 20개 대학의 사업책임을 맡고 있는 교수들이 5년 사업이 끝났음에도 지금까지도 정기적으로 모임을 갖고 좋은 인간관계를 이어오고 있다.

이런저런 형태로 국내뿐 아니라 해외여행도 꽤 많이 했다. 몇 개국이나 다녀왔나를 확인해보니 50여 개국을 여행했다. 좋다고 하는 장소는 여러 번 다녀온 곳도 있다. 같은 곳을 반복해서 다녀오더라도 사람도 다르고 목적도 다르고 하다 보니 그 맛이 다른 것을 느낀다.

늘 여행 중 느끼는 거지만 여행은 보는 즐거움과 함께 먹는 즐거움이 있어야 한다. 여행자유화가 되기 전인 1980년대 말 학교교수 10여 명이 방학 중 대만, 태국, 홍콩을 다녀오기로 했다. 대만에서는 더운 지방 특유의 향신료에 익숙하지 않아서인지 식사를 제대로 할 수가 없는 거다. 먹는 즐거움이 없어서인지 여행이 즐겁지 않았다.

이틀을 식사 때문에 고생하고 있는데 누군가가 시장에 가서 상추와 꽁치를 사고 밥을 지어 고추장양념으로 상추쌈밥을 먹자고 한다. 시장에 가서 재료를 구입하여 숙소에서 조리를 하여 맛있게 먹었다. 못 먹어 쳐져있던 몸이 생기가 돌고, 그 덕에 몸을 추스를 수 있었다. 그날 오후에 태국으로 건너가 방콕공항에 내리자마자 수산시장으로 달려가 원 없이 신선한 해산물을 즐겼던 기억이 있다. 이렇듯 여행에 있어서 먹는 즐거움을 무시할 수 없다.

몇 년 전 아내와 함께한 서유럽여행은 많은 생각을 하면서 즐긴 여행이었다. 아내는 "유럽여행이 처음이어서 무척 설레네" 하였지만, 나는 서유럽여행이 네 번째여서인지 크게 설렘은 없었다. 단지 예전과 달리 퇴직 후 오랜만에 아내와 함께하는 여행이고 자식들이 환갑기념 으로 마련해준 여행이어서 그것에 의미를 두고 떠났다.

환갑맞이 서유럽여행이 시작되는 파리 호텔식당에서 아침을 먹고 자 했다. 예전 여행 때와는 사뭇 달리 식사 내용이 부실했다. 나름대 로 이해하고자 하면서 관광을 즐기려 했지만 부실한 아침식사 때문에 여행의 즐거움이 반감되었다. 프랑스를 떠나 도착한 스위스, 오스트 리아, 독일에서의 아침식사는 나름대로 즐길 수 있는 실속 있는 식사 였다. 이태리의 밀라노와 로마에서의 아침식사는 부실했다.

밀라노를 거쳐 로마에서 피렌체로 오면서 가이드의 설명을 들으면 서 나는 유럽 알프스산맥 북쪽과 남쪽의 환경의 차이에 따른 다른 생 활상을 이해할 수 있었다. 삶과 문화의 뿌리는 환경에 있다고들 한다. 왜 그럴까? 그들이 처해있는 환경을 모르고 문화를 이야기하면 안 된 다. 결국 그들을 둘러싼 환경에 따라 삶의 모습이 다른 것이다.

유럽의 북쪽지방은 춥고 동절기에는 해가 짧다. 외부환경이 쾌적하 지 않으므로 바깥 생활이 여의치 않다. 집안에서 많은 시간을 보내다 보니 집은 보온이 잘되도록 짓고, 정원도 집안에 만들어 놓으니 규모 가 크다. 집안의 식사문화가 발달하게 되어 외부보다는 집안에서 직 접 요리를 해서 즐기게 되는 것이다.

반면에 유럽 남쪽지방에서는 덥고 동절기에도 해가 길다. 외부환경 이 쾌적하므로 많은 사람들이 바깥에서 주로 생활을 한다. 집은 굳이 북쪽사람들처럼 잘 지을 필요가 없고, 규모가 클 필요성을 못 느끼게 된다. 그래서 이태리를 비롯한 남쪽나라의 경우 BAR 문화가 발달되어 있다. 오후 서너 시가 되면 가장 먼저 문을 열고 가장 늦게 문을 닫는다. 저녁 늦게까지 바에서 사람들이 삼삼오오 모여 음식을 먹으면서 즐기다가 밤늦게 집에 들어가게 된다. 그러니 아침식사가 부실할 수밖에 없다. 아침을 대충 빵과 커피 한 잔으로 때우고 하루를 시작하는 것이다.

이렇듯 환경에 따라 삶의 형태도 다르다는 것을 이해를 하고 여행을 하면 여행의 즐거움이 배가된다. 누군가가 "인생은 여행이다"라고 한다. 국내건 해외건 시간 나는 대로 많은 여행을 하면서 눈으로 다양한 삶의 모습을 즐기고, 입으로 맛있는 음식을 즐길 수 있다면 내 삶이 맛있는 삶이 되지 않을까 생각한다.

정상에서 마시는 막걸리 한 잔

이따금 산에 올랐다 내려오면, 더없이 간절한 것이 막걸리 한 잔이다. 우리나라 사람들은 성격이 급해서일까, 꼭대기에서 막걸리를 파는 산도 종종 볼 수 있다.

하산을 하다가 다칠 염려가 있기 때문에 지나친 음주는 금물이지만, 정상에서 마시는 막걸리 한 잔은 그 어느 술과도 비교할 수 없다. 안주가 부실한들 무슨 상관이랴. 손가락 빨면서 맛있고 고소한 것이 정상에서 마시는 막걸리다. 송골송골 맺힌 땀방울을 식혀 주는 바람, 내가 사는 동네는 물론 저 너머 먼 동네까지 다 내려다보이는 세상. 거기에 흥을 돋우는 막걸리만 있다면, 저 밑에서 내가 무슨 일을 하는 사람이든 그 순간만큼은 세상이 내 것인 것 같은 기분이 든다.

세상살이에 지치고 힘들다면, 산에 올라 막걸리 한 잔 마셔 보는 건 어떨까. 용기가 샘솟고 당당해지는 내 자신이 바로 거기에 있을 것이다.(물론, 딱 한 잔만!)

Chapter 2

좋은
인간관계

인간관계,
가장 중요한 행복의 조건

현대는 인간관계의 시대이다. 맛있는 삶을 통한 인생의 성공 여부
는 인간관계가 좌우한다. 가족, 친지, 사회와의 관계에서 타인을 접촉
하는 데 필요한 지혜를 터득할 필요가 있다.

인간의 삶의 궁극적 목표는 무엇일까? 행복 추구이다. 많은 사람들
이 행복 추구는 부의 축적을 통해서라고 생각한다. 언젠가 본 미국인
들을 대상으로 한 조사 결과에 의하면, "최고소득층의 15%만이 행복
하다고 한 반면, 극빈계층의 75%가 행복하다"라고 답했다고 한다. 이
조사결과는 부의 축적이 행복 추구의 수단이 아니라는 것을 보여준
다. 조사 대상자 대다수는 행복의 추구가 인간관계를 통해서라고 답하
고 있다. 즉 인간관계가 가장 중요한 행복의 조건임을 알 수 있다.

행복은 곧 돈이라는 등식은 성립되지 않는다. 행복은 돈, 권력, 명예가 아니라, 인간관계에서 느끼는 끈끈한 마음에 달려있다. 우리들에게 필요한 것은 무엇일까? 단연코 돈보다 인간관계이다.

특정개인의 역사를 장기적으로 추적한 1937년 당시 '하버드대 2학년생 268명 생애연구'가 있다. 후원자 그랜트W.T. Grant의 이름을 따서 '그랜트연구'라고 한다. 이 연구는 '잘사는 삶에 일정한 공식이 있을까?'라는 기분적인 의문에서 출발했다. "성공적인 노후로 이끄는 열쇠는 지성이나 계급이 아니라 인간관계이다"가 연구의 결론이다.

한국의 직장인들에게 "직장인에게 가장 문제가 되는 것은 무엇이라고 생각하는가?"라고 물어봤다. "승진 문제도 아니고, 경제적인 문제도 아니요, 바로 동료와의 관계 또는 상사와의 관계에서 일어나는 갈등이다"라고 직장인들은 답했다.

여러 해 전에 S그룹은 신입사원들을 대상으로 설문 조사를 했는데, 직장에서 성공하기 위한 능력으로 대인관계능력을 첫 번째로, 이어서 업무능력과 성실성을 뽑았다.

"성공하기 위해서 필요한 것은 돈이 아니라 인간관계다"라고 세계적인 부호 빌 게이츠는 강조하고 있다. 또 미국 심리학 교수인 조너선 하이트는 "인간의 행복은 자기 혼자서 성취할 수 없다. 인간의 행복은 개인에게서 만들어지는 것이 아니라 나와 가족·친구·동료 등 다른 사람과의 관계에서 만들어진다"고 하며 인간관계의 중요성을 이야기하고 있다.

이렇게 볼 때 인간관계에 대한 깊이 있는 이해는 행복한 삶, 맛있는 삶을 위해 매우 중요한 의미를 지닌다. 인간은 사회적 동물이다. 이 세상은 혼자서는 결코 살아갈 수 없다. 아무리 돈이 많고, 권력이 있고, 지위가 높고, 똑똑한 사람이라도 사람을 만나고 그들과 소통해야 맛있는 삶이 유지된다. 다른 사람과 함께 더불어 사는 삶이 즐거움이고 행복인 것이다.

마음이 통하는 사람들과 카페에서 따뜻한 차 한 잔 나누면서, 식당에서 밥 한번 먹으면서, 포장마차에서 나누는 소주 한잔에서, 취미나 운동을 같이하는 즐거움 속에서, 산속을 같이 동반자와 산책을 하며 즐기는 것에서 우리는 행복을 만끽할 수 있다.

퇴직 후 자유인이 된 요즈음 아내와 같이할 수 있는 시간이 많아졌다. 아내와 산속을 같이 걸으며 자연의 변화하는 모습을 화제로 이런 저런 이야기를 나누곤 한다. 가을에는 밤이나 도토리를 주우며 동심으로 돌아가 즐기기도 한다. 바닷가로 달려가 갈라진 바닷길을 따라 바다냄새를 맡으며 걷기도 하고, 저녁때 바닷가에서 석양 노을을 감상하기도 한다. 이렇게 시간을 함께하면서 부부가 여유를 갖고 행복한 시간을 보내는 것은 퇴직하여 자유인이 되어 많은 시간을 같이할 수 있기 때문인 것이다.

지금 동반자를 소중히 여길 줄 알고, 내가 가진 것과 타인이 가진 것을 비교하지 않고 내 수준에서 동반자와 함께 즐거움을 찾으려고 하니 행복한 사람인 것이다.

인간관계는 한 사람이 사회에서 발휘할 수 있는 능력의 정도를 결정하는 중요한 변수 중의 하나이다. 아무리 그 사람이 지적 능력 등 다른 능력이 출중하다 하더라도 주위 사람들과 원만한 관계를 유지하지 못하고, 자주 마찰을 일으키게 되면 그 사람의 능력을 발휘하는 데는 한계가 있다. 그러니 우리는 보다 더 사회적이어야 하고 우리는 타인과의 관계에서 항상 좋은 관계를 유지하도록 해야 한다.

독일의 생물학자 '리비히'가 제시한 '최소량의 법칙'에 의하면, "식물 성장의 정도는 그 식물의 성장을 위해 필요로 하는 핵심요소들 중에 가장 적은 요소의 양에 의해 결정된다"고 한다. 사람의 능력도 마찬가지이다. 한 사람의 능력 활용 정도를 통에 담긴 물의 양과 같다고 할 때, 그 사람이 어느 정도의 능력을 발휘하는가 하는 것은 중요한 여러 가지 능력 중에 가장 작은 요소에 의하여 결정된다. 한 사람이 모든 능력을 갖추었으나 인간관계가 원만하지 못하다고 하면, 그 사람의 능력 발휘의 정도는 가장 문제가 있는 인간관계라는 요소에 의해 결정된다.

급변하는 소용돌이 환경 속에서 물질주의의 팽배로 인해 나날이 비인간화되어가고, 삭막해지고 있는 요즈음 맛있는 삶을 위한 인간관계 능력이 더욱 필요하다.

한 사람이 높은 지적 능력·감성 능력·신체적 능력·시간관리 능력을 갖고 있더라도, 그의 인간관계 능력이 낮은 수준에 있다면 그의 삶은 성공할 확률이 낮다. 우리는 높은 지적 능력·감성 능력·신체적 능력·시간관리 능력과 함께 다른 사람과 좋은 관계를 유지할 수 있는 인간관계 능력을 갖추도록 해야 한다.

인간관계 능력을 높이기 위해서는 먼저 스스로에 대한 정확한 파악이 필요하다. 인간관계의 시작과 끝은 모두 나로부터 결정되기 때문에 정확한 나에 대한 진단과 파악이 필요하다.

다음으로 스스로와 타인에 관련해서 가질 수 있는 기본적인 입장을 '자기 긍정-타인 긍정'의 태도와 관점을 가지고 삶을 즐기도록 해야한다. 이런 태도와 관점을 갖고 있는 사람은 스스로의 가치와 함께 타인의 가치를 인정하고 존중하는 사람이다. 스스로의 삶을 즐겁게 살뿐 아니라 타인의 삶도 즐겁게 바라보면서 서로가 행복해지기를 바라는 사람이다. 그렇다 보니 서로 간의 문제가 생기더라도 신뢰를 가지고 해결할 수가 있다. 건강하고 행복한 방식으로 서로 간의 생활을 엮을 수 있는 힘을 얻는다.

관상어 중에 코이라는 물고기는 자라는 환경에 따라 크기가 다르다고 한다. 작은 어항에서는 5~8센티미터 정도로 크기가 자라고, 커다란 수족관에서는 15~25센티미터 정도로 자라고, 강물에서는 90~120센티미터까지 자란다고 한다. 이렇게 코이는 같은 물고기라도 어항에서 자라면 피라미가 되고, 강물에서 자라면 대어가 되는 신기한 물고기이다.

우리의 삶도 이와 비슷하다. 사람들 또한 이 물고기처럼 환경의 지배를 받으며 살아간다. 코이라는 물고기가 살아 숨쉬는 환경이 어항이냐 수족관이냐 또는 강가냐에 따라 그 크기를 바꾸듯이, 사람 또한 매일 만나는 사람들의 생각에 따라 스스로가 발휘할 수 있는 능력의 크기가 달라진다.

대마로 잘 알려진 삼은 키가 크고 곧게 자라는 식물로서 잘 자랄 때는 삼대가 3미터까지 자란다. 굽어지기 쉬운 쑥대는 곧은 삼밭 속에서 자라면 삼대의 영향을 받아 저절로 곧게 자란다. 이처럼 사람도 좋은 사람과 사귀게 되면 좋은 사람이 되고 나쁜 사람과 사귀게 되면 나쁜 사람이 된다.

좋은 환경에서 좋은 사람과 인간관계를 맺으면서 지내다 보면 거기에 동화되어 올곧게 된다. 하수구에 있으면 나에게서 하수구의 냄새가 날 것이고, 꽃밭에 있으면 내 몸에서 꽃향기가 나는 것이다. 사람 또한 인품의 향기가 나는 사람과 어울리면 인품의 향기가 날 것이다.

이처럼 사람도 살아가면서 누구를 만나고 누구와 함께 있느냐에 따라 인생이 좌우될 수 있다. 인간관계의 중요성을 새삼 깨닫게 하는 말이다. 긍정적인 사람과 늘 함께하면 나도 모르게 긍정적인 사람이 된다. 꿈꾸는 사람과 함께 하면 꿈이 생겨난다. 성공하고 싶다면 성공자들과 함께하고, 맛있게 즐기며 살고 싶다면 삶을 즐기고 있는 사람들과 함께하도록 해야 하는 것이 긍정적 삶의 변화를 이루는 가장 확실한 공식이다.

어디에서든
소통은 중요하다

여러 해 전에 내가 본 한국 영화 〈황산벌〉 이야기다. 영화에서 신라군 한 명이 백제군 적진으로 들어가 백제군으로부터 정보를 빼내기 위하여 염탐하는 장면이 있다. 백제군 진지 안에서 백제군 장수들이 오고 가는 이야기가 염탐꾼에게 들리긴 한다. 그런데 도통 무슨 이야기를 하고 있는지를 이해할 수가 없는 거다. 되돌아온 염탐꾼이 들은 그대로 신라 장수에게 털어놓는 장면이 나온다. 영화 관객으로 하여금 폭소를 자아내는 장면이다. 염탐을 했음에도 무슨 말인지를 알 수 없었던 것은 전라도 사투리 '거시기' 때문이었다. 백제 장수들 간에 대화가 오고 가는 과정은 '거시기'로 시작해서 '거시기'로 끝나는 것이었다. 백제 진영 상황을 잘 알고 있는 백제군들이 아닌, 상황을 잘 모르는 신라군들은 '거시기' 속에 담긴 의미를 잘 이해할 수가 없었다.

장가를 들어 신혼여행을 다녀온 후 부여 처가에 첫 나들이를 갔다. 처가의 안방에는 동네 어르신들이 앉아서 기다리고 있다. 그런데 안방의 동네 어르신들은 나를 앉혀놓고 하던 이야기를 계속 진행한다. "거시기네 있잖아 거시기하여 거시기하는데 거시기 안 할까 몰라" 하면서 누군가가 이야기한다. 그러면 옆에 계신 다른 분이 "아마 거시기 할 걸" 하고 맞장구를 친다. 그 말을 이어받은 다른 분이 "정말 거시기하겠네" 하는 식으로 대화가 끊임없이 재미있게 오고 간다.

그 자리에 앉아있는 나는 도통 이해를 못 하고 있는데 그들은 소통을 하는 데 아무런 불편이 없다. 정말로 동네분들이 하는 이야기를 영화 〈황산벌〉에서처럼 상황을 모르는 나는 전혀 알아들을 수가 없었다. 서울서 나고 자라면서 생활해 온 나로서는 그저 신기할 뿐이었다.

이튿날 집으로 돌아오는 길에 집사람에게 "처가 동네에서는 거시기로 시작해서 거시기로 끝나는데 서로 소통하는 데 전혀 문제가 없더라. 신기하다"는 이야기를 했던 기억이 있다.

우리 삶에 있어서 소통은 너무 중요하다. 대화는 먼저 자신과의 소통이요, 타인과의 연결이다. 사람들은 소통 없이 절대 남들과 어울리면서 살아갈 수 없다. 보통 하루 시간 중의 70% 정도를 말하고 읽고 쓰고 하는 등의 소통에 보낸다고 한다. 소통을 하지 않고서는 인간의 행동에 영향을 미칠 수 없기 때문이다. 이것은 마치 신경 계통이 없는 인간을 생각할 수 없고, 신경이 마비되면 인체의 기능이 마비되는 것과 같은 이치이다.

지금 우리가 사람들과 즐겁게 대화하고 재미있는 시간을 많이 만드는 것도 다 소통의 중요성 때문이다. 소통의 중요성은 크게 강조해도 지나치지 않다.

영어에 "Business is communication"이라는 말이 있다. 그만큼 오늘날 가정, 친구, 직장 등 어디에서건 성공적인 삶 맛있는 삶을 위해서는 다른 사람들과의 소통이 중요하다는 의미이다. 어떤 상황에서건 성공을 좌우하는 것은 일을 잘 수행해 나가는 능력뿐 아니라 소통을 잘하고 못하는 데에도 달려 있다.

대화라는 뜻의 Dialogue는 Dia(통하여)와 Logos(말)로 합성되어 만들어진 것이다. 직역하면 '말을 통하여'라는 뜻이다. 언어 소통을 의미하는 Dialogue가 그리스 시대에는 자신과의 소통(독백)의 의미로 주로 쓰였다. 대화란 삶을 소통하는 방식을 놓고 서로의 느낌을 나누기 위해 마련된 것이다. 그러니 대화를 통해 소통하지 않고서는 맛있는 즐거운 삶을 나눌 수 없다.

사람들은 소통을 하지 않고서는 절대로 그 사람의 마음을 알아낼수 없다. 가족들끼리도 마찬가지다. 오랫동안 함께해 온 가족이라 하더라도 서로 자신의 생각이나 감정을 말하지 않는다면 절대 그 사람의 마음을 짐작할 수 없다. 이것도 소통의 중요성에서 매우 중요한 부분을 나타내는 것이다.

인간의 욕구 가운데 고급욕구에 속하는 것이 다른 사람으로부터 인정을 받고 싶은 욕구이다. 그러니 상대를 얻고 자신의 생각에 따라오게 하는 가장 확실한 방법은 상대의 자존심을 만족시켜주는 일이다.

상대방의 존재를 인정해주면 상대방은 감동하여 당신에게 호감을 가진다. 누군가를 만나게 될 때 상대방의 자존심을 살려주는 것은 매우 중요하다.

상대에게 호감을 얻도록 하기 위해서는 상대와 소통함에 있어서 말을 혀로만 하지 말고 눈과 표정으로도 말해야 한다. 눈과 표정 같은 비언어적 요소가 말과 같은 언어적 요소보다 더 힘이 있다는 사실을 명심해야 한다. 상대에 대하여 성실한 관심을 보여주고, 미소를 머금은 얼굴로 사람을 대하는 것은 가장 기분 좋고 의미 있는 여운을 준다.

소통을 잘하기 위해서는 내가 하고 싶은 말보다, 상대방이 듣고 싶은 말이나 상대가 관심을 가지고 있는 것을 화제로 삼아야 한다.

많은 사람과 대화를 나누다 보면 자기가 관심을 갖고 있는 것을 소재로 삼아 남의 흥미에는 아랑곳없이 말을 이끌어가는 사람이 있다. 이는 다른 사람과의 소통을 어렵게 하는 결과가 된다. 진정으로 원만한 소통을 원한다면 상대가 관심을 가지고 있는 것을 대화 소재로 소통을 이끌어갈 필요가 있다. 예를 들어 상대가 낚시를 좋아하는 사람이라면 낚시에 관심이 없는 사람이라 하더라도 낚시를 소재로 상대방과의 대화를 이끌어간다면 어떨까?

산학협력단 책임자로 국가재정 지원사업에 지원을 하고 심사를 받을 때인 2005년의 일이다. 서면심사를 통과하고 현장실사를 준비하는 과정에서 심사위원을 수소문해 보니 모 대학의 K교수라고 한다. 그 교수를 검색해보니 김치에 관심을 갖고 있으며 기업을 갖고 있는 교수였다. 그 교수 관련 자료를 자세히 검색하였다. 현장실사 당일 모처로부터 K교수를 만나 함께 학교로 오는 동안에 차 안에서 1시간여 대화를 이어갔다. 그 교수에 대해 검색한 내용을 중심으로 대화를 하니 그 K교수가 자기에 대해 잘 알고 있음에 깜짝 놀라는 것이었다. 그다음부터 일이 부드럽게 진행된 것은 물어보나 마나 한 일이다. 이후에도 그 교수는 나와의 좋은 인연을 맺게 되었고 어느 날 나에게 자기에게 관심을 가지고 인정해준 것에 감사의 말을 건네기도 했다.

이렇듯 어디에서든 소통은 매우 중요하다. 다른 사람에게 기쁨을 주면 그 사람의 행복이 될 뿐만 아니라 자신에게도 어떤 형태로든 되돌아온다. 사람은 다른 사람으로부터 기쁨을 선물받으면 그 사람에게 호감을 느낀다. 그 호감은 상대를 위해 무엇인가 도움이 되고 싶다는 마음으로 발전한다. 가정에서든, 친구 간의 관계에서든, 직장 내에서든 마찬가지이다.

소통에 있어서 명심해야 하는 것은 내가 하기 쉬운 말보다 상대가 알아듣기 쉽게 상대 눈높이에 맞추어 말을 해야 한다. 소통은 내가 가진 생각과 감정을 말 등의 매체를 통해 전달함으로써 타인과 내가 가진 생각과 감정을 공유함으로써 원만하게 되는 것이다.

내가 사용하는 언어가 타인 눈높이에 맞지 않게 되면 상대가 이해하지 못하거나 잘못 이해하게 되어 불통현상이 발생하므로 상대의 눈높이에 맞는 소통이라고 볼 수 없다. 한 예로 TV프로그램에 나온 토론자가 국민 다수의 눈높이에 맞지 않는 전문용어로 말하는 경우를 종종 보게 된다. 이는 다수를 의식하지 않는 올바른 소통방법이 아닌 것이다.

상대와의 대화에 있어서 말을 독점하지 않도록 해야 한다. 주변의 어느 사람은 모임을 갖게 되면 대부분의 시간을 자기 혼자서 독점하며 좌중을 지배하며 시간을 이끌어가는 경우를 종종 본다. 모임이 끝나고 나면 그 사람의 말에 맞장구만 치고 끝났음을 알고 씁쓸한 기분을 갖게 되는 거다. 왜 그런 기분이 드는 걸까? 그 사람이 우리와 만나는 동안 혼자서 말을 독점했기 때문이다.

상대가 누구이든 만남을 갖고 소통을 원만히 하고자 한다면 가능하면 적게 말하고 많이 듣도록 노력해야 한다. 상대의 말을 주시하면서 경청의 태도를 취하도록 해야 한다. 경청의 법칙으로 '1, 2, 3 법칙'이 있다. 이는 "1분 동안 말하고, 2분 이상 듣고, 3분 이상 맞장구를 쳐라"라는 말이다.

말하는 사람들 사이에 끼어들어 방해하지 말아야 한다. 나의 경험으로도 내가 나름대로 진지하게 말하고 있는 도중에 누군가가 끼어들어 말을 막으면 기분이 별로 좋지 않다. 그러니 상대와 다른 의견을 말하거나 거절할 때 일단 수긍하고 인정하는 바탕 위에 그와 다른 의견을 말하거나 거절하도록 조심해야 한다.

자연스럽게
말하듯 하세요

2013년 봄 박근혜 대통령이 미국을 국빈 자격으로 방문했을 때 일이다. 백악관을 방문한 박 대통령은 오바마와 둘이서 백악관 정원을 거닐게 되었다. 오바마가 연설을 잘하는 사람이라는 것을 알고 있었던 박 대통령은 다음 날 있을 의회에서의 박 대통령 연설을 화제로 떠올리며 오바마에게 물었다고 한다.

"내일 의회연설이 있는데 어떻게 하면 당신처럼 연설을 잘할 수 있어요?"

"자연스럽게 말하듯 하세요"라고 오바마는 조언했다고 한다.

그 다음날 박 대통령은 의회연설에서 성공을 거두었다.

오바마가 한 말은 많은 이들이 지적하는 내용이다. 나도 많은 사람들 앞에서 연설을 할 때 원고 없이 핵심 단어만 메모해서 갖고 있으면서 모임의 성격에 맞게 나름대로 살을 붙여 말하듯 이야기를 했을 때 청중은 물론이요 내 자신의 만족도도 높았던 경험을 갖고 있다.

물론 입학식이나 졸업식과 같은 큰 행사에서의 공식적인 축사 등은 원고를 작성해 놓고 현장에서 실수 없이 청중에게 대화하듯 말을 이끌어 가면 더 잘 마무리가 되는 것을 알 수 있었다.

내가 몇 번 탐독한 책이 있는데 제임스 C. 흄스의 『링컨처럼 서서 처칠처럼 말하라』이다. 훌륭한 강연 여부를 결정짓는 기준은 물론 말을 얼마나 잘하느냐가 아니라, 얼마나 많은 이의 마음을 움직이느냐에 있다. 말의 내용과 내 삶의 내용이 같아져야 한다. 그리고 나 자신만의 언어로 맛있게 말해야 한다.

살아가면서 많은 사람 앞에서 자기의 생각을 말로 표현한다는 것이 얼마나 힘든 일인지를 경험해본 사람들은 잘 안다. 대학교 때 어느 교수님은 전공 분야에서 매우 유명한 교수님이라고 하여 설레는 마음으로 수강신청을 하여 강의를 듣게 되었다. 막상 교수님의 강의 모습은 명성에 걸맞지 않게 내 기대를 저버리고 강의를 못하는 모습을 보여주었다.

누구는 사회적 지위가 높은 사람임에도 불구하고 처음으로 주례에 나선 힘든 경험을 이야기하곤 한다. 그만큼 강의건 주례건 남 앞에 나서서 말을 한다는 것은 힘든 일인 거다.

나도 처음 강의에 나섰던 경험을 잊을 수가 없다. 첫 강의가 2시간짜리 강의여서 수없이 연습을 통해 2시간 강의 분량에 맞게 준비를 하여 강단에 섰다. 강단에 서는 순간 긴장을 해서인지 몸에서 땀이 비오듯 나며 학생들의 모습이 잘 눈에 안 들어오는 것이었다. 정신을 가다듬고 강의를 시작했는데 이번에는 준비해간 강의안이 바닥이 난 것이었다. 20여 분을 남겨놓고 강의안이 바닥이 나서 학생들에게 더 해줄 이야기가 없는 것이었다.

지금 같으면 시간을 조절해가며 여유를 가지고 강의를 하겠지만, 그 당시만 해도 그럴 만큼 마음의 여유와 요령이 없어서 무척이나 당황했던 기억이 있다.

이처럼 남들 앞에서 자신의 생각을 그대로 전달하기란 쉽지 않은 것이다. 나도 신참 교수 시절 얼마 동안은 표현력이 그리 월등하지 않아서 많은 사람들 앞에서 강의를 잘하거나 말을 잘하는 사람들을 보면 '부럽다'라는 생각을 갖곤 했다. 나름대로 표현력을 보다 더 한 단계 업그레이드 해야겠다고 생각하고 많은 이들의 강연을 듣고 나름대로 노력을 했다. 어느 때부터는 나도 "강의 잘한다"라는 얘기를 들을 정도로 내 생각을 불편 없이 재미있게 말할 수 있게 되었다.

2004년 산학협력단 책임자로 크고 작은 여러 모임에서 말을 할 기회를 자주 갖게 되었다. "말도 하다 보면 늘게 된다"는 식으로 원고를 준비하고 말하면서 그 능력이 향상되었다. 이후 총장직무대행과 총장직을 수행하면서 말할 기회가 많이 주어지게 되어 어떤 만남에서건 길고 짧게 말하는 기회를 자주 갖게 되었다. 요령도 많이 터득되었다.

총장 재직 중 신규로 전임교원을 확보하고자 했다. 서류심사를 거쳐 면접대상자를 선정했으므로 객관적으로 학력, 실적, 경력은 기준선을 넘은 분들이다. 개별면접을 면접위원들과 함께 보면서 면접대상자에게 서류심사를 통해 확인하지 못한 것들을 검증하고자 했다. 나는 면접대상자에게 '지원한 대학에 대해 얼마나 아는지?'를 묻고자 했다. 그런 다음 '이 대학에 다니는 학생들이 어떤 학생들인지?', '이 학생들을 어떻게 지도해야 되는지?' 물었다. 질문에 답을 하는 것을 보면 이분이 우리 대학에서 꼭 필요한 분인지를 알 수 있었다.

우리 대학은 명성 있는 대학도 아니다. 재학생들은 고교 시절까지 성적이 뛰어나지 않아 학교 선생, 가족, 사회로부터 제대로 대접을 받지 못한 채로 지내다 대학에 온 것이다. 따라서 그들에게는 최고 실력보다도 사랑으로 학생들을 보살피며 학생들의 관심을 이끌어 주며 그들 눈높이에 맞추어 쉽게 이해할 수 있게 말하고 표현해주는 그런 교원이 보다 필요했던 것이다. 평소에 그런 생각을 갖고 있던 나는 총장으로서 그런 분들을 면접을 통해 찾고 싶었고 전임으로 모시는 기준으로 삼았다.

면접을 진행하면서 어떤 지원자는 우리가 진정 어떤 분을 전임으로 모시고자 하는지 아랑곳하지 않고 자기 자랑만 들어놓거나 이 학교에 대해 전혀 지식이 없이 면접을 보러 온 경우도 있어 면접위원들을 당황하게 만든 경우도 있었다.

나는 퇴직 후 강연을 하며 '삶을 즐기며 살겠다'고 삶의 목표를 정하고 도전하고자 했다. 전문가 도움이 필요하다고 보아 E대학 명강사과정을 다니게 되었다. 그곳에는 강연기법에 전문성을 가진 많은 이들이 한 수 지도해주는 것을 내 지식으로 삼고자 열심히 다녔다. 강연자로서 자세부터 화법, 강연, 전개 방식, 마무리 등 그동안 내가 터득하지 못했던 여러 가지를 배울 수 있는 좋은 기회였다.

그 이후부터는 내 나름대로 몸에 화법 등을 습관화하는 노력을 열심히 했다. 남들이 강연한 내용을 녹음해 반복해서 듣기도 했다. 또 직접 구어체로 작성한 강연 내용을 녹음해 실제로 강연장에 선 마음으로 들으며 연습하곤 했다. 그러면서 강연 내용이 완전히 숙지가 되어 원고 없이 강연할 수 있게 되었다. 큰 소득을 얻게 된 것이다.

나는 강연 한 내용과 미처 강연에서 말하지 못한 하고 싶은 내용을 활자화시켜 책으로 만들어야겠다는 생각을 했다. 그동안 나름대로 여러 권의 전공 관련 서적을 만들어 왔던 나였다. 하지만 일반인을 대상으로 한 자기계발서를 만들겠다고 생각하니 눈높이를 일반대중에게 맞춘 표현기법을 익히고 싶었다.

C신문사의 '글쓰기 과정'이 개설된 것을 보게 되었다. 잠시 머뭇거리다가 용기를 내었다. 주변에서 "무슨 공부를 또 하러 다녀요?" 했지만, 내가 그동안 해보지 못했던 글 쓰고 표현하는 공부를 그 분야의 전문과정을 통해 하고 싶었다. 그런 경험이 전무한 나로선 그 과정 참여가 재미있었다. 내가 지금까지 글 쓰면서 습관적으로 무심코 사용해왔던 단어들, 표현방식, 글 성격에 따라 달리하는 글쓰기 방법 등 여러 가지 것들을 전문기자들을 통해 익힐 수 있는 좋은 기회였다.

"내심 공부하는 데 나이가 무슨 관계가 있나?"

"학력이 무슨 관계가 있나?" 하면서 말이다.

그동안 남들을 가르치며 여러 권의 책도 내면서 평생을 보낸 사람이지만 배움에는 끝이 없다는 것을 알았다. 저녁 시간에 여러 사람과 토론하고 공부하고 나서 그날 익힌 내용을 녹음해서 반복해 들으며 내 것으로 소화시키는 즐거움도 있었다. 매주 만들어간 숙제를 일일이 전문적인 입장에서 점검해주면 그것을 바탕으로 내 글로 만들어가는 과정도 재미있었다. 그러면서 나름대로 내 생각을 맛있게 말하고 글로 표현하는 데 있어 어느 정도 자신감을 갖게 되었다.

어느 곳에서 강연을 듣다 보면 속으로 '이 사람 강연 참 맛깔스럽게 잘하네'라는 생각이 들 정도로 그분의 센스와 능력이 부러운 생각이 들곤 했다. 분위기를 쥐락펴락하면서 자기가 청중을 장악하는 것이었다. 그분들의 이런 모습은 타고난 것도 있지만 후천적으로 끊임없는 자기개발 노력이 있었기에 가능했다고 생각한다. 글쓰기도 마찬가지다. 내가 하고 싶은 이야기를 맛있게 글로 남기는 것도 선천적인 재주와 함께 내 노력이 수반되어야 하는 것은 아닐까?

선재 스님과 사찰 음식

사찰 음식은 이제 대표적인 건강식으로 대중에게 널리 알려졌다. 내가 자주 가는 신흥사 역시 사찰 음식의 대가 '선재 스님'이 계셨던 곳이다.

선재 스님은 한 강연에서 "내가 행복하려면 건강한 몸과 맑은 영혼이 필요합니다. 이것은 맑고 건강한 음식이 있어야 가능합니다"라고 하셨다. 삶을 유지하기 위해 우리는 하루도 거르지 않고 음식을 먹는다. 굳이 몸에 좋다는 비싼 약을 먹지 않아도, 자신의 몸에 맞춰 음식만 잘 챙겨 먹는다면 무병장수는 얼마든지 가능하다.

인스턴트 음식에 찌든 현대인들이 성인병을 달고 사는 건 당연한 일. 자연에 가장 가까운 사찰 음식의 인기는 앞으로 더 높아질 듯하다. 한 입 물면 숲 향기가 한껏 퍼질 듯한, 선재 스님이 만드신 요리가 어떤 맛일지 무척 궁금하다.

상황에 맞는
적절한 자아개방

낯선 사람과의 만남이 친밀한 관계로 이어지기를 원할 때 어떻게 해야 하나?

식사 자리를 통해서 술잔을 주고받으며 서로 어색함과 낯선 상황이 어느 정도 해소되면 의기투합이 되어 주변의 사우나에 들어가곤 했다. 사우나에서 같이 시간을 보내고 나면 서먹서먹했던 분위기가 해소되고 친밀한 관계로 발전하는 것이다.

만나는 사람과 사우나까지 가기 위해서는 식사 자리에서 우호적인 관계가 확실히 만들어져야 한다. 여기서 중요한 것은 자아개방의 여부와 속도이다.

문화의 차이로 인하여 자아개방의 속도가 빠를 수도 있고 그렇지 않을 수도 있다. 재미있는 일화가 있다. 2000년대 중반 늦가을 유럽시찰 여행 중 독일 베를린에 도착해서 낮에 있었던 일이다. 우리 일행은 독일 베를린에서 유명한 사우나에 들어갔다.

그곳 사우나는 우리나라와 달리 남녀혼탕이다. 프런트에서 큰 수건을 받아 들고 기대 반 수줍음 반의 모습으로 수건을 허리에 두르고 사우나에 들어섰다. 소문대로 실오라기 하나 걸치지 않은 남녀가 눕거나 앉아서 사우나를 즐기고 있는 거다. 우리 일행은 처음 보는 모습에 내심 놀라면서 슬금슬금 곁눈질을 한다. 그들은 아무렇지도 않게 누워서 또는 앉아서 남녀가 벌거벗은 채로 담소를 즐기고 있는데 우리만 수건을 허리에 둘러치고 있는 것이 못내 부끄러웠다. 그들 눈에 우리가 이상하게 보였을 것이다. 우리는 서로 눈짓을 하고 사우나 독크에서 나와 들고 들어갔던 수건을 과감히 내던지고 맨몸으로 활보하며 사우나를 즐겼다. 왜 이런 일이 벌어졌을까? 그곳의 목욕문화가 우리와 사뭇 다른 데서 벌어진 자아개방의 차이 때문이 아닐까?

타인과 만남에 있어서 좋은 인간관계를 유지하기 위해서는 어떻게 해야 할까? 우선 나 자신과 타인에 대한 정확한 파악이 필요하고 그다음에 상황에 맞는 자아개방이 요구된다.

자아개방이란 솔직하게 스스로의 느낌, 의견, 가치관, 경험, 취미 등을 있는 그대로 솔직하게 상대방에게 보이는 것이다. 자아개방의 목적은 좋은 대인관계를 위한 것이므로 과다개방과 과소개방 사이에 균형을 유지하는 것이 필요하다.

자아개방 과정에서 일어나는 현상을 이해할 수 있도록 한 '조하리 창Johari window'이론이 있다. 이 이론은 자아개방을 하면서 상대방과 신뢰를 쌓고 서로 이해하면서 관계를 형성 유지시켜주는 과정을 명료하게 설명해 준다. 나와 주변 사람들과의 관계를 이 분석 틀에 넣어 본다면 나의 소통과 관계된 자만과 편견이 얼마나 큰지를 알게 된다.

'조하리창' 이론에 의하면, 인간은 4개의 마음의 창문을 통하여 비춰진 스스로 자아상에 대하여 깊은 관심과 자기개선 의지를 가지고 인간관계를 확대하고자 한단다.

공개영역은 본인과 타인이 서로를 잘 알고 인간관계와 소통에 막힘이 없는 부분이다. 이 부분이 크면 클수록 효과적인 소통이 원만해진다. 이 부분을 확대시킬 수 있도록 노력하는 것이 좋은 인간관계를 형성하는 길이 된다.

맹목영역은 내가 본인에 대해서 잘 알지 못하고 오히려 타인이 나를 더 잘 알고 있는 경우이다. 우리들은 '본인이 모르는 문제점'들을 갖고 있다. 이상한 버릇, 인색한 마음, 아집, 습관적인 불평불만, 독설적 발언, 말이 많음, 잘 안 어울리는 옷차림 등이 있다. 이러한 본인이 모르는 맹점들에 대하여 타인으로부터 수군거림을 당하기도 한다.

맹목영역의 여러 예가 있다. 대학에 재직할 때 어느 동료는 이기적이고 남에게 베풀 줄을 모르는 사람이다 보니 남들이 그 사람과 잘 어울리기를 꺼려한다. 사람들은 그 동료를 제외하고 만나고 싶은 데도 정작 그 동료는 어울리기를 꺼려한다는 사실을 모르는 거다.

또 초등학교 친구 몇 명이 모임을 정기적으로 갖게 되었는데 매사에 습관적으로 불평과 불만을 쏟아내는 친구가 있었다. 매사에 부정적이다 보니 친구들이 그 친구와 어울리기를 불편해하는 것이다. 모임에서 왁자지껄 담소를 즐기다가도 그 친구가 나타나면 별안간 분위기가 썰렁해지는 경우가 자주 있곤 했다. 그런데도 정작 불평만 하는 본인은 잘 몰랐고 결국 그 친구를 제외한 나머지 친구들만으로 모임을 갖고 있다.

비공개영역은 본인은 잘 알고 있으나 타인에게는 숨겨진 영역이다. 그 이유는 타인들이 그것을 알게 되면 본인에게 어떻게 반응할지 모르는 데서 오는 두려움 때문이다. 예를 들어 본인의 밝히고 싶지 않은 과거를 남들이 알게 될까 전전긍긍하는 경우, 원만한 관계가 이루어질 수 없음은 당연하다.

미지영역은 본인도 타인도 모르는 영역을 말한다. 본인을 타인에게 표현함으로써 본인을 타인에게 이해시키고, 본인이 스스로를 알지 못하는 점을 타인으로부터 지적받고, 본인을 보다 객관적으로 이해하게 된다.

이처럼 '조하리창'의 4가지 영역 중, 맹목영역과 비공개영역에 대해서는 서로 배우도록 해야 한다. 본인은 본인에 대해 잘 모르지만 타인들은 잘 알고 있는 것은 겸허하게 배우도록 노력하고, 타인은 모르고 있지만 본인이 알고 있는 것은 과감히 조언해 준다는 상호계발이 필요하다.

아울러 본인에 대해 본인은 알고 있으나 타인은 모르고 있는 것을 고백하고 맨몸이 되는 용기도 필요하다. 그런데 남에게 본인의 부끄러움을 무릅쓰고 본인 이야기를 하는 것을 두려워하고 본인의 마음을 잘 열지 못하곤 한다. 그 이유는 무엇 때문일까, 본인의 잘못이나 부족한 점을 남들이 알게 되면 무시당하지는 않을까? 또 비난받지는 않을까 하는 두려움 때문이다.

그러나 적절한 상황에 본인의 부족한 점을 상대방에게 솔직히 고백하고 내보이게 되면 오히려 상대방이 크게 감동하고 마음이 움직일 수 있다. 비공개영역의 크기가 줄어들게 된다.

상대가 나에게 마음을 연다면 보이지 않는 창의 크기가 줄어들게 된다. 더욱 미지영역을 가능한 작게 하여 공개영역을 확대하도록 해야 한다. 서로 간의 공개영역인 열린 창의 크기를 키워내 비로소 소통을 잘할 수 있다.

자아개방과 관련하여 무조건적인 자아개방보다는 상황에 맞는 적절한 자아개방이 좋은 인간관계를 위해 필요하다. 자아개방은 가능한 한 서로의 신뢰관계의 정도와 상황에 맞게 속도를 조정하는 것이 신뢰를 쌓는 데 도움이 된다.

자아개방은 일방적일 수 없다. 시간경과에 따라 서로 보조를 맞추는 점차적인 상호 간 자아개방이 필요한 것이다.

어쨌든 낯선 사람과 좋은 관계가 형성되려면 상대의 자아개방 여부를 잘 파악해야 한다. 어느 경우에는 나는 개방할 준비가 아직 안 되어 있는 데도 상대방은 불쑥 다 드러내어 이야기함으로써 나를 당황하게 만든 경우도 있다. 몇 번 만나지 않은 친구가 서로 가벼운 화제를 갖고 주고받다가 갑자기 그동안 숨겨왔던 자신의 잘못이나 부족한 점을 솔직히 내보이면 나 자신은 어리둥절하게 되는 것이다. 나는 그를 비정상적인 사람으로 간주하고 경계할 것이다.

내가 오랫동안 숨겨왔던 개인적인 사실을 고백했는데, 그 상대편은 날씨 이야기 등 가벼운 이야기나 하게 되면 서로 간의 상호성이 파괴되어 좋은 인간관계가 지속되기 힘들다. 또 내가 상대에게 궁금한 것이 있어서 물었음에도 대답을 피하고 얼버무리거나 다음으로 말하는 것을 미루자고 하여 나를 머쓱하게 만든 경우도 있다. 모두 상호 간의 관계가 향후 좋게 형성될 수가 없는 것이다.

반면에 서로 간에 신뢰관계가 형성되어 친밀한 관계가 되었을 경우 높은 수준의 자아개방은 서로 간의 관계발전에 도움이 된다. 자아개방은 순차적이며 상호간에 같은 수준으로 서서히 하는 것이 훨씬 효과적이다.

자아개방은 바람직한 인간관계의 출발점이며, 서로 간의 관계가 원만하게 성장하기 위한 밑거름이다. 하지만 아무리 좋은 약도 많이 먹으면 독이 되듯이 상황에 맞지 않는 자아개방, 갑작스런 자아개방은 인간관계에 독이 될 수 있다. 점진적인 자아개방을 바탕으로 발전적인 인간관계 형성을 위해 노력해야 한다.

소중한 인연이 맺어준
다양한 만남

우리 인생은 다양한 만남을 통해 이루어진다. 세상에 태어나면서 부모, 형제, 친지를 만나고, 학교를 다니면서 친구, 선생님을 만난다. 또 가정을 꾸리면서 아내나 남편, 자식 등의 가족과 친지들을 만나고, 사회생활 하면서 친구와 동료를 만난다. 누구를 만나느냐에 따라 삶의 모습도 달라지고, 행복할 수도 불행할 수도 있다.

누군가가 여행 중 발견한 어떤 흙덩이에서 아주 좋은 향기가 풍겼다. 이상히 여긴 여행객이 흙덩이에게 물었다.

"아니, 흙덩이에서 어떻게 이렇게 좋은 향기가 날 수 있나요?"

"내가 장미꽃과 함께 했었기 때문이지요"라고 흙덩이가 대답했다. 우리의 삶도 마찬가지이다. 우리가 살아가면서 누구를 만나느냐에 따라 향기를 풍길 수도, 썩은 냄새를 풍길 수도 있다. 우리가 태어나서 길게 이어지는 삶의 여정 속에서 좋은 만남을 이어가는 것도 큰 행복이다.

지금까지 살아오면서 어렸을 때의 추억을 바탕으로 한 친구들 모임에서부터 사회생활을 하면서 만들어진 모임 등 다양한 모임을 갖고 있다.

초등학교 시절 어렸을 때부터 만난 친구들 모임이었다. 매달 정해진 날짜에 만나는 그야말로 죽마고우 모임으로서 만나서 건강 확인하고 이런저런 수다를 떠는 오래된 된장냄새가 물씬 풍기는 모임이다. 50년 넘게 만남을 즐기고 있으니 인연으로 치면 보통 인연이 아니다. 만나자마자 장난기 섞인 반말로 시작한 수다는 모임이 끝날 때까지 이어진다. 모임을 끝내고 헤어지면서 조금은 아쉬운 생각을 하게 된다. 어렸을 때부터 인연을 맺은 친구들이고, 직업도 다양하다 보니 대화 내용도 섞어찌개처럼 되는 것이다.

고등학교 친구들 7명이 의기투합하여 졸업 직후 모임을 만들었다. 친구들이 밤을 새워가면서 회칙을 만들고 명칭을 만들어 출발은 그럴 듯하게 했다. 얼마 가지 않아 정기적으로 모임을 갖고자 하더라도 종교행사 등 이런저런 이유로 참석자 숫자가 줄어들게 되어 모임의 재미를 느끼지 못하곤 했다.

모임 횟수가 줄어들더니 간간이 집안 행사가 있거나 해외에 있는 친구 S가 간간히 귀국하게 되면 그를 핑계 삼아 연락하여 만나는 정도가 되었다. 그러던 모임이 50대 중반에 들어오면서 모임을 갖자고 연락을 하면 모두 모이고 있다. 나이가 들어서인지, 오랜만에 모임을 갖는 것이어서 그런지 부부 모임도 재미있고, 친구들끼리만 모임도 재미가 있다. 우리들끼리 모여서 하는 말이 "이제 나이가 들으니까 남는 것은 친구밖에 없다"고 하면서 말이다. 친구들 모임은 오랜만에 만나더라도 바로 그 시절로 돌아가 어색함 없이 추억을 만들면서 만남을 즐길 수 있다.

대학 시절에 친구 권유로 유일하게 참여한 동아리가 한국휴머니스트회이다. 한국휴머니스트회는 나에게 삶의 가치체계를 만들고 사회활동을 하는 데 많은 영향을 끼친 모임이다. 지금도 한국휴머니스트회의 선후배 30~40여 명 회원들이 40년지기 동지들답게 정기적으로 모임을 갖고 추억을 곱씹으며 즐거운 시간을 갖고 있다. 그중 동기모임 멤버인 K와 C하고는 재수 시절부터 교분을 이어오고 있는 막역한 사이이다. 대학은 달리 다녔지만 친교를 유지하며 지금까지도 그 끈끈한 우정을 이어가고 있다.

결혼을 하고 아들을 일찍 얻은 나는 친구들 결혼식을 앞두고 함을 파는 행사에 함진아비로 많이 차출되었다. 그 덕분에 재미있는 추억들을 갖고 있다. 요사이에는 함 파는 풍습이 시들해졌지만 1980년대까지만 해도 결혼식을 앞둔 신랑은 신부에게 함을 팔고 와야 하는 함 파는 풍습이 성행했었다.

함을 진 말은 마부에 이끌려 신부 집 근처에 도착하여 함을 팔러 왔다고 소리치며 돈 봉투를 발로 밟고 들어간다. 어떠한 이유로도 함을 짊어진 말은 뒷걸음을 칠 수 없다. 옆으로 횡보를 하거나 오로지 전진만 있을 뿐이다. 그러니 마부는 함을 짊어진 말을 천천히 앞으로 이동시키면서 돈을 신부 측으로부터 받아내려 하는 것이다.

반면에 신부 집에서는 어떻게 해서라도 싸게 함 값을 치르고 함을 짊어진 말을 끌어들여 집안으로 데려가려 한다. 그 과정에서 심한 몸싸움이 있기도 하고, 웃지 못할 해프닝도 벌어지곤 한다. 나는 십수 차례 함을 짊어진 말이 되면서 많은 수모를 겪곤 했었다.

신부 측의 힘센 사람에 의해 급소를 붙잡혀 힘없이 신부 집으로 끌려 들어간 경우도 있었다. 양측에 격한 몸싸움과 말싸움으로 인해 신부처남의 코가 마부에게 물리는 사건도 있어 싸움이 일어난 경우도 있었다. 함 팔러 왔다고 아파트 단지에서 계단을 오르며 소리를 질러대다 주민들로부터 항의받은 일도 있었다. 함 값 사전흥정으로 힘없이 끌려들어가 뒷맛이 개운치 않았던 경우도 있었고, 눈 내리는 언덕에서 한겨울에 함 값이 신부 측과 흥정이 안 되어 고생했던 일도 있었다.

최근에는 결혼 세태가 많이 바뀌어 함을 조용히 신랑이 짊어지고 신부 집으로 가든가 하여 누가 시집을 가는지 알기조차 힘들다. 예전처럼 결혼식을 앞두고 진행되었던 '함 파는 행사'와 관련된 이런 추억을 즐길 수 있는 모습을 보기 힘들다. 결혼과 관련된 좋은 풍습이 사라져가는 것 같아 조금은 아쉽다.

지금도 친구들이 모이면 장가갈 당시의 함 파는 모습들을 떠올리며 추억 속으로 빠져들곤 한다.

교수 초임 시절 대학에서 가까운 수원으로 1982년 이사를 왔다. 수원에 살면서 사회 친구를 사귀게 되었는데 그 연결고리는 테니스장에서 테니스를 치게 되면서부터이다. 1980년대 중반쯤에 Y와 C 등 몇몇이 테니스를 매개로 해서 친구가 되어 즐거운 시간을 보내게 되었다. 이후에는 S테니스클럽의 회원이 되어 수시로 즐거운 시간을 보내고 있다. 만남이 운동 취미를 매개로 하여 이루어져서인지는 몰라도 사회인이 다 되어 만났음에도 끈끈한 관계를 유지하고 있다.

수원에 살게 되면서 아파트 초등학생 엄마들이 주축이 되어 모임이 만들어졌다. 엄마들 관심사가 아이들 육아이고, 여자들이 모임 주축이 되기 때문이었는지 모임의 결속력이 대단했다. 모임이 만들어져 철따라 정기적으로 부부 모임을 가지면서 친목이 돈독해져 재미있었다. 그래서인지 모임이 기다려지기도 하고 일부러 만나서 즐거운 시간을 갖는 경우도 있었다. 이렇게 만남이 즐거웠던 것은 부부 모임이었기 때문이고 여자들이 주축이 되어서인 것 같았다.

대학 재직 중 2005년에 국가재정 지원사업인 성장동력특성화대학 지원사업에 참여한 '전국 20개 대학 사업단장협의회' 모임이 만들어졌다. 그 모임의 회장을 5년간 맡으면서 개인적으로 크게 성장하는 계기가 되었다. 사업은 5년 만에 마무리되었지만 사업단장 모임은 계속 친목모임으로 발전되어 지금까지도 정기적으로 모임을 갖고 있다. 수년 전부터는 모임을 부부 동반으로 갖고 있는데, 만남이 오래되지 않은 부부들의 만남이지만 전국적으로 다양한 사람들과 만나는 즐거움이 크다. 나이 들어 만난 사람들의 모임이지만 부담 없이 만나서 즐기는 모임이 된 것이다.

교수로 시작하여 총장을 끝으로 33년간을 한 대학교에서 교직원들과 만남을 이어오며 지냈다. 오랫동안 만남을 이어오다 보니 나이가 나보다 훨씬 많은 교수님들과도 동료 교수라는 동질감으로 재미있게 어울리며 시간을 보내곤 했다.

같은 지역에서 통근차를 타고 다니면서 연령, 성별을 불문하고 통근차 동기로서 재미있게 시간을 보내기도 했다. 같은 연배의 교수들과는 친구처럼 어울려 취미를 즐기면서 우의를 다지기도 했다. 어떻게 보면 어떤 사람들보다도 많은 시간을 학교에 있는 그들과 보냈다. 그렇다 보니 정도 차이는 있지만 많은 이들과 이런저런 모임을 가지면서 우정을 나누었다.

이렇듯 많은 사람들과의 다양한 만남을 통해 나의 생각과 행동에 크고 작은 선한 영향력을 미치는 소중한 인연을 이어가고 있다. 만남은 삶의 맛을 결정하는 데 큰 부분을 차지하는 것 같다. 그 만남을 누구와 함께하느냐와 어떻게 가져가느냐에 따라 삶이 즐거울 수도 있고 그렇지 않을 수도 있다고 본다.

우연한 만남
특별한 인연

　오랜만에 부부 모임이 거제도에서 있게 되자 이를 계기로 남도여행을 하고 오자고 했다.

　전국에서 각기 거제도에 도착한 일행은 해변 콘도에 여장을 풀고 장시간에 걸쳐 먹고 마시고 노래하며 1년 여만의 회포를 풀었다. 다음날 아침 장맛비가 추적추적 내리는 가운데 해상국립공원과 외도관광에 나섰다. 기묘한 섬과 바위들을 감상하며 외도 섬에 도착하였다.

　외도 섬은 수십 년에 걸쳐 개인의 땀과 노력으로 오늘의 아름다운 섬을 만들었다고 한다.

　일단 선착장에서 내려 외도 섬에 오르니 잘 조성된 향나무군락이 나온다. 주인의 정성을 느낄 수 있었다. 아녀자가 머리를 단정히 하고 손님을 맞이하는 그런 느낌을 받았다. 이곳저곳의 꽃과 나무들을 감

상하며 전망대에 올라 바다를 조망할 수 있는 곳에 앉아 커피를 마시
니 행복한 거다. 전망대를 내려와 선착장에 다다르니 전시관이 있다.
전시관 안에는 외도를 구입한 부부의 사연과 그동안의 노력과 애환
등이 사진과 글로써 소개되는데 찬사가 절로 나온다. 3시간에 걸친 해
상관광을 끝내면서 거제도 모임 일정을 마무리했다.

일행과 아쉬운 작별을 한 후 해안도로를 따라 펼쳐지는 남해의 아
름다운 풍광을 즐기면서 여수 향일암으로 향했다.
이순신대교를 거쳐 여수로 가면서 차창 밖으로 펼쳐지는 풍광 그
자체로도 아름다웠다. 여수 돌산에 있는 향일암 입구에 도착하여 가
파른 길과 계단을 따라 올랐다. 깎아지른 바위 틈새가 좁아 뚱뚱한 사
람은 지나가기가 힘들 것 같은 공간을 통과해 향일암 경내에 도착했
다. 정말 와보고 싶었던 남도 끝자락의 향일암에 어렵게 왔다는 것이
감개무량했다. 아쉬운 것은 날씨가 불순하여 앞에 펼쳐지는 바다풍광
을 즐길 수 없다는 것이었다.
가람 이곳저곳을 참배한 후 내려오는데 끝자락에 있는 가게 아주머
니가 갓김치를 맛보고 가란다. 그동안 여러 집을 통과하는 데도 어느
누구도 권하지 않던 목소리에 나는 걸음을 멈추었다.
"그 많은 집을 거쳐 왔는데 맛보고 가라고 한 집은 미스코리아가 처
음이네요."
"미스코리아라고 했으니 기분 좋아요. 듬뿍 더 줄 터이니 갓김치 사
갖고 가세요."
그 미스코리아의 말에 발길을 멈추어 돌산 갓김치를 맛보고 서비스

를 받아 갓김치를 한 박스 구입했다.

이렇게 향일암 탐방을 끝내고 돌산을 빠져 나와 고속도로를 탔다. 도로 표지판을 보니 구례 화엄사 방향이다. 지나는 길이니 구례 화엄사에 들르기로 했다. 화엄사 아래 동네에 이르니 동네 분위기가 남달리 아늑함을 느낄 수 있었다. 몇 분을 더 달려 화엄사 입구에 차를 대고 바라보니 '지리산 화엄사' 현판과 함께 일주문이 눈에 들어온다.

일주문을 통과하는데 왼쪽에 '문화재해설안내문의'라고 하는 글귀가 눈에 들어온다. 그동안 몇 차례 화엄사에 왔었지만 제대로 된 설명을 듣지 못했던 나는 그곳으로 가서 "해설을 들을 수 있어요?"라고 했더니 가능하단다.

'미세스 송' 해설사의 도움을 받으며 화엄사경내로 향했다. 그녀 말로는 비 온 뒤의 절 분위기가 최고인데 이런 날 부부가 화엄사에 와서 너무 좋겠단다. '그녀 말에 동감한다'는 생각이 들었다.

백제 성왕 22년인 544년에 인도의 연기스님에 의해 세워진 사찰인 화엄사는 조선시대의 임진왜란 때 불타버렸다. 사찰 중창을 지휘한 스님은 벽암 각성스님이다. 벽암 각성스님의 대단한 건축기술과 함께 선조들의 지혜를 엿볼 수 있단다. 경내 초입에 거북이 몸통에 얼굴은 용조각을 한 상징의 동물인 연 등에 그의 공덕비를 세워놓았다. 전라남도에 보물문화재가 20여 점 있는데 화엄사에만 국보 4점을 포함해 12개의 보물이 있다고 한다.

사천왕문을 지나자 산허리를 두르며 반짝반짝 빛나는 나무군락지가 보인다. 무엇이냐고 물으니 동백나무 군락지란다. 대부분의 사찰 주변에 동백나무를 많이 심었단다. 그 이유는 동백나무 잎이 물을 많이 머금고 있기 때문에 산에 화재가 발생하면 사찰로 번지는 것을 막는 방화벽 역할을 하도록 하기 위해서란다. 나무 한 그루 풀 한 포기에도 의미를 담아 심는 선조들의 지혜가 대단할 뿐이다.

오른쪽 마당 우물에서 시원한 물 한 모금 마시고 뒤돌아보니 마당 한가운데 당간지주가 보인다. 당幢이란 부처나 보살의 공덕을 나타내는 깃발로 기독교로 말하면 십자가와 같은 것으로 보통 법당 앞에 걸어둔다. 당幢을 거는 장대인 당간을 걸어두기 위하여 세운 기둥을 당간지주라고 한다. 대개의 절에 있는 당간지주는 마당 옆에 있는데 화엄사에는 마당 한가운데 당간지주가 있다. 그 이유는 풍수에 능했던 도선 국사가 노고단정상에서 화엄사를 내려다보니 화엄사 사찰의 앉아있는 모습이 흔들리는 배와 같아 사찰을 안정시키기 위해 돛대자리인 중앙에 당간지주를 놓도록 했다는 것이다.

한편 야단법석을 할 때 법회행사장 뒤편에 불화를 걸어 놓는데 이 그림을 괘불이라 한다. 화엄사에는 괘불대에 거는 길이 12m, 폭 8m 크기의 영산회상탱화가 있다. '야단법석'이라는 말이 마당에 단을 차리고 많은 신도들이 모인 가운데 법회를 연다는 말에서 유래된 말이란다. "이판사판 싸운다"란 말도 숭유억불정책이 시행되어 불교탄압이 심하던 조선조에 만들어진 말이란다. 사찰에는 수행으로서 사찰을 지키겠다는 이판승과 살림을 하면서 사찰을 지키겠다는 사판승의 다툼이 심했다고 한다. 여기에서 "이판사판 싸운다"라는 말이 유래했다고 한다.

   법회 때 강당으로 쓰는 루樓가 있는데 다른 절에서는 루하 진입樓下
進入이라고 해 루 밑을 통과해 사찰마당으로 들어가곤 한다. 그런데 화
엄사는 루를 통과하지 않고 루 오른쪽 옆으로 돌아가게 되어 있다. 그
이유는 조화와 통일을 강조하는 화엄사상 때문이란다. 루를 밑으로
통과해 마당으로 오도록 하면 왼쪽으로 산을 배경으로 서있는 각황전
이 뒤에 산이 없이 서있는 대웅전보다 더 커 보일 수 있다는 것이다.
그러나 루를 오른쪽으로 돌아 마당으로 오도록 하면 대웅전과 각황전
이 자연스럽게 조화를 이룬 모습을 볼 수 있다는 것이다.
   루의 기둥을 옆에서 보면 주춧돌과 그 위에 얹은 나무기둥의 자연
스러운 모습을 볼 수 있다. 서양건축물에서 보는 것처럼 다듬어진 반
듯한 돌과 기둥이 아니다. 우리의 전통건축기법인 '고랭이기법'에 의
해 자연미를 극대화시킨 모습이란다. 실제로 이렇게 만드는 것이 지
진에도 더 강하다고 한다.

   인조 때인 1636년에 중건된 대웅전의 현판을 쓴 주인공은 선조의 8
번째 아들이면서 광해군의 이복동생인 의창군이다. 당시 조선조에서
는 숭유억불정책으로 인해 불교가 탄압을 받았는데 그러한 불교탄압
을 덜 받기 위해 왕족으로부터 현판을 받고자 했단다. '대웅전 현판'은
해서체로, '지리산 화엄사'라는 일주문 현판은 한석봉체로 써서 하사
한 거란다.
   대웅전 옆에 직각으로 서있는 건물이 각황전이다. 이 건물은 현존

하는 국내 최대의 목조건물로서 국보이다. 임진왜란 때 소실된 것을 숙종 때 중건했으며 각황전의 현판은 숙종이 내렸다고 한다. 각황전은 세수를 하고 난 민낯 여인처럼 단청이 거의 다 벗겨진 순수한 외관을 하고 있다. 각황전의 뒤에는 돌로 쌓은 벽이 만들어져 있는데 크고 작은 돌로 빈틈없이 층을 이루며 쌓은 것을 볼 수 있다. 각황전 앞마당에는 석등이 있는데 삼천 년 만에 한 번 핀다는 전설의 우담바라 꽃을 형상화한 탑신 모습이 특이했다.

각황전 옆에는 홍매화나무가 서있다. 많은 이들이 일부러 홍매화만을 감상하러 오기도 한단다. 그 옆에는 고통을 없애고 소원을 들어준다는 원통전과 관음전이 있다.

대웅전 옆에는 사후세계를 관장한다는 부처님을 모신 명부전이 있다. 사후세계에는 10명의 왕이 있어 극락과 지옥여부를 심판한단다. 10명의 왕 중 5번째 왕이 염라대왕이다. 내가 미세스 송에게 물었다.

"그들의 심판기준은 무엇인지 아세요?"

"잘 모르겠는데요" 한다.

"살아있는 동안 즐겁게 지내고 남도 즐겁게 했느냐?"라고 했다.

그러니 '저승에 가더라도 극락에 가려면 즐겨야 한다'는 말이 떠오른다.

대웅전 옆으로 난 산길을 오르니 구층암이 있다. 오르는 길이 대나무 숲으로 되어 있어 신비감을 더해준다. 구층암에 도착하니 요사채의 모과나무 기둥이 눈에 들어온다. 모과나무 기둥을 다듬지 않고 있는 그대로 가져다 썼다 한다. 자연을 거스르지 않는 자연스러움의 극치인 것이다.

이렇게 화엄사 여행을 즐겁게 끝냈다. 보다 즐거웠던 것은 몇 차례 화엄사 방문 때와 달리 문화재해설사의 안내가 있었기 때문이었다. 여행은 '누구와 하느냐?'도 중요하지만 '어떻게 하느냐?'도 중요하다. 근처 음식점에서 산채정식을 막걸리 한 잔과 함께 먹으면서 지리산 화엄사 여행을 즐겁게 마무리했다.

새벽을 여는 냄새

이따금 해가 뜨기도 전에 일이 있어 나가게 되면, 꼭 걸음을 잡아끄는 곳이 있다. 바로 빵집이다. 갓 구운 빵의 향긋하고 고소한 냄새가 비몽사몽간에도 입맛을 돌게 하는 것이다.

이제 빵은 밥만큼이나 중요한, 우리나라 사람들의 주식이 되었다. 새벽같이 여는 밥집은 드물지만 빵집은 대부분이 동이 트기 전에 문을 연다. 한 블록만 걸어도 볼 수 있는 편의점에도 빵을 살 수는 있다. 하지만 어디 그 맛이 갓 구운 빵에 비할쏘냐.

가장 먼저 문을 여는 가게의 첫 손님이 된다는 것. 제일 먼저 깨어나 세상을 여는 사람이 된다는 것. 성공한 사람들이 누누이 강조하는 아침형 인간이 된다면, 그날 첫 번째 빵의 냄새가 주는 기쁨을 느낄 수 있으리라.

진주와 남해도의
속살을 엿보다

진주와 남해도를 답사하기로 한 김 교수와 나는 부부동반으로 진주
에서 근무하는 박 교수를 만나 여행을 시작했다.

진주에서 시작해 창선–삼천포대교를 건너 남해도를 돌아보고 남해
대교를 건너 저녁때 진주에 도착해 1박 2일을 즐기는 일정이다. 박 교
수 설명을 들으면서 가는 도중에 경전선 철도가 운행되던 지역이었는
데 지금은 폐쇄됐다는 등 이런저런 이야기를 한다.

아내가 박 교수에게 물었다.

"잘나가다 삼천포로 빠진다라는 이야기가 여기서 나왔어요?"

"부산–광주 간 운행하는 경전선철도가 이곳을 지나다가 선로가 바
뀌는 과정에서 선로 조작이 잘못되면 엉뚱한 곳인 삼천포로 가게 된

데서 유래했어요" 한다.

사천 IC를 빠져나와 얼마를 달리니 빨간색 아치다리가 시야에 들어온다. '창선-삼천포대교'란다. 삼천포와 남해 창선도사이의 3개 섬을 연결하는 5개의 교량으로 연결되어 있는 경관이 빼어난 다리이다.

창선도에 들어와 해안도로를 달리다가 일행이 멈춘 곳은 '죽방염멸치어장'이다. 죽방염멸치어장은 전통적인 어구를 이용한 멸치잡이 방식이란다. 조수간만의 차를 이용하여 길이 10m 정도의 참나무말뚝을 박아놓고 그 사이에 촘촘히 그물을 둘러치고 물이 들어오는 방향으로 V자형으로 그물을 열어놓고 있다가 그물 안에 들어온 멸치를 가두어 물이 빠지면 그물 안의 멸치를 잡아 올리는 방식이란다.

죽방염멸치 장인어부의 집을 방문했다. 집안에서는 어부가 잡아 올린 멸치를 크기에 따라 선별하고 있다. 가만히 보니 기계의 경사진 철망을 따라 멸치가 지나가면서 철망 구멍의 크기에 따라 크기별로 멸치가 떨어져 각기 다른 통에 담긴다. 멸치를 크기에 따라 선별하는 아이디어가 재미있고 신기했다. 자부심을 갖고 멸치자랑을 열심히 하는 어부의 이야기를 듣고 직접 먹어보고 맛을 느끼면서 죽방멸치와 액젓을 구입했다.

점심으로 죽방염멸치요리를 먹기로 하고 창선면의 소문난 식당 'U식당'으로 향했다. 사람들이 몰리는 점심시간을 피해서 도착했다. 줄을 길게 늘어서는 불상사는 피했지만 식당문을 열자 식당내부가 예사롭지 않다. 식당손님들 방문기가 벽에 빼곡히 붙어 있는 거다. 음식에 대한 설렘으로 벽에 붙어있는 방문기를 읽으면서 음식을 기다리고 있는데 이미 입안은 침이 가득한 상태다.

드디어 주문한 멸치요리가 나오는데 멸치회 무침이다. 입에 넣으니 사르르 녹는다. 막걸리와 함께 즐기고 있는데 멸치쌈밥요리가 나온다. 조린멸치를 쌈에 싸서 먹는데 별미인 거다. 박 교수가 방문후기를 남기자고 하며 종이와 펜을 가져다준다. 방문후기를 이렇게 적었다.

"맛있는 삶의 레시피를 실천에 옮기고 있는 창선도의 '우리식당'에서 죽방멸치요리를 즐기면서 우리 일행은 행복감에 무한히 빠져듭니다."

일행은 남해도의 물건리 방조어부림으로 향했다. 오래전에 조성된 방조어부림은 2천여 그루의 방풍림으로 조성된 울창한 수림으로서 천연기념물이다. 이곳에서 초승달 모양의 해안과 잘 어우러진 모습을 보고 잠시 쉬고 있는데 산중턱에 서양식 마을이 눈에 들어온다.

독일마을이다. 이 마을은 1960년대와 70년대에 한때 산업역군으로서 독일에 파견되었던 광부들과 간호사들이 고국으로 돌아오면서 정착지로 조성된 곳이란다. 모든 건축자재들을 독일에서 가져다 지어서인지 독일의 거리를 거닐고 있는 것 같았다. 이곳저곳을 감상하면서 내려오다 보니 카페가 눈에 들어온다. 이곳에서 독일맥주를 한잔하면서 쉬고 있는데 일행을 감싸는 시원한 바람과 함께 아름다운 풍광이 눈앞에 펼쳐진다. 빨간 지붕과 해안가의 모습이 절묘하게 어우러져 있다.

아름다운 해안풍광을 즐기면서 해안도로를 지나고 있는데 금산이 오른쪽에 보인다. 금산의 이름이 붙여진 유래가 재미있다. 금산 꼭대기에는 우리나라 3대 관음도량 중의 하나인 원효대사가 세웠다는 '보리암'이 자리하고 있다. 고려 말 이성계가 이곳에 와서 100일기도를 하면서 꿈속에서 "조선건국을 하게 되면 이곳을 비단으로 덮겠노라"고 약속했단다. 조선건국 후 이에 대한 보은으로 현실적으로 산을 비단으로 덮을 수는 없어 고민하던 중 무학대사의 조언으로 기존의 산 이름을 '비단 금錦'으로 바꾸게 되어 지금의 금錦산이 되었다는 것이다.

금산 끝자락에는 은빛 모래사장으로 유명세를 타고 있는 상주해수욕장이 있다. 이곳을 대학생 때에 이어 40여 년이 훌쩍 지난 지금 다시 발로 밟고 있는 거다. 바다에서 밀려오는 파도소리와 바다 내음을 맡으면서 바다를 배경으로 사진을 몇 장 찍는 것으로 추억을 만들고 발길을 돌렸다.

낙조가 아름답다는 진양호 낙조를 볼 생각으로 부지런히 남해대교를 거쳐 진양호 숙소에 도착해 전망대를 오르니 낙조가 시작되고 있었다. 온종일 쾌청한 날씨 덕에 진양호 전체의 모습뿐 아니라 저 멀리 지리산의 노고단, 천왕봉까지 눈에 담을 수 있었다. 낙조의 모습에 탄성을 지르며 연신 추억을 사진에 담고자 했다. 진양호 주변 모습을 오감으로 느끼면서 호텔에서 체크인을 하고 진주 시내의 저녁식사장소로 향했다.

일행이 찾아간 곳은 우리나라 3대 냉면집의 하나인 진주냉면집이다. 옥호가 진주전통음식점 '하연옥'이다. 처음 즐겨보는 음식이다.

맛이 우리가 지금까지 먹고 즐겼던 평양냉면, 함흥냉면과는 크게 달랐다. 남녘의 풍부한 식자재인 새우, 멸치, 미역, 다시마, 통생선 등과 소고기로 우려내는 육수가 일품이란다. 비린내를 잡기 위해 무쇠를 밤새 달궈 펑하고 담근단다. 그러면 철분도 좀 녹고 잡내도 잡아준단다.

짭조름하고 비릿한 맛을 내는 생전 처음 먹어보는 냉면인데 그동안 즐기던 그 맛이 아닌 거다. 레시피가 남다른 거다. 먹다 보면 자꾸 생각나 찾게 되는 중독성이 있다고 한다. 이 냉면 맛을 잊지 못하던 누군가가 한국동란 이후 서문시장 안에서 이 집을 발견하고 입소문을 내게 되면서 지금은 진주를 대표하는 명품음식점이 되었단다.

저녁식사 후 진주성의 야경을 감상하고자 진주성 건너의 대나무숲으로 향했다. 남강주변에 심어놓은 대나무숲에 산책로를 조성해 놓았는데 밤에 숲길을 걷는 맛이 너무 좋았다.

아침에 눈을 뜨자마자 창가로 가서 창문을 열고 눈앞의 진양호를 바라보았다. 수년 전 이곳에서 아침에 보았던 물안개가 피어오르는 산수화 같은 진양호 모습이 아닌 거다. 조금은 아쉬웠다. 오늘 날씨가 좋겠구나 하면서 기상예보를 보니 덥겠다고 한다. 호텔 주변 산책을 하고 식사를 끝낸 일행은 박 교수의 안내로 본격적으로 진주 속살 체험에 나섰다.

30여 분을 자전거로 달려온 박 교수는 자전거를 타고 안내하겠다고 하면서 일행이 탄 차를 진주 남강댐 밑으로 안내를 했다. 지리산을 발원지로 하여 3개의 강이 만들어지는데 그중의 하나가 진주 남강이란다. 남강을 따라 조성된 아름다운 수변을 걸으며 주변 풍광을 즐겼다. 몸을 휘감는 신선한 공기 내음과 꽃의 모습과 흐르는 강물이 어우러 져 감동을 만들어낸다.

일행은 망진산 봉수대로 향했다. 봉수대에 오르니 이름 그대로 진 주시 구시가지, 신시가지의 모습이 한눈에 들어온다. 봉수대 옆의 안 내글을 보니 '가야인의 숨결이 서린 땅 진주에서 외적의 침입을 알려 주던 망진산의 봉수대'라고 적혀 있다. 망진산을 내려온 일행은 남강 다리 근처의 촉석루가 강 건너로 보이는 대나무 산책길을 걷기로 했 다. 입구에 도착하자 박 교수가 남강다리 밑을 가리키며 묻는다.

"교각마다 달려있는 노란 무언가가 보이지요?"

"네, 그런데 저게 뭐지요?"

"논개반지를 형상화한 조형물이에요."

논개가 촉석루에서 왜장을 껴안고 물속에 빠지면서 깍지 낀 손이 빠 지지 않도록 하기 위해 손에 반지를 끼고 있었다는 역사적 사실을 기 리기 위해 남강다리 밑에 논개반지를 형상화해 놓은 조형물을 만든 거 란다. 그런데 왜 다리 위가 아닌 다리 아래에 만들었을까? 궁금했다.

하늘을 찌를 듯 대나무가 빼곡한 대나무숲 속에 들어서니 대나무의 바람소리가 몸과 마음을 시원하게 만들어 준다. 걸으면서 보니 곳곳 에 죽순이 보인다. 비온 뒤에 얼마나 죽순이 빨리 자라는지 여기서 우 후죽순이라는 말이 생겨난 거다. 하늘로 쭉쭉 뻗은 산책길에서 산책 을 하면서 저절로 힐링이 되는 것 같았다.

이어서 찾아간 곳은 백로서식지로 유명한 가좌산 산책로다. 이곳 숲속 입구에서 안내지도를 보니 어울림 숲길, 청풍길, 풍경길, 대나무 숲길, 고사리숲길, 맨발로 황톳길 등 이름도 아름답다. 고사리길 근처에는 조그마한 도서관이 있어 누구나 책을 읽을 수 있었다. 얼마나 아름다운 배려인가 싶었다. 둘레길을 산책하며 대나무의 부딪히는 바람소리에 취해보기도 하고 숲의 진한 자연냄새에 코를 즐겁게 하기도 하고 진주시의 시새라고 하는 백로가 창공을 나는 우아한 모습에 흠뻑 빠져보기도 했다.

점심때가 되어 진주명품음식을 한 가지 더 체험하기로 했다. 재래시장인 진주중앙시장에 도착하여 삶의 생생한 현장을 눈으로 확인하면서 도착한 곳은 전통음식 중의 하나인 진주비빔밥집 '제일식당'이다. 비빔밥 재료에 육회를 얹어 나오는데 음식맛이 일품인 거다. 마파람에 게 눈 감추듯 비빔밥 한 그릇을 먹고 나서 시장통을 나서는데 박교수가 한 곳을 더 가보잔다.

추억의 빵집인 '수복빵집'이다. 학창 시절을 진주에서 보냈다면 이곳의 추억을 누구나 간직하고 있단다. 찐빵을 주문하니 채소샐러드에 얹어 나오는 크림소스처럼 찐빵 위에 팥소스를 뿌려서 한 접시를 준다. 찐빵을 소스에 찍어가며 먹었다. 진주의 많은 이들이 이곳에서 남녀학생들이 모여 학창 시절의 추억을 만들곤 했단다.

'귀한 장소에 왔구나'라는 생각을 하면서 문득 그동안 먹은 음식점들과 지나면서 보았던 상호가 재미있게 느껴졌다. 수복빵집, 재건식당 등 흔치 않은 상호인 거다. 물어보니 이런 이름들이 진주의 아픈 역사 속에서 탄생된 거라는 걸 알았다. 한국전쟁을 겪으면서 이곳 진주는 북한군 공습의 대상이 되어서 시가지가 거의 잿더미가 되었단다. 그 와중에 생계를 이어가기 위한 주민들의 몸부림 속에서 수복, 재건, 제일 등의 이름이 만들어졌다는 거다.

1박 2일 동안 진주에 25년 근무하면서 진주의 속내를 완벽하게 꿰뚫고 있는 박 교수의 도움으로 진주와 주변의 속살을 살펴볼 수 있었다. 눈으로 보기 좋은 풍광, 가슴으로 느끼기 좋은 곳, 입이 즐거운 맛집, 바람소리, 숲소리, 파도소리, 새소리 등 소리로 귀가 밝아지는 곳, 머리가 맑아지는 곳 등을 안내하는 모습은 감동이었다. 때로는 승용차에 같이 동승하면서, 때로는 같이 걸으면서, 때로는 승용차를 거부하고 자전거를 타고 차량을 안내하면서 가이드하는 박 교수의 모습은 전문가이드 이상이었다.

여행은 어디에 가느냐도 중요하지만 같은 곳을 가더라도 누구와 함께하느냐에 따라 그 맛이 다르다는 것을 새삼 확인했다.

개성에 가시려면
건강하셔야 돼요

　어린 시절 추석이나 설날에 돗자리를 옆구리에 끼고 제수음식들을 손에 나누어 들고 가족들이 함께 성묘 가는 모습이 무척이나 부러웠었다. 북한 지역인 개성을 원적지로 두고 있는 실향민가족인 나는 남들처럼 성묘를 갈 수 없기 때문이었다.

　어느 날 우리 가족을 비롯한 많은 실향민들에게 기쁜 소식이 전해졌다. 1985년 파주 임진각에 망배단이 조성되어 실향민들이 고향을 향해 합동차례를 지낼 수 있게 된 것이었다. 이후 추석과 설 명절에 집에서 차례를 지낸 후 개성을 가까이에서 볼 수 있는 망배단에 가서 고향인 개성을 향해 차례를 드리고 오는 것으로 성묘를 대신하고 있다.

아버지를 모시고 임진각에 가면 많은 실향민들을 만나곤 했다. 너나 할 것 없이 준비해간 음식보따리를 잔디밭에 풀어 놓고 서로의 안부도 물으며 고향이야기며 가족이야기들을 나누었다. 고향사람들과 오순도순 모여 즐기는 아버지 모습이 자식 입장에서는 꽤나 보기 좋았었다. 임진각을 방문하는 실향민 숫자가 눈에 띄게 줄어드는 모습을 언젠가부터 보게 되었다. 세월의 흐름을 어찌할 수 없이 고령이 되어 많은 분들이 북녘의 고향땅을 못 가 보고 작고한 것이다. 아버지만 하더라도 고향의 친구들이 한 분 한 분 작고하면서 임진각에서 더 이상 볼 수가 없게 되었다.

형제들은 어느 해부터 '굳이 명절 때 차도 많이 막히는데 임진각에 갈 필요가 있겠는가?'라고 생각했다. 몇 해 전 추석명절 차례를 지내기 전 형제들은 "임진각을 오가는 길이 많이 막히니 임진각에 가는 것을 생략하면 어떠냐?" 라는 건의를 아버지께 했다. 이 물음에 아버지는 아무 답이 없었다.

차례가 끝나고 아침식사를 하자마자 아버지는 말없이 옷을 차려입는 것이었다.

"아버지, 어디를 가려고 하세요?"

"임진각에 다녀오려고 한다."

식구들은 놀라서 다시 물었다.

"어떻게 가려고 하세요?"

"서울역에서 기차를 타고 임진각에 가려고 한다."

차례를 지내기 전 아버지께 한 말이 아버지의 마음을 상하게 한 것이었다. 아버지께서는 '자식들이 같이 안 간다면 혼자서 대중교통을 이용해서라도 임진각에 다녀오겠다'는 심사였던 것이다. 우리 형제들은 아무 말 않고 아버지를 모시고 임진각에 다녀왔다.

이후부터 우리형제는 '아버지가 움직일 수 있는 동안은 무조건 명절 때 임진각에 간다'라고 다짐을 하고 임진각에 다녀오고 있다. '고향을 잃은 자식으로서 조금이라도 고향 가까운 망배단에 가서 조상에게 차례라도 지내고 싶은 자식으로서의 아버지 마음'을 헤아리지 못한 것이 죄송스러웠다.

아버지는 개성 남대문 근처 남안동이 고향이다. 어린 시절 추억이 되풀이되니, 개성에서 장단까지 겨울에는 썰매를 타고 내려와 놀기도 했단다. 1950년 한국전쟁 때 고모님과 조카와 헤어진 후 다시 고향을 갈 수가 없게 된 것이다.

아버지는 평소에 소주 한잔 드시면 고향 생각으로 눈가에 이슬이 맺히면서 슬픔에 젖는 모습을 식구들에게 자주 보여주곤 했다. 심지어는 "돈이 얼마가 들더라도 고향에만 갈 수 있다면 가겠노라"라는 말씀도 자주 하셨다.

이렇게 이산가족으로서 북에 두고 온 가족과 고향을 그리면서 삶을 살다가 10여 년 전 개성 시범관광단에 포함되어 설레는 마음으로 개성 고향에 다녀왔다. 아버지는 어머니와 함께 개성을 다녀온 후, "잘 다녀오셨느냐?"는 가족들의 물음에 아무런 말이 없었다. 술 몇 잔 마시더니 작심한 듯 매우 실망한 표정으로 "다시는 고향에 안 간다"는 말을 하는 것이었다. 아버지는 고향방문에 대한 기대가 무척 컸는데 막상 방문하고 나서는 그동안 긴 세월에 걸쳐 머릿속에 그리고 있던 고향 모습이 아니어서 실망이 이만저만이 아니었던 것이다.

이후 2년이 지난 가을 나도 개성을 방문할 기회가 있어 개성에 다녀왔다. 아버지가 간직하고 있는 어릴 때의 아름다운 추억이 서려 있는 남대문 근처의 모습이라든가 박연폭포, 선죽교, 송악산 등의 황량한 모습을 보면서 아버지가 개성을 다녀오신 후 실망을 한 것에 이해가 갔다. 실향민가족으로서 아버지가 살아계실 때에 남북통일이 이루어져 많은 이들이 가슴에 품고 있는 이산의 슬픔을 살아생전에 조금이라도 씻을 수 있게 되었으면 하고 생각했었다.

지지난해 추석날 임진각에 다녀오면서 차 속에서 아버지가 옆에 있던 나에게 "요사이 예전과 달리 자꾸 잊어버려 기억이 잘 나지 않는다"고 한다. 이 말을 들은 후 은사님의 경우를 이야기해드리면서, "이렇게 건강이 안 좋아지는 것이 아버지만의 일이 아니라 나이 들면 누구나 일어나는 일이다"라고 말했다.

그런데 처음으로 본인이 직접 아들들과 함께한 자리에서 기억력이 감퇴되고 있다고 말하니 마음이 짠했다. 최근 몇 년 사이 아버지의 모습에서 불같은 예전의 성격이 많이 사라지고 위축된 모습을 접하면서 '가는 세월 앞에 이기는 장사는 없구나'라는 말을 떠올리게 되었다.

나도 환갑을 넘겼으니 80대 중반이 된 아버지의 건강을 염려하는 건 너무나 당연한 일이다. 하지만 예전과 달리 평균수명이 80이 넘는 100세시대인 요즈음, 80대에도 본인의 노력 여하에 따라 건강하게 지낼 수가 있는 것이다.

나는 아버지에게 "조금은 귀찮더라도 매일 산책을 거르지 말고 꾸준히 하세요"라는 말씀을 건넸다. '가장 좋은 운동이 걷기이고, 걸으면 기분도 상쾌할 뿐 아니라 하체에 근육이 붙어 건강을 유지하는 데 도움이 됩니다' 하면서 말이다.

언젠가부터 일부러 시간 나는 대로 부모님 댁을 방문하여 부모님을 모시고 식사를 하면서 이런 저런 얘기를 하곤 했다. 얼마 전에는 부모님께 점심때 댁에 가겠다고 전화로 말씀드리고 찾아가 보니 미리 외출차림을 하고 기다리고 있는 것이다. 두 분을 모시고 양수리에 있는 음식집에서 식사를 마친 후 근처에 있는 고찰인 수종사에 차를 갖고 올라갔다.

오래전에 수종사에 왔던 기억을 갖고 계시는 아버지와 어머니는 장남과 함께한 나들이에 기분이 좋음을 알 수 있었고, 두 분을 모시고 간 나도 덩달아 기분이 좋았다. 주차장에서 사찰 경내로 이르는 길이 조금은 가파랐다. 어머니는 멀쩡했으나 힘들어하는 아버지는 부축을 받으며 겨우 사찰 경내에 도착할 수 있었다. 마음이 편치 않았다. 경내를 둘러보고 나서 "이곳도 이번이 마지막이다"라는 말을 하는 부모님과 함께 기념사진 한 장을 찍고 내려왔다.

그렇게 말씀을 한 아버지가 작년부터 급격히 건강이 안 좋아졌다. 정밀검진 결과 암이 발생했다는 것이 밝혀졌고, 암수술을 하고 항암 치료 없이 집에서 요양을 해오셨다.

어느 날 집에 방문하는 길에 동네 목욕탕에 가서 부자가 함께 온탕에 들어갔다. 아버지 몸을 만져보니 그동안 병치레를 하면서 많이 야윈 것을 알 수 있었다. 몸의 근육은 다 빠져나가고 뼈에 가죽만 남아 있는 느낌이었다.

자식 된 도리로 정신적, 육체적으로 극도로 약해진 아버지를 바라보면서 안타까운 생각만 들었다. 100세 시대라고 하는 요즈음 80을 넘긴 연세에 건강하지 못한 몸으로 지내시는 아버지를 뵈니 불효하는 것 같아 안타까웠다. 어쨌든 살아계시는 동안 부지런히 뵙고자 해서 특별한 일이 없으면 아버지를 뵙겠다고 다짐하고 집을 떠나 부모님 댁으로 향하곤 했다.

"아버지, 고향인 개성에 가시려면 건강하셔야 됩니다"라고 되뇌면서 말이다. 그러나 올해 설날을 앞두고 목욕탕에서 뵌 아버지는 무척이나 야윈 상태였다.

아버지는 병마를 견디어내지 못하고 가족들이 임종을 지켜보는 가운데 생을 마감하셨다. 지금은 본인이 수시로 드나들던 고찰인 광릉 수목원 옆 봉선사에서 편히 쉬고 계신다.

건강한 외모와 미소를
가꾸자

    산속을 걸으면서 보내는 시간은 육체적 건강뿐 아니라 정신건강 유지에 크게 도움이 된다.

    아침 산속을 규칙적으로 거닐게 된 것은 대학 재직 중 산학협력단 업무에 관여하면서부터이다. 부서의 특성상 각종 국가재정지원사업과 외부 지원사업에 본격적으로 참여하곤 했다. 새로운 사업을 준비하고 집행하면서 정신적, 육체적으로 피로했다. 평소에 즐기는 글귀인 '피할 수 없으면 즐기자'는 글귀를 사무실 벽에 붙여놓았다. 스트레스를 받을 때마다 그 문구를 쳐다보며 마음을 달래곤 하면서 스트레스를 극복하고자 노력했다.

    그래도 업무 추진에 따른 스트레스를 감당하기 어려운 상황이 이어졌다. 심신 피로를 안 느낄 수 없었다. 새벽형 인간인 나는 어느 날부터 하루의 최우선 과제를 건강 관리에 두고 산속을 걷기로 하였다. 아침 일찍 집 근처 산속을 걸으면서 스트레스도 날려버리고 그날의 일도 점검할 수 있었다. 이렇게 매일 산행을 반복하다 보니 아침시간에 산속 걷기가 습관이 되었다.

이러한 습관은 계속 이어져 총장 시절에도 몸과 마음의 평정을 유지하면서 직무 수행을 할 수 있었다. 총장을 그만두고 필리핀의 마닐라에서 머무르는 동안은 물론이요, 지금도 매일 아침 시간을 즐겁게 산속에서 보내고 있다. 이러한 운동습관은 육체적, 정신적으로 건강과 함께 자신감을 갖게 만든다.

아울러 틈나는 대로 홀로 걷는 것을 즐기곤 한다. 심심해서 걸을 수도 있고, 약속된 시간까지 여유가 있어서 걷게 되는 경우도 있다. 풀기 어려운 문제가 있는 경우에도 때로는 걸으면서 생각의 실마리가 풀려서 뜻하지 않은 해답을 얻는 경우도 있어 걷기를 즐긴다.

오늘날 어떻게 대인관계를 설정하고 유지하고 있느냐가 사회생활을 성공적으로 가져가느냐의 관건이 된다.

미국 대통령 J. F. Kennedy의 부친은 자식들에게 "중요한 건 네가 누구냐가 아니라 다른 사람들이 너를 어떻게 생각하느냐이다"라며 이미지 중요성을 강조했단다. 좋은 이미지를 위해서는 자연스럽게 사람을 이끄는 힘이 있어야 하는데 그 힘이 바로 '첫인상first impression'이다. 대인관계에서 누군가를 처음 마주쳤을 때 50초 내에 그 사람 말을 들을 것인가를 생각하고, 5분 안에 결정을 내린다고 한다. 그만큼 대인

관계에서 상대에 대한 첫인상은 중요한 영향을 미친다.

첫인상은 상대 마음을 열게 하는 중요한 열쇠이다. 누구에게나 좋은 인상을 남기는 것은 중요하다. 사람들은 한번 좋은 인상을 받으면 그 사람이 어떤 잘못을 할지라도 좋은 쪽으로 생각하고 이해하려는 속성이 있단다. 나쁜 인상을 받으면 설령 좋은 일을 했을지라도 좋은 점수를 주지 않는다. 그렇기 때문에 이미지 관리가 필요하다.

하버드대학의 모비우스는 '뷰티 프레미엄'의 중요성을 강조했다. 인간관계에 있어서 얼굴에서 풍기는 첫인상에 따라 상대방을 밀어내기도 하고 끌어당기기도 한다. 좋은 첫인상을 갖게 되면 자신의 평가에 보너스 점수가 붙는다는 이야기다.

얼굴 이미지만 좋아도 자신감이 넘쳐 보이고, 실제 실력과 무관하게 유능하다고 평가받을 수 있다. 그렇다 보니 우리 사회에서는 젊은 이들 사이에 외모지상주의로 인해 성형 열풍이 부는 기현상도 생기고 있다. 내면의 건강함이 외모의 건강 못지않게 중요한 데도 말이다.

반면에 피트니스센터 담당코치가 건강하지 못한 몸매와 피곤한 얼굴을 갖고 체력 운운하면서 건강관련 코칭을 한다면 그의 말이 고객에게 신뢰감을 줄 수 있을까? 절대로 신뢰감을 줄 수 없다.

미국 16대 대통령 에브라함 링컨은 "40살이 넘으면 자기 얼굴에 책임을 져야 한다"고 했다. 이처럼 본인의 건강한 얼굴은 좋은 대인관계를 유지하기 위해 필요하므로 육체적, 정신적으로 건강한 얼굴을 만들도록 노력해야 한다.

일본의 의사로서 『뇌내혁명』을 저술한 하루야마 시게오는 건강을 유지하기 위해 명상, 운동, 섭생의 중요성을 강조한다. 여기서 명상은 즐거운 일을 상상하는 것으로 매일 10여 분 정도 눈을 감고 조용히 하는 것이다. 운동은 규칙적으로 운동을 하는 것을 권고한다. 그리고 섭생은 고단백 저칼로리, 혈관 막힘 방지, 활성산소 중화를 위한 섭생을 강조한다.

이처럼 대인관계에 있어서 건강하고 생기가 넘치는 모습을 갖추어 매력적으로 보이려는 노력이 필요하다. 여기서 건강하다는 것은 단지 체력단련을 통해 갖출 수 있는 육체적인 힘만을 의미하지 않는다. 얼굴에 생기가 넘치고 충만한 에너지의 축적 정도를 의미한다. 젊음도 경쟁력이므로 젊은 세대는 젊은 대로, 나이 든 세대는 나이 든 대로, 세대에 관계없이 건강 유지를 위해 규칙적인 운동을 해야 한다. 전문가 조언은 최소 1주 210분 정도 유산소 운동을 해야 하는데, 이는 하루 기준으로 30분이 된다.

좋은 인상을 만드는 방법 중 하나로 규칙적인 운동을 통해 항상 프로페셔널다운 사회생활을 하기 위한 좋은 컨디션을 유지하는 것이다. 누구를 대하더라도 건강한 모습과 함께 좋은 컨디션으로 밝게 웃는 표정을 보여야 한다.

"가장 건강한 사람은 늘 웃는 사람이다"라는 사실을 명심해야 한다. 많은 성공한 사람들이 "웃는 얼굴로 인생을 대하면 행복해진다"는 말을 좌우명으로 삼았다. 웃음은 이렇게 한 사람의 인생을 바꾸어놓을 수 있다. 웃음은 우리의 건강, 기분, 대인관계의 성공 여부 등을 결정 짓는 중요한 요소이다.

확실히 즐거운 마음을 가지고 웃음을 잃지 않는 사람은 정신적·육체적으로 매우 건강하다. 웃음이 근육을 부드럽게 해주고 몸과 마음을 편안한 상태로 만들어주기 때문이다.

프랑스 파리의 루브르 박물관에 가면 유난히 많은 관람객이 모여 있는 작품이 있다. 바로 레오나르도 다빈치의 명작인 〈모나리자〉 그림이다. 이렇게 〈모나리자〉 작품이 많은 사랑을 받고 있는 이유는 무엇 때문일까? 바로 모나리자의 미소 때문이다. 나도 그곳에서 마주친 모나리자의 미소를 잊지 못하지만, 많은 이들이 모나리자의 미소를 잊지 못한다.

나는 아침에 화장실 거울 앞에서 얼굴 근육을 실룩실룩해보며 미소 짓는 얼굴을 만들어보고 있다. 얼굴을 여유롭고 미소 띤 얼굴로 만들면 마음도 여유로워짐을 느끼게 된다.

미소의 힘이란 얼마나 대단한 것일까? 미소와 웃음으로 주변 사람들에게 감동을 준다면 상대방은 거부감 없이 나를 받아들일 것이다. 그러나 찌푸린 얼굴로 주변 사람을 대하면 내 주변에 아무도 남아있지 않을 것이다.

부디 건강하고 생기 있는 모습과 함께 미소 띤 얼굴을 만들도록 해야 한다. 일을 하면서도 웃기 위한 예비과정으로 하루의 일정 시간을 억지로 소리 내어 웃는 연습을 해야 한다. 억지로 웃는 과정만으로도 우리는 즐겁고 행복한 기분을 선택할 수 있다.

사람을 끌어당기는 매력을 갖고 싶다면 어떻게 해야 할까? 누군가를 만났을 때 따뜻하면서도 그만이 알아보는 미소를 얼굴에 가득 짓도록 해보자. 기쁘고 반가워하는 내 마음이 상대를 환하게 비출 때 상대는 나에게서 아주 특별한 느낌을 받는다. 내 몸에서 삶의 향기가 나도록 부단히 노력해야 한다. 나의 호감이 상대의 호감을 낳으며, 나의 존경심이 상대의 존경심을 낳는 법이다.

사무실에 걸려 있는 액자에는 다음과 같은 글귀가 적혀있다.
"성 안 내는 그 얼굴이 참다운 공양구요, 부드러운 말 한마디 미묘한 향이로다. 깨끗해 티가 없는 진실한 그 마음이 언제나 한결같은 부처님 마음일세"라는 글귀다. 사무실에 앉아 몸과 마음을 다스리고 싶을 때 벽에 걸려 있는 이 액자의 글귀를 틈나는 대로 읊조리곤 한다.

단정한 외모는
상대에 대한 예의다

어느 TV 프로그램에서 동일한 사람을 서로 다른 시간대에 각기 다른 차림으로 쇼 윈도우에 세워놓고 시민들의 반응을 묻는 실험을 했다. 첫날은 막 차려입은 단정하지 못한 모습으로, 둘째 날은 정장 차림의 단정한 모습으로 쇼윈도에 서 있었다.

지나가는 시민들의 동일한 사람에 대한 반응은 크게 차이가 났다. 사람들은 정장 차림의 단정한 모습을 한 경우에 대해 좋은 점수를 주었다. 이 실험 상황을 보면서 단정한 외모가 사람을 평가하는 데 중요한 잣대가 되고 있음을 알 수 있다. 평소에 만남의 목적과 장소에 걸맞는 외모를 유지해야 한다.

물고기를 잡기 위해 낚시를 가게 되는 경우 물고기에 따라 미끼가 달라야 한다. 나는 낚시를 하지 않지만, 한 번 서해 소청도에서 우럭 낚시를 했던 추억이 있다. 백령도 여행길에 1박 2일을 소청도에서 지내게 되었다. 일행은 섬에 도착하자 고깃배를 타고 바다로 나가 우럭 낚시를 즐겼다. 우럭이 잡힐 수 있는 곳에 도착하여 닻을 내리고 단순하게 만든 낚시도구로 낚시를 했다. 선장이 가르쳐 준 대로 뱃전에 서서 미끼인 미꾸라지를 낚싯바늘에 끼워 낚싯줄을 드리웠다. 얼마 지나지 않아 손에 느낌이 와 줄을 잡아당겼더니 우럭 두 마리가 동시에 줄에 걸려 올라왔다. 기쁨을 담은 기념사진을 찍고 바로 "나는 그만이요" 하고 더 이상의 낚시를 포기하고 울렁거리는 속을 다스렸던 기억이 있다. 그날 우럭 낚시에는 미꾸라지가 미끼로 쓰인다는 것을 처음 알았고, 물고기마다 사용되는 미끼가 각각 다르다는 것도 처음 알았다.

우리 인간관계도 마찬가지이다. 타인과 좋은 인간관계를 구축하기 위해서는 나만의 매력적인 미끼가 있어야 하며, 그 미끼는 내가 마주하고 있는 상대와 깊은 관계를 맺고 있어야 한다. 물고기를 잡고자 한다면 아주 유혹적인 미끼를 던져야 하듯, 상대에게 호감을 얻고 싶다면 상대 마음을 사로잡을 수 있는 미끼를 적절히 사용할 수 있어야 한다. 그것이 무엇일까? 바로 '첫인상'이다. 상대방과의 만남에 있어서 좋은 첫인상을 만들기 위해 단정한 외모가 필요하다.

지금은 그런 경우가 거의 없으나 예전에는 맞선을 보게 되는 경우 주변 세탁소에서 옷을 빌려 입고 맞선 장소에 나가곤 했다. 왜 남의 옷을 빌려서 입고라도 단정한 모습을 갖추고자 했을까? 처음 만나는 사람에게 단정한 모습으로 첫인상을 좋게 만들어주기 위해서였다.

신언서판身言書判이라는 말이 예로부터 통용되어 왔다. 그만큼 사회생활을 하는 데 있어서 신체에서 풍기는 외모를 중요시했다. 누구나 처음 대하는 사람은 먼저 얼굴이나 외모를 보고 그 사람에 대한 평가를 한다. 그러니 옷은 아무렇게나 입어서는 안 된다. 옷은 스스로 말을 하기 때문이다. 옷차림이 바뀌면 마음가짐이 바뀌고 그에 따라 행동이 바뀌는 것이다.

남자들은 예비군 훈련을 다녀온 경험을 많이들 갖고 있다. 예비군 복장으로 한곳에 모여 있는 사람들은 얼굴 모습만 다를 뿐 모두가 똑같이 예비군 훈련자인 것이다. 그곳에서 학력의 높고 낮음의 정도, 돈의 많고 적음의 정도, 결혼의 유무 여부는 그들의 마음가짐과 행동에 아무런 영향을 주지 않는다. 그들은 단지 예비군 훈련을 받으러 온 훈련자일 뿐인 것이다. 그만큼 예비군 복장이 각자의 마음가짐과 행동에 영향을 미친다. 만약에 각자 개인 복장을 갖추어 입고 훈련장에 오도록 하면 그들의 마음가짐과 행동에 어떤 결과가 나올까?

단정한 옷차림은 상대를 대하는 마음가짐과 행동거지를 어떻게 하겠다는 나름대로의 다짐을 보여주는 것이다. 아내에게 늘 강조하는 이야기가 있다. "집에서의 모습도 늘 단정한 모습을 유지하도록 하자"는 것이다. 살아가면서 제일 친한 사람이 남편이고 가족인 것이다. 친하다고 해서 대충 차림을 하고 남편이나 식구를 단정치 못한 모습으로 맞이한다면 매력도 상실할 뿐 아니라 식구들에 대한 예의가 아닌 것이다.

바깥에서 단정한 모습을 한 많은 사람을 만나고 집에 들어오는 경우 집에 있던 아내가 단정한 모습으로 남편이나 식구들을 맞이한다면 어떨까? 식구들의 반응은 스스로 아내에게 또는 엄마에게 대접받고 있다는 생각을 갖게 되어 기분이 좋을 것이다. 미국 사람들은 집의 옷장에 꽤 많은 비중을 홈드레스가 차지한다는 것이다. 그만큼 남편과 식구들을 정중한 모습으로 맞이한다는 이야기이다. 우리 아내들도 귀담아들을 이야기이다.

상대방 사무실이나 집을 방문하게 되는 경우 외모를 단정히 하고 찾아가는 것은 상대에 대한 예의다. 경조사가 있는 경우 단정한 외모를 갖추고 가는 것은 상대에 대한 배려이다. 결혼식에 하객으로 초대받았을 때 내 방식대로 살겠다고 하면서 평소에 입고 다니는 단정하지 못한 옷차림으로 예식 장소에 하객으로 간다면 개성이 있다고 하기에 앞서 상대에 대한 예의를 지키지 못하는 것이다. 또 애사가 발생하여 장례식장을 부득이 방문하여 예를 갖추어야 될 상황이 발생했을 때 아무런 옷차림으로 방문하는 것은 무례가 되는 것이다.

아무리 바쁘더라도 상대에 대한 배려 차원에서 외모에 신경을 써야 한다. 만남의 목적과 장소를 고려하지 않고 아무렇게나 옷을 입고 장소에 나타나 상대방을 당황하게 하는 것은 결례이다. 옷차림에 조금은 더 신경을 써서 상대에 대한 예의와 함께 자신만의 상징을 강조하고 매력적인 스타일을 연출할 필요가 있다.

개성을 중요시하며 '자신만의 매력'을 발산하며 사는 세상이 되었다 하더라도 모임 목적과 모임 장소에 걸맞게 외모를 단정히 하기 위해 고려해야 할 여러 가지가 있다. 남자의 경우 구두, 양말, 양복, 와이셔츠, 벨트, 넥타이 등을 통해 다른 사람에 대한 예의와 함께 본인만의 매력을 연출할 수 있다.

그런데 그렇지 못한 사람 때문에 눈살을 찌푸렸던 기억이 있다. 나름대로는 명성을 갖고 있는 K교수가 많은 교수들이 정장 차림으로 행사를 치르는 행사장에 단정치 못한 운동화 차림으로 나타나 많은 이들의 눈살을 찌푸리게 만든 경우가 있었다. 이런 K교수 행동은 행사장에 참석한 모두를 무시한 행동으로서 예의가 아니라는 생각이 불쑥 들었다.

국회의원에 당선된 정치인 Y 씨는 의원선서를 하는 날 정장 차림이 아닌 캐주얼 복장을 하고 국회의사당 내에 나타난 적이 있었다. 이런 모습을 한 Y 씨 처신은 국민을 무시한 예의 바르지 못한 행동이라고 하면서 여론의 뭇매를 맞았다. 이는 상대인 국민을 배려하지 못한 데서 오는 단정하지 못한 옷차림에서 비롯된 것들이다.

단정한 외모에 있어서 호기심을 참지 못하고 상대를 내게 다가오게 만들 수 있는 독특한 액세서리나 소품을 지니는 것은 어떨까? 의상과 액세서리가 당신을 프로로 보이게 만든다. 미국 국무장관을 지낸 올브라이트는 여성으로서 모임의 목적과 성격에 따라 브로치를 달리함으로써 나름대로 상징을 달리 강조하곤 했다. 박근혜 대통령도 외국을 방문할 때 한복과 양장을 통해 옷차림과 색상을 달리함으로써 패셔너블한 감각을 보여주고 있어 여성의 강점을 마음껏 살리고 있다.

본보기가 될 수 있는 인물을 모델로 삼는 것도 괜찮다. 모 대학 부총장 출신의 원로논객인 김 모 교수는 늘 대중 앞에 나타날 때면 나비넥타이를 매고 나타나서 강연을 한다. 우리들은 김 모 교수하면 그분의 고유 스타일인 나비넥타이가 연상이 되고 있는 것이다.

만남의 목적과 장소와 따라 상황에 맞는 연출을 해보자. 그리고 청결은 기본이므로 늘 구두, 손톱, 머리 등의 청결을 유지하도록 하자. 특히 나이가 들면 얼굴에서 빛이 덜 나기 때문에 옷차림에 조금은 더 신경을 써서 자신만의 상징을 강조하고 매력적인 스타일을 연출해야 한다. 요사이 유행하는 '아저씨 스타일'과 '오빠 스타일'을 참조하여, 가능하다면 상대로부터 오빠라는 젊은 이미지가 만들어지도록 자신의 외모를 관리해 보면 어떨까?

비가 오면 집에 가서,

비가 오면 어떤 음식이 가장 먼저 떠오르는가. 요새 젊은이들은 전망 좋은 카페에 가서 창밖을 바라보며 달콤한 케이크 한 조각과 쌉싸름한 커피 한 잔을 떠올리지 않을까? 하지만 나 같은 노땅(?)에게 물어본다면 십중팔구 '부침개'를 떠올릴 것이다.

"비가 오면 집에 가서 빈대떡이나 부쳐 먹지~"라는 노래 가사 때문에 유행한 건지 아니면 우리 문화에서 당연한 것이기에 그런 가사가 나온 건지는 잘 모른다. 한 가지 분명한 사실은 빈대떡이든 (해물)파전이든 김치전이든 그 어떠한 전이든 전에 동동주 한잔만큼 비오는 날 잘 어울리는 음식이 없다는 점이다.

배곯던 시절, 비가 오는 바람에 일을 못 하는 서민들의 헛헛한 배를 채워주던 빈대떡. 이 글을 쓰다 보니 예전 추억이 떠오르고 침이 넘어가는 건, 내가 어쩔 수 없이 한국 사람임을 깨닫게 하는 것일까. 그래도 좀 참아야지, 비가 오는 날까지는 말이다.

시간 관리를
철저히 하자

하루하루를 무척 바쁘게 사는 친구 B교수가 있다. 언제 만나도 그는 늘 몇 가지 약속이 잡혀있어 바쁘게 시간을 보내고 있다. 우리와 약속을 하고 정해진 시간에 만나게 되어도 느긋하게 시간을 갖고 즐기는 상황이 안 된다. 우리와의 만남이 끝나지 않았는데도 "다른 약속이 있다"고 한다. 그리고 "미안하다"는 말을 하면서 양해를 구하고 자리를 뜬다. 만날 때마다 그런 일이 반복되다 보니 친구 B와 약속을 해도 또 중간에 "다른 약속이 있다고 하면서 가겠지" 하는 생각을 갖게 된다.

이런 사람은 좋은 인상을 주게 될까? 과연 시간 관리가 잘되고 있는 것일까? 아니라고 본다. 나는 저녁에 누군가와 약속을 해서 만남을 갖게 되는 경우 다른 약속을 잡지 않는다. 그래야만 약속한 사람과의 만남에 충실할 수 있어 좋은 인상을 주기 때문이다.

인간관계에 있어서 상대에 대한 좋은 인상은 서로 간의 신뢰를 유지하는 데 매우 중요하다. 그중 한 가지가 철저한 시간 관리다.

시간개념에는 두 종류가 있다. 크로노스Cronos 시간개념과 카이로스Kairos 시간개념이 그것이다.

크로노스 시간개념은 과거·현재·미래·아침·점심·저녁 등과 같은 물리적 시간으로서 객관적·양적인 시간이다. 달력이나 시계의 바늘이 가리키는 시계시간이다. 시계와 달력 속의 시간인 크로노스의 시간은 누구에게나 같다. 한 시간은 60분, 하루는 24시간, 일 년은 365일이다.

크로노스 시간은 과거로부터 미래를 향해 질주해간다. 크로노스 시간개념이 지배하는 서구문화권에서는 효율적인 시간관리를 매우 중시하여 "시간과 흐르는 물은 아무도 기다려주지 않는다"라는 격언을 소중하게 다룬다.

반면에 카이로스 시간개념은 주관적·질적·심리적 시간이며 집중된 시간이다. 시간을 어떻게 인식하고 체험하는가는 개인의 주관적 상황에 따라 다른 것이다. 동일한 객관적 길이의 시간인 데도 불구하고 즐거운 경우에는 자기도 모르게 순식간에 시간이 지나가 버린다. 반면에 지루한 경우에는 시간이 더디게 지나는 것을 알 수 있다.

카이로스 시간개념 속에는 결단의 시간이 있다. 동계올림픽 쇼트트랙경기에서 같은 스케이트화를 신고 경기를 하는데 승리를 하려면 순간적으로 기회를 엿보아 상대를 제치는 순간의 결단이 필요하단다.

그 100분의 1 또는 1,000분의 1초에 순간적으로 파고들어 상대를 제쳐야 승리를 할 수 있다.

직선이 점點들의 집합으로 만들어지듯 크로노스 시간은 카이로스 시간들의 집합이다. 카이로스 시간의 정수는 '지금'이라는 점點이다. 진심으로 되돌아오지 않는 '지금' 이 순간을 즐기고 사랑하는 것이 카이로스 시간개념이다.

누구에게나 똑같이 하루 24시간이 주어진다. 그 24시간을 얼마나 즐기면서 보람 있게 사용하느냐에 따라 인생을 즐기면서 맛있게 살 것인지의 여부가 결정된다. 맛있는 삶과 행복을 위해서 시간 관리를 철저히 할 필요가 있다.

객관적으로 주어진 하루 24시간을 잘 활용하는 사람은 인생 성공을 거머쥘 수 있다. 그러기 위해서는 먼저 본인의 구체적이고 분명한 목표를 세우고, 일의 우선순위를 정해야 한다. 우선순위를 둔다는 것은 무엇을 포기할 것인가에 대한 결정이 전제가 된다. 곁가지가 많으면 큰 나무가 되지 못한다.

누구에게나 전환시간Transition time이라는 것이 있다. 아침에 일어나서 규칙적인 하루 일을 시작할 때까지 주어진 시간이다. 사람에 따라 정도 차이는 있지만 40분 정도이다. 이 시간은 줄이기보다 늘리는 것이 좋다. 왜냐하면 전환시간만이 혼자 있으면서 누구로부터도 방해받지 않는 좋은 시간이기 때문이다.

아침에 일어나면 먼저 그날 하고자 하는 일을 메모지에 목록으로 작성하는 일을 한다. 아침마다 하루에 할 일을 점검하면서 오늘 반드시 해야 할 일, 해도 되고 안 해도 될 일을 구분하여 반드시 해야 할 일부터 처리해 나가고 있다. 그리고 우선순위를 정하는데, 여기에는 80-20법칙이 있다. 가치 있는 순서대로 배열한 10가지 항목 중 상위 20%의 항목에서 80%의 가치를 얻는 반면, 나머지 20%의 가치는 하위 80%의 항목에서 얻는다는 말이다.

일의 우선순위를 구분하는 것은 현명한 일처리의 시작이다. '중요하지만 급하지 않은 일'을 '급하지만 중요하지 않은 일'에 우선하여 처리하는 습관을 생활화해야 한다. 그러기 위해서는 항상 계획을 수립하고 그 계획 하에 움직이는 습관을 생활화해야 한다.

사람의 라이프스타일에는 2가지가 있다. 그 하나가 아침형 인간Day bird type of person이고 다른 하나가 올빼미형 인간Night owl type of person이다. 아침형 인간에 속하는 나는 저녁 이후 특별한 경우가 아니면 10시 전후해서 잠자리에 들고 아침 5시 전후해서 자명종 도움 없이 일어난다. 아침에 일찍 일어나므로 1시간 정도는 공부하는 데 시간을 할애하는데, 이 시간은 집중도가 높아서 무척 유용하게 쓰인다. 하루에 해야 할 일에 대한 준비는 이때 이루어진다.

이러한 생활습관은 집 밖에서도 예외가 없다. 국내외 여행이나 출장을 가는 경우 가방에 책을 넣고 가거나 공항에서 출국 수속을 마친 후 면세구역 내 서점에서 책을 구입하여 가지고 나간다. 이는 여행 중 틈나는 대로 시간을 유용하게 쓰고자 독서를 하기 위해서이다. 아침형 인간에 속하고 있는 나는 아침에 누구보다 일찍 일어나기 때문에 아침시간이 많다. 늘 여행지 숙소 주변을 아침에 1시간여 산책하면서 집에서와 같이 운동 겸 산책을 즐긴다.

일을 가장 잘하는 시간을 의미하는 프라임 타임이 있다. 나의 경우 아침형 인간이므로 프라임 타임은 이른 아침시간이고, 이때 하루의 중요한 일을 마무리한다.

아침형 인간으로서 겪은 좋은 경험에 바탕을 둔 '아침형 인간'에 대한 이야기를 하면서 습관을 고칠 것을 제안하곤 한다. 도저히 습관이 안 돼서 아침에 일찍 일어나기가 힘들다는 이야기부터 하는 경우를 많이 봤다. 나는 '습관은 습관 들이기 나름'이라고 생각한다. 아침에 7시에 일어나는 습관을 가진 사람이라면 한 달에 10분 정도 일찍 일어난다고 생각하면 어렵지 않다. 그 다음 달에 또 10분 일찍 일어나는 것 어렵지 않다. 이렇게 하여 6개월 정도 실천하면 1시간 일찍 일어날 수 있게 되는 것이다. 그런 습관 들이기를 의지를 갖고 실천한다면 지금까지 7시에 일어나던 사람이 6시에 일어날 수 있게 되어 아침형 인간으로 바뀔 수 있게 되는 것이다.

'일찍 일어나는 새가 모이를 줍는다'는 말을 떠올리지 않더라도 하루를 일찍 시작하는 사람은 그렇지 못한 사람보다는 확실히 유리하다. 시간 관리를 잘하는 사람과 그렇지 못한 사람의 차이는 매우 크다. 부지런히 노력하는 것을 즐겨야 하고 늘 새벽처럼 깨어 있어야 한다.

시간 관리와 관련하여 '15:4 법칙'이라는 것이 있다. "무엇인가를 시작하기 전에 15분 동안 무엇을 할 것인지 생각하면 나중에 4시간을 절

약할 수 있다"라는 말이다. 생각 없이 하루를 보내는 사람들보다 미리 하루 일을 생각해서 우선순위를 정하고 행동에 옮기는 사람은 시간 관리를 잘하는 사람으로서 성공할 가능성이 높다.

맛있는 삶과 행복을 위해서 스스로에게 주어진 시간에 대한 시간 관리를 철저히 하면 어떨까?

약속은
지키자고 하는 것이다

1990년대 후반 학과 교수, 해병대 제자들과 함께 백령도 여행길에 소청도에서 1박 2일 예정으로 머물게 되었다. 일행은 소청도 등대 관사에서 하룻밤을 지내기로 했다. 등대직원의 배려로 등대관사에서 저녁회식을 하게 되었다.

소박하지만 정성스레 준비한 우럭회 등 술안주들이 상 위에 놓여 있다. 그런데 회식임에도 술잔이 보이질 않는 것이다. 회식이 시작되기 전 등대직원이 조그만 접시에 빈 술잔을 받혀 갖고 들어오는 것이었다.

그는 소위 '백령도 주법'에 대해 일행에게 나름 진지하게 설명을 하는 것이다. 백령도 뱃길이 원활하지 않던 시절에 생긴 주법이란다. 바다에 풍랑이 일게 되어 배가 운항을 못 하게 되면 오랜 기간 공산품이 공급이 안 되는데 술도 그렇단다. 그러다 보니 안주는 지천인데 술은 귀하게 되는 거란다. 술이 귀한 음식이다 보니 너 나 할 것 없이 공평하게 술을 나누어 먹기 위해 생긴 주법이 '백령도 주법'이란다.

이제야 상 위에 술잔이 없었던 이유를 알게 된 것이다. 술잔을 받으면 술잔을 비운 후 다음 사람에게 건네든가, 받은 술잔을 손에 들고 있는 것은 괜찮단다. 하지만 술잔을 받은 사람이 술잔을 비우지 않고 술이 담긴 술잔을 그대로 상에 내려놓으면 술상을 준비한 사람에 대한 예의가 아니란다.

"만약 그런 일이 발생하면 안 됩니다."

"잘 알겠습니다."

이렇게 백령도 주법을 잘 따르겠다는 약속 아닌 약속을 그와 한 것인 것이다.

백령도 주법에 따라 회식이 시작되었다. 백령도 주법에 따라 술잔이 돌아갔다. 일행 중 평소에 술이 약한 L이 술잔을 받자마자 입에 대기만 하고 술잔을 상 위에 내려놓았다. 이 모습을 본 회식을 준비한 그분이 L을 향해 "여기서 그러시면 안 됩니다" 하고 백령도 주법에 따른 약속을 안 지킨 것에 대해 경고를 주었다. 그리고 회식은 계속되었다. 또 다음 차례에서 L이 또 술잔을 입에 대기만 하고 상에 내려놓자 등대직원은 말없이 일어나 나갔다.

얼마 지나도 그가 안 들어오는 것이다. 동석한 제자에게 물어보니

"아마 그 사람 안 들어올 겁니다"라고 말하는 것이다. 그 이유는 'L의 백령도 주법에 어긋나는 행동 때문'이란다. 그날 밤은 주인 없는 상태에서 어색하게 회식이 마무리되었다. 다음 날 아침 등대마당에서 빗자루로 마당을 쓸고 있는 그 직원을 만났다. 그런데 우리와 눈도 안 마주치는 것이다. 그에게 지난 밤 회식 때 일행이 저지른 '백령도 주법' 약속을 지키지 못한 해프닝에 대해 사과했다. 여러 번에 걸친 사과를 진지하게 한 후에야 그와의 불편함을 풀 수 있었다.

오늘날 다른 사람과 여러 가지 이유로 크고 작은 많은 약속을 하곤 한다. 그런데 실제로는 약속들이 잘 지켜지지 않는다. 상대가 누구이든 한 번 약속을 했으면 반드시 지키도록 해야 한다. 약속은 지키자고 한 것이니 지켜져야 하는 것이다. 세상 인간관계는 모두 약속으로 성립되어 있으며 약속이 쌓여서 신뢰를 만들어 낸다. 상대에게 신뢰를 심어주는 중요한 것 중의 하나가 '약속 엄수'이다. 한 번 약속이 지켜지지 않으면 서로의 신뢰는 무너지게 된다. 상대에게 좋은 인상을 심어주려면 상대가 쉽게 잊어버릴 수 있는 사소한 약속이라도 반드시 지키도록 해야 한다.

약속에는 '자신과의 약속'과 '타인과의 약속'이 있다. '자신과의 약속'은 자신의 인성과 품성에 영향을 미치고, '타인과의 약속'은 소통과 조화에 영향을 미친다. 맛있는 삶을 즐기기 위해서는 어떤 종류의 약속이든 누구와 한 약속이든 약속을 지키도록 해야 한다.

나는 '자신과의 약속'을 몇 가지 해놓고 실천에 옮기고자 부단히 노력하고 있다. 그 하나는 금연이다. 수차례 실패한 금연 약속을 총장 시절에 관할 보건소의 도움을 받아 교직원 대상으로 금연운동을 전개했다. 금연운동 제안자인 총장으로서 금연운동에 동참하였다. 6개월 간 성공적으로 금연하였고, 그 후 지금까지 금연을 하고 있으니 자신과의 약속을 지키고 있는 것이다.

또 하나는 매일 생존 차원에서 아침에 산에서 운동을 하는 것을 우선으로 하겠다는 자신과의 약속이다. 전날 회식이 길어져 집에 늦게 들어오더라도 이 약속은 꾸준히 지켜오고 있다. 아내는 이런 새벽에 일어나서 산에 다녀오는 모습을 보면서 대단하다는 칭찬의 말을 아끼지 않는다.

'타인과의 약속'과 관련하여 1978년 가을 결혼식 당일 식장에 늦게 도착하여 벌어진 해프닝으로 기억에서 지우고 싶은 경험이 있다. 결혼식이 예정되어 있는 곳은 남산 밑의 A호텔이었고, 사는 곳은 서울 동쪽 끝이었다. 당시 차가 없었으므로 택시를 타고 가기로 했다. 집 앞에서 식구들이랑 함께 택시를 기다리는데 택시를 잡을 수가 없는 것이다. 발을 동동 구르다가 억지로 잡은 택시로 식장에 도착하니 결혼식이 시작되어야 할 11시를 15분이나 넘긴 뒤였다.

이유야 어찌되었든 식장에 늦게 도착함으로써 큰 사고를 친 것이다. 주인공인 신랑과 혼주가 늦게 도착하다 보니 이미 주례선생님과 하객들은 주인공인 신랑을 기다리는 상황이 된 것이다. 지금도 그 당시를 떠올리며 "왜 일찌감치 식장에 도착하여 모든 이들과의 약속을 제대로 지키지 못했을까?" 하며 내심 부끄러움을 갖는다.

요사이 결혼식장에 하객으로 가거나 주례를 보러 가게 되는 경우 1시간 전에 식장에 도착하곤 한다. 일찍 식장에 도착하면 혼주와 진솔한 덕담도 주고받을 수 있다. 또 식장에 라운드테이블이 마련된 경우에는 내가 원하는 곳에 앉아 지인들과 여유를 갖고 담소하면서 즐길 수 있다.

여기서 잠깐 눈을 감고 패러디를 감상해보자. 늘 지각하는 친구 지각이가 어느 날 사고가 나서 제시간에 안 나타났을 경우 사무실 내에서는 어떻게 될까? "그러면 그렇지" 하면서 크게 개의치 않게 된다. 그러나 지금까지 약속시간을 잘 지키던 친구 지킴이가 본의 아니게 늦게 되면 어떻게 될까?

"이렇게 늦게 올 사람이 아니다."

"뭔가 큰일이 났을 것이다"라고 하면서 큰일이 난 것처럼 수소문하면서 요란을 떨게 된다.

이렇게 같은 지각 상황을 놓고도 다른 분위기가 만들어지는 이유는 무엇 때문일까? 평소의 약속시간을 잘 지키는 사람인지 아닌지가 다른 사람들에게 각인되어 있기 때문이다.

내 경험으로는 약속시간을 정해놓고 잘 지키지 않고 늦게 나타나는 사람을 보면 우선 신뢰감이 떨어진다. 늦게 나타난다는 것은 약속에 대해 긴장하지 않는다는 증거이다. 어찌 보면 그 약속에 대해 중요하지 않게 생각하는 것처럼 보이기도 하는 것이다.

강연이나 모임 등 약속된 장소에 미리 도착하도록 하는 센스가 필요하다. 이는 상대방과의 관계에서 매우 중요하다. 나는 지인들과 시간 약속을 하면 종종 길에서 만나기를 즐긴다. 상대방과의 약속에 있어서 신뢰가 있기 때문이기도 하지만 약속시간을 잘 지키기 위해서이다.

총장 시절 외부인을 초청하여 매달 한 번씩 명품강연을 듣고자 했다. A대학의 원로교수를 초청하는 기회가 있었다. 어디쯤 오고 있는지를 확인하고자 전화를 했더니 정해진 강연시간보다 1시간 정도 미리 도착하여 승용차 안에서 기다리고 있는 것이다.

"왜 그렇게 빨리 왔어요?" 하니 "그래야 약속시간을 지킬 수 있고 나름대로 쉬면서 자료도 검토하고 해서 일찍 왔어요"라고 하는 것이다.

그 이후부터 나도 본받아 강연을 가게 되는 경우 미리 도착하도록 하고 있다. 1시간 전에 미리 도착하도록 여유를 갖고 준비하면 여러 가지가 좋다. 혹시 가는 도중에 벌어질 돌발적인 상황에 대처할 수 있고, 미리 도착하여 심신을 추스르면서 좋은 컨디션을 유지할 수 있고, 강연 장소라든가 노트북 등 기기와 자료를 검토할 수도 있다.

개인적으로 누군가와 약속을 하는 경우도 마찬가지이다. 정해진 시간보다 미리 약속장소에 도착해 심신을 추스르고 나서 상대를 맞이하면 어떨까? 미리 약속장소에 도착하여 대화 내용을 정리한다든가, 자료를 검토하면서 기다린다면 어떨까? 시간에 늦게 나타나 허둥거리거나 구차하게 변명하는 것보다 유리한 상황 속에서 상대방과의 대화를 주도적으로 이끌어가게 되는 것이다. 먼저 와 있는 사람이 칼날이 아

닌 칼자루를 잡게 되어 유리한 상황에 서서 상대방과의 대화를 주도
할 수 있는 것이다.

자신과의 약속이든, 타인과의 약속이든 약속을 지키지 못한다면 나
자신 또는 상대방에게 결코 좋은 신뢰감을 줄 수 없다. 자신과 한 약
속, 타인과 한 약속을 잘 지키도록 하는 것이 절대덕목이 되어야 '맛있
는 삶'을 즐길 수 있는 것은 아닐까?

며느리들아
잘 살아라

두 아들이 성장해서 결혼을 하고 독립된 가정을 꾸리게 됨에 따라 며느리 둘을 얻었다. 나와 첫째 며느리의 첫 만남은 큰아들 대학교 4학년 때이다. 친구 소개로 아들과 데이트를 해오던 며느리가 요즘 젊은이들처럼 만남 100일 기념으로 나에게 편지를 보내오면서부터이다.

아버님께

안녕하세요? 전 ○○ 오빠 여자친구 ○○○라고 합니다.

오빠를 만난 지 백 일이 되도록, 어머님 생신과 결혼기념일이 있었음에도 불구하고 은둔해 있다가, 지금에서야 인사를 드리게 되었습니다.

49번째 생일 진심으로 축하드립니다. 이번에는 서면으로밖에 인사를 못 드리지만, 다음번에 꼭 뵙도록 하겠습니다.

○○ 오빠가 아버님을 닮아 운동을 좋아하고, 남성적인 것 같습니다.
오빠를 마음 넓은 사람으로 키워주셔서 언제나 감사합니다. 앞으로도
지금까지 그랬던 것처럼 항상 건강하시고, 어머님과 함께 행복하세요.
곧 인사드리겠습니다.

2003. 1. 8. ○○○ 올림

이렇게 큰아들이 소개하는 아들 여친과 만남이 시작되었다. 그날
이후 나와 아내는 그녀가 어떤 사람일까 설레는 마음으로 직접 만남
을 기다려 오다가 편지를 받고 얼마 지나지 않아 집에서 만났다. 내가
연애하는 것도 아닌데 그때는 무척이나 설레고 궁금했다.

아마도 딸이 없는 집안에 아들이 사귀고 있는 여친을 데리고 온다
니 그랬는지 모르겠다. 집에서 처음 만난 그녀는 "4형제 집안의 맏며
느리 감으로 집안의 대소사에 대장 노릇을 하겠구나"라는 생각이 들
었다.

이렇게 해서 공개적으로 큰아들과 여자친구의 만남은 이어졌다. 큰
아들과 같은 4학년이었던 그녀는 졸업 후 대기업 회사원으로 직장 생
활을 했다. 큰아들은 졸업 후 공군장교로서 군복무 중이었다. 그러면
서 둘의 만남은 계속 이어졌다. 제대를 얼마 앞두고 둘은 결혼을 하고
자 했다.

큰아들에게 그동안 사귀어 온 그녀와의 결혼 의사를 타진해본 결과
평생 배우자로 택하겠단다. 우리 부부는 "다른 조건은 안 따진다. 오
직 네가 살아가는 데 도움이 되는 여자라고 생각한다면 결혼해도 좋

다"고 승낙을 했다.

그렇게 해서 군 제대를 앞두고 결혼을 했다. 결혼 후 사는 모습은 일반 맞벌이 부부의 모습으로 알콩달콩 지지고 볶으며 살고 있는 것 같다. 맏며느리가 된 ○○가 가정을 꾸리면서 커리어 우먼으로 회사 생활을 당당하게 하고 있는 모습이 시아버지로서 보기에 너무 좋다.

그 가운데 예쁜 손녀 정연, 장손자 정하를 집안에 선물로 안겨주어 큰 행복을 느낀다. 아무쪼록 장손자인 '정하 첫돌'에 공개적으로 보낸 카드에서처럼 그 마음 늘 변치 않기 바란다.

어머님 아버님,

정연이를 키운 지 5년이 넘어 부모의 마음을 알았다고 생각했는데, 다시 한 번 정하를 안아 키워보니 제가 부모님의 마음을 알려면 아직도 멀었구나 싶었습니다.

저희가 잘나서 혼자 큰지 알았습니다.

아플 때마다 뜬 눈으로 보살펴 주시고, 언제나 한결같은 사랑으로 보살펴주신 그 은혜가 이 세상 그 무엇보다 깊고 소중함을 아이들을 통해 알아갑니다.

앞으로 저희 부부의 아이가 더 잘 사는 모습을 보여드리는 것이 부모님 큰 은혜 갚는 것이라 생각합니다.

어머님, 아버님 건강하시고 언제나 저희들과 행복하게 오래오래 함께 하시길 바랍니다. 진심으로 감사드리고 사랑합니다.

며느리 ○○, 아들 ○○ 올림

큰며느리야, 인생 선배들이 말했듯이 '사랑은 내리사랑'이다. 너희들 가족이 행복하게 인생을 즐기며 살고 있다면 자식 된 도리를 다하는 것이다. 부디 편지에서처럼 맛있게 즐기면서 삶을 꾸려나가기 바란다.

둘째 아들은 대학교 1년을 마치고 해병대에 지원하여 군 복무를 마쳤다. 우여곡절 끝에 아들은 제대하자마자 캐나다 어학연수를 떠나 1년 만에 돌아와 복학을 했다.

복학 후 둘째 아들 대학 생활은 별나게 도전적이었다. 학과 밖 대외 활동에 보다 많은 관심과 흥미를 가지곤 했다.

대학은 다르지만 이벤트 공모전에 함께 참여하면서 둘째 며느리 ○○를 만나게 되었단다. 그들은 졸업 후 만남을 즐기게 되었고 서로의 미래에 대한 확신이 있었는지 어느 날 우리 부부에게 둘째 아들은 여친을 소개했다. 아들 여친에 대한 첫인상은 큰며느리와는 사뭇 달리 이런 여자가 둘째 며느리로 온다면 첫째 며느리와 조화가 잘될 것 같았다.

둘의 만남은 계속 이어지면서 집안의 가훈인 '30세를 안 넘긴다'는 결혼 마지노선 덕분에 둘째 아들이 30세가 되던 해에 결혼을 했다. 결혼을 한 둘째 아들과 며느리는 둥지를 우리 집 근처로 정하자는 제안을 받아들였다. 우리 부부는 근처에 아들 부부를 두고 사는 것이 기뻤다. 둘째 아들 부부가 3년 만에 아이를 낳고 아내의 1년 손녀 돌봄을 끝으로 호주로 취업 이민을 갔다.

어느 날 아들 부부는 말했다.

"호주로 취업 이민을 가면 어떨까요?"

"지금은 글로벌 시대이고 지구촌 어느 곳에 가더라도 안방 드나들 듯 하는 세상이니 기회가 왔을 때 가라"고 나는 말했다.

둘째 며느리가 호주로 떠나는 날 며느리에게 편지를 건넸다.

○○아,

○○이와 결혼을 하여 가정을 꾸리고 우리 집의 둘째 며느리로서 살아온 지가 엊그제 같은데 벌써 여러 해가 지났구나.

너는 그동안 딸이 없던 우리 집에 둘째 며느리로 시집을 와서 남들이 오고 싶어 하지 않는 시댁 근처에 살면서, 때로는 딸처럼 우리를 대해주어 엄마와 나는 얼마나 감사했는지 모른다.

우리가 기다리던 손녀 정윤이를 예쁘게 낳아 식구 모두가 손녀 탄생의 기쁨을 만끽할 수 있었다. 이 또한 우리에게는 큰 선물이었다. 집안에서 정윤이가 재롱부리며 커가는 모습을 원 없이 바라볼 수 있게 돌볼 수 있도록 배려해 준 너에게 감사한다.

애기 엄마가 되어 힘듦에도 불구하고 너의 자아실현을 위해 도전적으로 직장생활을 잘 견뎌준 너에게 고맙게 생각한다.

○○아, 요즈음은 외국을 거리낌 없이 드나드는 세상이 되었다. 지구촌이라고 하여 이웃집처럼 외국을 드나들다 보니 외국생활을 두려워하지 않는 세상이 되었다. 그러니 호주에서의 생활을 장기간 여행가는 기분으로 부담 없이 즐기기 바란다. 호주에서의 생활이 네가 생각했던 것과 달리 낯설고 힘들 수도 있다. 그곳 생활이 힘들면 언제든지 되돌

아울 홈home이 이곳에 있으니 언제든지 오면 된다는 생각으로 호주에서의 생활을 맛있게 즐기기 바란다.

이곳에 있는 엄마와 나는 너희 식구들의 행복한 호주생활을 기원하겠다. 우리도 건강하게 재미있게 남은 삶을 즐기도록 할 테니 염려 안 해도 된다.

가끔 너희들이 비운 자리가 크게 느껴질 수도 있을 것 같다. 엄마와 나는 너와 식구들이 보고 싶으면 연락하고, 전화로 대화 나누고, 더 보고 싶으면 시간 내어 시드니로 갈게.

건강하게 많은 추억 만들며 행복하게 살기를 기원한다.

시아버지, 시어머니가

결혼해서 두 아들밖에 없는 나는 딸을 키우는 친구들 딸 자랑 이야기를 들으며 그들을 부러워하곤 했다.

아들들이 성장해 혼기가 다가오면서 여자 친구들을 소개해준다고 했을 때 무척 마음이 설레었다. 내심 딸이 없으므로 딸 같은 며느리를 기대하면서 말이다. 다른 사람들은 아들을 결혼시키려고 맞선도 보곤 하는데 그렇게 맞선을 보는 기회는 갖지 못했다. 하지만 자력으로 평생을 함께할 아내감을 구해왔으며 두 며느리감이 모두 마음에 들었기 때문에 내심 고마웠다.

앞으로 두 며느리가 커리어우먼으로서 지금까지처럼 자기의 능력을 마음껏 뽐내면서 사회생활 해주기를 바란다. 그렇다고 가정을 소홀히 해도 된다는 말은 아니다.

가화만사성家和萬事成이란 글귀가 의미하는 것처럼, 가정이 화목해야 사회생활도 잘할 수 있는 것이다. 너희들이 삶의 둥지를 잘 가꾸어야 그곳에서 행복이 샘솟고 그래야 사회생활도 건강하게 할 수 있는 것이라는 사실을 명심해야 한다. 부디 가정과 직장 두 마리 토끼를 모두 잡아 명품 가정으로 맛있게 삶을 꾸려나가기를 바란다.

어부에게

굳이 헤밍웨이의 〈노인과 바다〉를 떠올리지 않아도 어부의 삶이 얼마나 힘들지는 상상이 된다. 매일매일 날씨를 체크하고 거센 풍랑과 싸움을 하는 나날들. 바다는 많은 사람들에게 하나의 로망이지만 어부들에게는 노동의 현장이며 때때로는 목숨 값을 요구하는 험악한 일터이다.

누군가는 어부가 되지 못해 시인이 됐다고 했다. 아무리 가늠해 봐도 어부들이 어떠한 마음이 저 바다에 맞서고 그 안에 녹아들고 자신의 삶을 이어나가는지 알 수 없다. 그저 내가 할 수 있는 일은, 이 맛있는 생선을 편안하게 안방에서 먹을 수 있음에 감사해하는 것.

이 마음이 어부의 고된 삶에 작은 온기로 전해지기를…

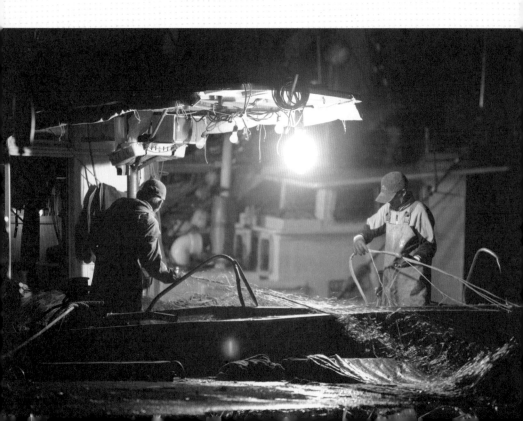

배려를
생활화하자

전철 안에서 갑자기 시끄러운 소리가 들린다. 그쪽을 쳐다보니 서 있는 노인이 앉아 있는 젊은 여성을 혼내고 있다. 마침 내릴 때가 되어 그곳으로 슬며시 다가갔다. 젊은 여성은 앉아 있고 그녀 앞에 다리가 불편해 보이는 한 중년 남자와 초로의 노인이 서 있는 것이다. 그 노인은 젊은 여성에게 "그 자리가 장애자 배려석이니 일어나 자리가 불편한 중년에게 양보하라"고 혼내고 있었다. 그럼에도 불구하고 그 젊은 여성은 그대로 앉아 있는 것이다. 아마도 그 여성은 망신당한 상황에서 이러지도 저러지도 못하는 난감한 상황이 된 것 같았다. 장애자 배려석임에도 불구하고 장애자를 먼저 습관적으로 배려하지 못한 젊은 여성의 모습에 안타까운 생각이 들었다. 혼나기 전에 미리 장애인에게 자리를 양보하고 배려했으면 상황은 어땠을까?

자주는 아니지만 간간이 골프를 치러 나가곤 한다. 골프는 여러 사람이 조를 나누어 즐기게 되는 경기이고 시간도 오래 걸리는 게임이다. 그렇다 보니 조를 나누기 전에 내심 '누구누구와 한 조가 되어 라운딩을 했으면 좋겠다'는 생각을 갖게 된다. 그 '누구누구'란 어떤 사람인가? 나와 같이 라운딩을 할 경우 "나에게 편안함을 주는 사람이고 다른 사람을 불편하지 않게 또는 기분 좋게 배려함으로써 다음에 또 라운딩을 하고 싶다는 생각이 드는 사람"인 것이다.

지난 해 호주 시드니 아들 집에 머무르는 동안 그곳 사람들이 배려심이 많다는 것을 많이 느꼈다. 길가에서 길을 건너려고 하면 너 나 할 것 없이 길을 오가는 차가 횡단보도에서 보행자가 길을 건널 때까지 느긋하게 기다려주는 것이다. 또 버스를 타면 버스기사가 승객을 최고로 배려하고 있다는 느낌을 받았다. 승객으로서 행복했다. 역시 호주인의 '배려심이 몸에 밴 시민의식'이 선진국답다는 생각을 지울 수 없었다. 이처럼 인간관계에서 다른 사람을 먼저 생각하고 배려할 필요가 있는 것이다. 좋은 인간관계는 다른 사람을 배려하는 마음가짐에서부터 출발한다.

우리나라의 문화체육관광부가 2013년 말에 실시한 '한국인의 의식·가치관 조사'에 의하면 더 좋은 사회가 되기 위해 필요한 덕목으로 '다른 사람에 대한 배려'가 가장 높게 나왔다. 또 청소년에게 가장 필요한 덕목으로는 '다른 사람에 대한 배려'를 꼽았다. 배려가 우리 사회에 새로운 가치로 확산되고 있음을 보여주는 결과인 것이다.

경복궁에 들러서 이어폰을 대여해 GPS를 이용한 설명을 들으며 이곳저곳을 관람했다. 왕이 집무를 보던 '근정전' 앞에 가면 마당에 품계석과 함께 거칠게 다듬어진 돌이 깔려있는 것을 볼 수 있다. 예전에는 "왜 마당에 잘 다듬은 돌이 아닌 거친 돌을 깔아놓았을까?" 궁금했었다. 설명을 들으니 그 이유는 '문무백관이 걸으면서 미끄러지지 않게 하기 위해서, 또 햇빛이 반사되는 것을 막기 위해서'란다. 선조들의 문무백관을 배려하는 마음씀씀이에 절로 고개가 숙여졌다.

여럿이 찍은 사진을 보면 누구부터 먼저 찾나? 모두가 본인부터 먼저 찾는다. 그러니 다른 사람을 대할 때에도 내 몸만이 귀한 게 아니므로 그 사람의 몸도 내 몸같이 소중하게 여기고 배려해야 한다.

어느 때 다른 사람의 사무실을 방문하면 누군가가 나에게 "무슨 차를 들겠냐"고 물어 나를 배려하며 내 자존심을 살려준다. 한편 어디선가에서는 나의 의사를 묻지도 않고 일방적으로 커피나 티백녹차를 갖다 놓는다. "주는 것이니 알아서 먹으라"는 거다.

다른 사람을 배려하기 위한 첫걸음은 무엇일까? 다른 사람의 자존심을 살려주는 것이다. 자존심은 자신이 매우 중요한 존재이고 싶다는 인간 특유의 욕망으로 "다른 사람에게 존경을 받거나 주목을 받고 싶다는 욕구"이다. 사람들은 자신을 인정하지 않고 비판하는 사람을 본능적으로 싫어하지만, 자신을 인정하면서 동조해주는 사람에게 호감을 가진다. 다른 사람의 존재를 인정해주면 그는 감동하여 나에게 호감을 갖게 된다.

다른 사람에게 바라는 일을 내가 먼저 하도록 하면 어떨까? 친절과 배려는 내가 주는 만큼 내게 되돌아온다. 최선을 다해 다른 사람을 배려하자. 사람과의 거래에 있어서 내가 먼저 주고 나중에 받는 것일까? 아니면 내가 먼저 받고 나중에 주는 것일까? GNTGive and Take법칙이 있다. '주고 받는 것이지 받고 주는 것이 아니다.'란 말이다. 무언가를 얻고 싶은가? 그렇다면 갖고 싶은 것을 상대방에게 주어라. 상대방에게 주는 것, 그것이 내가 받는 길이다.

오그 만디노Og Mandino는 "사람을 대할 때에는 오늘밤 죽어가는 사람을 대하듯 하고, 모든 친절과 배려를 아끼지 말라. 다른 사람에게 행한 어떤 행위에 대해 어떤 보상도 바라지 마라. 그러면 삶이 완전히 달라질 것이다"라고 했다. 마음에 새겨야 할 말이 아닐까 싶다.

아무리 친한 친구 사이라도 상대를 배려한다면 반말을 삼가야 할 때가 있다. 총장 때 겪은 일이다. 한 친구가 본인은 친해서 그렇다고 하지만 총장실로 전화를 해 비서한테 반말조로 "총장 바꿔 봐" 하든가 또는 나에게 직접 "야, 경서야" 하면서 호칭을 쓰면 나를 배려하는 것이 아닌 것이다. 비서는 '나를 직장 상사로 모시고 있는 사람'이고, 나는 '그 비서를 비롯한 많은 사람을 데리고 있는 조직 책임자'인 것이다. 아무리 나와 친분관계가 있다 하더라도 총장을 배려하는 사람이라면 반말조로 비서를 대하고 전화로 반말을 할 수는 없는 것이다.

반면에 어떤 분은 나이가 나보다 한참 많음에도 불구하고 비서를 공손하게 대하고 총장을 배려하는 것이 눈에 보일 정도로 정중한 말과 행동을 하는 것이다. 그러니 나도 더욱 정중하게 대하게 되는 것이다. 소중한 사람일수록 '적당한 거리'를 유지해주는 것이 상대에 대한 배려요 예의인 것이다.

꽃동네 신부로 널리 알려진 오○○ 신부가 치매 걸린 노인에 대해 이야기한 적이 있다. 치매에 걸린 노인의 행태는 두 가지가 있단다. 한 모습은 무언가를 자꾸 자기 방에 쌓아놓는 행태를 보이는 경우인데, 이 경우 그 노인의 방에서 냄새가 진동한단다. 다른 모습은 자꾸 남들에게 무언가를 주는 행태를 보이는 경우인데, 이 경우 노인 방에는 아무것도 없단다.

자원봉사자라 하더라도 그들도 사람인지라 현장에서 보는 그들 모습은 환자 행태에 따라 다르단다. 자원봉사자들도 냄새나는 치매노인 방은 가기를 꺼려한단다. 그들이 들어가서 돕고 싶어 하는 방은 깨끗이 치워진 노인 방이란다.

이렇게 치매환자의 상반된 행태가 나타나는 이유는 무엇 때문일까? 평소에 배려 나눔이 습관화되었느냐? 아니면 움켜쥐는 습관을 가진 사람이었느냐가 치매노인 행태에도 영향을 미친다는 것이다. 치매가 와도 봉사자로부터 대우를 받으려면 '평소에 나 아닌 남에게 배려하는 것'을 습관화시킬 필요가 있다.

마음이 즐거우려면 남을 배려하며 베풀어야 한다. 가진 것이 많아야 나누고 베푸는 것이 아니다. 자기 능력에 따라 나누고 베푸는 것이다. 마음으로라도 베풀어야 한다. 남을 칭찬하는 것도 베푸는 것이다. 마음이 즐거워야 진정한 즐거움이 있는 것이다.

함께하고 싶은 매력적인 사람은 밝은 표정과 미소를 갖고 항상 상대방의 입장을 배려하는 마음이 넉넉한 사람인 것이다.

결혼식 주례사에서 "배려의 마음가짐을 가져달라"는 말을 빠뜨리지 않고 신랑 신부에게 한다. "나보다는 남편을, 나보다는 아내를, 우리보다는 시댁을 또는 처가댁을 먼저 생각하고 배려한다면 가정의 화목은 물론, 친인척 간의 화목도 확실하게 보장될 수 있으리라 생각한다"고 하면서 말이다.

다른 쪽을 이해하는 배려심을 항상 갖도록 하자. 다른 쪽에 대한 배려 없이 자신만 살아남으려 하는 경향을 목격하곤 한다. 다른 쪽을 배려하는 마음이 없다면 자신도 제대로 살아남을 수 없는 것이다. 다른 쪽을 위한 배려는 결국 자신을 위한 것이다.

영국의 신문사에서 독자를 대상으로 '영국의 아래 끝에서 런던까지 가장 빨리 가는 법'에 대한 현상공모를 했다. 독자들은 비행기, 기차, 도보, 자동차 등 다양한 수단과 방법을 아이디어로 내놓았다. 이 가운데 1등으로 뽑힌 답은 무엇일까? 바로 '좋은 동반자와 함께 가는 것'이었다. 그 이유는 무엇일까? 뜻을 같이하는 사람과 가면 지루하지 않고 재미있어 빨리 갈 수 있기 때문이라는 것이다.

우리는 살아가면서 인생의 좋은 말동무, 좋은 길동무를 많이 만들어야 한다. 그러기 위해서는 나 아닌 다른 사람에 대한 '친절과 배려'를 생활화해야 한다.

미스코리아
아닌데요

꽤나 오래전 일이다. 동료들과 경기도 여주의 S골프장에서 골프를 즐기고 있었다.

골프는 서너 시간에 걸쳐 운동하기 때문에 대개의 골프장에는 중간중간에 '그늘집'이라는 휴게소 겸 간이음식점이 만들어져 있다. 골프를 치다가 중간에 '그늘집'에 들르는 재미도 아마추어 골퍼들에게는 쏠쏠하다. '그늘집'에 들어서자마자 젊은 여직원이 우리를 맞이한다. 들어서면서 호칭이 가지각색이다. '어이' 하는 사람, '아가씨' 하는 사람, '모 선생' 등 호칭이 다양하다.

장난기가 발동한 나는 "미스코리아" 하며 인사를 건넸다. 그랬더니 그 여직원이 기다렸다는 듯이 재치 있게 말을 받는 것이다.

"저는 미스코리아가 아닌데요."

"그럼 뭐예요? 미스월드?"

"저는 미스동남아인데요."

그러면서 어색할 수 있는 그늘집 분위기는 화기애애한 분위기로 반전되어 재미있게 식음료를 즐겼던 경험이 있다.

한 번은 부부 동반으로 설악산 여행을 가게 되었다. 가는 길에 콘도에서 먹을거리를 장만하기 위해 강원도 인제의 농협슈퍼에서 장을 본 후 계산대에서 줄을 서게 되었다. 계산순서가 되어 물건을 올려놓고 계산대에 있는 20대 전후의 여직원에게 '미스코리아'라고 호칭을 했다. 그 순간 우리 일행은 얼굴이 불그레해지면서 어쩔 줄 모르면서 계산기를 제대로 두드리지 못하는 여직원의 모습을 보게 되었다. 계산을 끝내고 나온 일행은 "그 여직원 무척 당황하더라"라고 했다. 아마도 그 젊은 여성은 오랫동안 '미스코리아'라는 그 호칭이 머리에 남았을것 같다.

호칭 때문에 호되게 당한 경험도 있다. 젊은 교수 시절 서울 강북의 M호텔에서 학교의 보직자 여러 명이 조찬 모임을 갖기로 약속이 되어 있었다. 커피숍에서 만난 일행은 종업원에게 무언가 먹을 것을 주문하고자 해서 종업원을 부르게 되었다. 내가 장난기가 발동해 '아줌마' 하고 불렀다. 그랬더니 제복을 입은 젊은 종업원이 왔다. 종업원이 다가오더니 주문 상황을 묻지 않고, 불편한 표정으로 "왜 내가 아줌마예요?" 하면서 따지는 거다. 사태의 심각성을 깨달은 나는 바로 일어나서 "말실수를 했다"고 사과를 하면서 사태 수습을 했던 기억이 있다.

　아마도 다른 음식점에서 종업원의 나이가 들었었다면 아무런 문제가 되지 않았을 '아줌마 호칭'이 호텔의 젊은 종업원에게는 무척 귀에 거슬렸던 것이다. 나는 그 후부터 어디를 가나 상대를 부르는 '호칭'의 중요성을 인식하고 '호칭'에 신경을 쓰고 있다.

　그때부터 음식점에서 종업원을 부를 때 '미스코리아'라고 부르곤 한다. 이렇게 부르면 어떤 사람은 자기를 부르는지 모르고 그냥 지나치기도 하고, 어떤 이는 "저요?" 하며 반색하기도 한다. 어떤 사람은 적극적으로 "이런 호칭 처음 들어봐요" 하며 무척 흐뭇해 한다. 그런 종업원은 벌써 우리 일행을 대하는 태도가 금방 바뀐다. 자신이 고객한테 인간적인 대접을 받고 있음에 기쁨을 느끼고 있는 것이다. 음식을 놓는 모습도 상냥하고, 옆을 오가면서 수시로 부족한 음식을 알아서 챙겨주기도 하고, 직접 더 필요한 것 없는지를 묻기도 한다.

　이렇게 상대를 존중하면서 부르는 나만의 호칭 '미스코리아'를 잘 알고 있는 주변의 친구들은 어디를 가서 내가 '미스코리아' 하면 상대가 반색하기 전에 "이 사람은 어디를 가나 '미스코리아'라고 한다"며 초를 치기도 한다. 그래도 난 종업원 또는 낯선 여인에 대한 호칭은 '미스코리아'다. 이름도 모르는 낯선 여인에게 이만한 호칭이 없다고 생각하기 때문이다.

　반면에 여럿이 음식점에 갔는데, 종업원에게 '어이'라든가 '야'라든가 상대를 무시하거나 막 대하는 호칭을 사용하는 사람들을 종종 본다. 그런 호칭은 상대를 기분 좋게 할 리가 없는 것이다. 그렇다 보니 종업원이 반응하는 모습도 다르다. 신경질적으로 반응하는가 하면, 어떤 경우에는 불러도 못 들은 체한다. 몇 번을 부르면 마지못해 대답을 하는 것이다.

또 '저기요'라는 호칭을 많이들 사용하는 젊은이들을 보곤 한다. '어이'나 '야'는 아니지만 그래도 내가 보기에는 귀에 거슬린다. 분명하게 표현을 하는 게 낫지 않을까.

조금이라도 친절한 종업원의 서비스를 원하는가? 원한다면 종업원에 대한 호칭도 바꾸면 나에게 이득이 되는 것이다. 상대방에 대한 대접이기도 하지만 내가 대접받기 위해서이기도 하다. 그런데 음식점이나 술집에서 보면 귀에 거슬리는 호칭이 있다. 바로 삼촌, 오빠, 이모라는 호칭이다. 왜 그리 삼촌이 많고 오빠 이모가 많은 건지 모르겠다. 좀 더 나은 호칭으로 바꾸면 어떨까?

대학은 교수, 직원, 학생들이 어울려서 지내는 집단이다. 대학에 오래 근무하다 보면 제자가 교수가 되기도 하고 직원이 되기도 한다. 이들과 같이 모여서 둘만의 자리가 아닌 크고 작은 모임에 참석하면서 지내다보면 '호칭'이 신경 쓰이게 되곤 한다. 아무리 제자라 하더라도 다른 제자들 앞에서는 깍듯이 대우를 해주는 호칭을 사용할 필요가 있는 거다.

집에서도 마찬가지다. 아내는 결혼하고 나서 애를 키우면서 본인의 이름보다는 누구 엄마로 호칭이 바뀌었다. 본인은 없어진 것이다. 일부러 편지를 보내거나, 여행을 가거나 외출을 할 때 아내 이름을 불러

정체성을 확인할 수 있도록 할 필요가 있는 것이다.

직장에서도 미스 킴, 미스터 킴 한다. 본인의 정체성을 위해서는 본인이 갖고 있는 이름 석 자를 불러주는 것이 좋지 않을까? 누구 엄마, 미스 킴보다는 주민등록상의 이름 세 자를 불러주면 더 좋을 것 같다.

요즈음에는 '고객은 왕이다'를 넘어서 '고객은 황제다'라는 슬로건을 내걸고 고객을 관리하는 기업이 대다수이다. 아내하고 백화점 매장에 가면 종업원의 고객 응대 태도가 예전과 비교할 수 없을 정도로 수준이 높다. 우선 호칭부터가 다르다.

나이가 든 탓도 있겠지만, 나에 대한 호칭이 아저씨에서 '아버님'으로, 아내에 대한 호칭이 아줌마에서 '어머님'으로 바뀌었다. 예전 같으면 아저씨라고 부를 수 있는 데도 그렇게 부르지 않는 것이다. 내 입장에서도 아저씨 호칭보다 '고객님', '아버님' 호칭이 더 좋다. 100세를 사시고 돌아가신 아는 할머니가 90대 중반에 아들 내외와 백화점을 갔다. 백화점에서 의류코너의 종업원이 이 옷 저 옷을 입혀 보이며 '언니'라고 호칭했단다. 집에 와서는 기분 좋은 표정으로 내 나이 또래의 아들에게 하는 말이 "내가 언니로 보여?" 하더란다. 나이와 관계없이 젊게 보이는 호칭을 사용하니 기분이 좋으셨던 것이다.

친구는 나이 차이가 좀 나는 아내하고 백화점에 쇼핑을 하러 갔단다. 의류코너에서 아내가 이 옷 저 옷을 입어보는 과정에서 종업원이 이렇게 이야기하더란다. "아버님, 따님 옷 어때요?" 이 말을 들은 친구는 머리가 띵했다는 것이다. 그다음에 친구 입에서 좋은 소리가 나왔겠는가? 종업원이 고객에게 실수를 해도 크게 한 것이다.

50대 초반 새해 첫날 집 근처 목욕탕에 갔다. 사우나에 들어가 모래 시계를 한 번 뒤집고 나와 더워진 몸을 식히기 위해 찬물 샤워를 하고 간이 목욕 의자에 앉아 있었다. 옆에 있던 젊은 아기 아빠가 서너 살쯤 된 아들에게 물바가지를 가리키면서 "할아버지 드려라"라고 하는 거다. 이 말을 들은 나는 졸지에 '할아버지'가 된 거다. 기분이 개운치 않았다. 하던 목욕을 대충 끝내고 밖으로 나왔다. 나는 집에 도착할 때까지도 아기 아빠가 한 '할아버지'란 말이 귓가에 계속 맴도는 거였다.

집에 온 나는 아내에게 식식대며 이렇게 말했다. "에이, 새해 첫날부터 기분 상했어" 이 말에 무슨 일이냐고 묻는다. "내가 할아버지로 보여? 아무리 그렇더라도 '아저씨'라고 말하면 안 되나?"라고 말하며 새해 첫날의 망가진 기분을 내색했었다. 무심코 던진 호칭 한마디가 나에겐 큰 슬픔이 되었던 것이다.

나는 며느리가 두 명 있다. 그들도 결혼하고 자식을 키우고 있는데 어떻게 그들을 불러야 할지 '호칭'이 고민스러웠다. 시아버지로서 거리도 두어야 한다면 '어멈' 하면서 명칭을 사용하여야 하는데, 나는 그런 명칭을 사용하기가 싫은 것이다. 그들과 살갑게 지내고 싶은 것이다. 그래서 아직까지는 편하게 성은 빼고 이름을 부르고 있다. 잘하는 건지는 모르겠지만 격의 없이 가까이 다가가고 싶은 나의 생각 때문에 손주들을 키우고 있는 그들에게 "민혜야", "서윤아" 하면서 부르고 있는데 진정 그들에게 그들의 생각을 묻지는 않고 있다.

조금 더 나이 들면 그때는 예법에 따른 호칭을 사용할 테니 그리 알아라.

칭찬을
아끼지 말자

식물도 칭찬을 받으면 잘 자라는지를 눈으로 확인하기 위해 집에서 실험을 하기로 했다. 싱싱하게 보이는 양파 3개와 물 컵 3개를 준비하였다. 사랑한다·관심없다·미워한다는 스티커를 만들어 각각의 물 컵에 각각 붙인 후 물을 넣고 양파를 얹어 아파트의 베란다에 가지런히 놓았다. 매일 시간 나는 대로 부부는 '사랑한다·관심없다·미워한다'는 말을 각각의 양파에게 건네며 1달간 관찰하였다.

양파 관찰 한 달이 되어오면서 놀라운 사실을 알았다. '사랑한다'는 칭찬의 소리를 들으며 자란 양파는 건실하게 성장한 반면, '미워한다'는 소리를 들으며 자란 양파는 부실하게 자라고 있었다. 식물도 사랑과 칭찬을 받으면 건실하게 성장하고, 미움을 받거나 무관심을 받으면 부실하게 된다는 것을 직접 확인하게 된 것이다.

『물은 답을 알고 있다』라는 책을 쓴 에모토 마사루에 의하면, 물 잔에 대고 칭찬의 말을 하면 육각수가 만들어지고 면역력이 증가하는데 반면에 물 잔에 대고 짜증을 내는 말을 하면 물의 결정체가 부서지고 몸에 해가 된단다.

이렇게 칭찬 한마디가 식물이 성장하는 데도 영향을 미치듯이 대인관계에서도 칭찬이 필요하다. 국가의 지도자도, 아내도, 자녀에게도, 직장에서도 상사나 동료의 칭찬이 필요하다.

원만한 인간관계를 만들어가기 위해 지켜야 할 중요한 법칙은 "상대로 하여금 중요한 사람이라고 느끼도록 만드는 것이고, 중요한 존재로 느끼게 만드는 가장 효과적인 방법은 칭찬이다"라고 데일 카네기Dale Carnegie는 말한다.

적절한 칭찬은 온몸과 마음을 바쳐 목표를 향해 돌진할 수 있는 힘이 된다. 인간은 누구나 다른 사람으로부터 존경과 인정을 받고자 하는 욕구를 갖고 있다. 다른 사람을 대할 때 상대방 역시 나와 마찬가지로 존경과 인정을 받고 싶은 욕구를 지닌 존재라는 사실을 기억해야 한다. 칭찬은 인간의 기본욕구 가운데 존경과 인정을 받고자 하는 욕구를 충족시켜 주는 중요한 수단이다.

성공한 많은 이들은 "칭찬을 통해 타인이 가진 중요한 욕구를 자극하는 것이 중요하다"는 걸 잘 안다. 상대가 모두 당신의 기대 수준 이상으로 할 수 있는 것은 아니다. 대부분의 사람들은 잠재 능력에 비해 낮은 수준의 능력을 발휘하고 있기 때문에 동기가 부여되면 얼마든지 잘할 수 있는 여력이 있다. 인정받고 싶은 욕구를 자극하는 '칭찬이 필요한 이유'다.

어느 회사에서 직원들을 대상으로 하여 직장 상사로부터 가장 듣고 싶은 말이 무엇인가? 조사했다. 조사 결과를 보면 1위가 "수고했어. 정말 잘했어"이고, 2위가 "역시 자네야. 자네가 한 일이니 틀림없겠지"였다. 그만큼 직장인들이 칭찬에 목말라 있음을 알 수 있다.

사람들은 칭찬을 받으면 무엇 때문에 칭찬받았는지를 기억한다. 그리고 칭찬의 효과는 천천히 나타나 칭찬받은 내용을 계속 발전시키려고 집중하여 노력하게 된다.

대학에 재직하고 있을 때의 일이다. 직원 C는 자료를 부탁하면 기대 이상으로 자료를 만들어 주곤 했다. 그러다 보니, 직접 그 직원에게 칭찬의 말을 하기도 하고 다른 사람들한테도 그 직원을 칭찬을 하곤 했다. 그런 일이 반복되다 보니 그 직원은 일을 더욱 잘하게 되는 선순환이 되는 것이었다. 직원들 사이에서도 "이 교수는 직원 C만 아낀다"는 말도 들리곤 했다. 기대 이상의 일을 직원 C가 해주니 고마웠고 칭찬을 반복하다 보니 직원들에게 그렇게 보였던 것이다.

총장이 되고 나서도 "직원 C와 같은 사람 서너 명만 있으면 좋겠다"는 말을 공개적으로 하기도 했다. 중요 업무를 그 직원에게 맡길 때도 그는 나의 기대를 저버리지 않고 일을 기대 이상으로 해내곤 했다. 세월이 지난 지금도 그 직원을 만나면 "그때 자기를 인정하고 칭찬해준 것을 감사하다"고 말하곤 한다.

다른 사람으로부터 사랑을 받는 사람은 칭찬을 잘한다. 칭찬을 통해 상대방에게 자존심을 심어주기 때문이다. 다른 사람에게 기쁨을 주면 자신에게도 어떤 형태로든 되돌아온다. 사람은 다른 사람으로부터 칭찬의 기쁨을 선물받으면 그 사람에게 호감을 느끼고 그 호감은 상대를 위해 무엇인가 도움이 되고 싶다는 마음으로 발전한다.

상대의 입장을 바꿔 생각하면 답이 나온다. 미국의 강철왕 카네기Andrew Carnegie의 경험담이다. 카네기는 예일대학에 다니는 자녀를 둔 형수로부터 아들이 도대체 연락이 없다고 푸념을 하는 이야기를 듣는다. 이후 카네기는 조카에게 두서없는 내용을 담은 안부 편지를 보낸다. 안부 편지 말미에 "5달러 동봉한다"라고 추신을 달아서 말이다. 사실은 카네기는 돈을 안 보냈다. 그랬더니 생전 연락이 없던 조카로부터 연락이 왔다는 것이다.

카네기 묘비명에는 "여기에 자기 자신보다도 매우 현명한 사람들을 다룰 줄 아는 방법을 터득했던 사람이 묻혀있다"라고 쓰여 있다. 이처럼 카네기는 칭찬하는 습관이 있었으며 이러한 그의 장점은 이렇게 묘비명에 잘 나타나 있다.

미국 GE의 회장이었던 잭 웰치Jack Welch는 어렸을 때 말더듬이였단다. 잭 웰치는 어머니의 칭찬과 격려 때문에 성공할 수 있었다는 이야기를 하고 있다. 말더듬이 아들을 데리고 있는 엄마는 아들을 혼내기보다는 "네가 말더듬이인 것은 너의 말이 네 생각을 못 따라가기 때문이다"라고 하면서 아들을 격려했단다. 그러한 '아들에 대한 칭찬과 격려'가 오늘날의 잭 웰치를 만들게 된 것이다.

잭 웰치는 엄마가 자기에게 물려준 가장 큰 선물은 '자신감'이었다고 말한다. 엄마는 아들을 혼내기보다는 칭찬과 격려를 통해 자신감을 불어넣어 주는 것이 얼마나 중요한지를 이미 터득하고 있었던 것이다.

이처럼 칭찬의 효과는 여러 가지가 있다. 우선 인생에서 자신감은 매우 중요한데 칭찬은 우리에게 자신감을 준다. 자기 자신을 칭찬할 줄 아는 사람이라야 남을 칭찬할 수가 있으므로 자신부터 칭찬하도록 하자. 둘째로 칭찬은 상대방에게 자존심을 심어주기 때문에 기쁨을 준다. 칭찬으로 상대방에게 기쁨을 주면 그것은 그 사람의 행복이 될 뿐만 아니라 자신에게도 어떤 형태로든 되돌아온다. 셋째로 다른 사람으로부터 칭찬을 받는 사람은 칭찬을 잘한다.

칭찬의 방법으로서는 첫째, 본인 자신이 모르는 장점을 찾아 즉시 칭찬을 하자. 본인도 모르고 있는 부분을 찾아 칭찬하면 그 기쁨은 10배, 100배로 증폭된다. 둘째, 영원히 기억될 칭찬을 구체적으로 하자. 칭찬은 부정적이고 소극적인 마음을 긍정적이고 적극적인 사고로 바꿔준다. 셋째, 공개적으로 칭찬하도록 하자. 칭찬을 공개적으로 받으면 더 잘하려는 노력을 하게 된다. 더욱더 칭찬을 받고 싶은 마음이 10배의 능력을 만든다.

2010년 9월 26일 스포츠계에 기적이 일어난다. 17세 이하 여자월드컵 축구에서 우승을 했다. 국민 모두 놀랐다. 우승의 원동력을 묻는 인터뷰에서 최덕주 감독은 "따뜻함과 칭찬의 리더십을 통해서 좋은 결과를 가져올 수 있었다"고 했다. 칭찬이 선수들의 창의적 발전을 가져왔고 그것이 우승의 원동력이 되었다는 것이다. 칭찬은 '기술'이 아니라 '진심'이다. 여러분의 진심을 담은 한마디가 누구의 인생을 바꿀 수 있다. 입에 발린 칭찬이나 찬사는 듣고 싶어 하지 않지만 진심에서 우러나오는 칭찬에는 굶주려 있다.

여기서 우리가 알아두어야 할 것은 '칭찬'과 '격려'는 구분해야 한다. 칭찬은 잘했을 때 잘했다고 그 행위를 알아주는 것이고, 격려는 잘못했을 때 잘할 수 있을 거라고 그 사람을 믿어주는 것이다. '칭찬'보다 '격려'가 중요하다. 잘하고 있을 때보다 힘들어할 때 그 사람을 믿어주고 격려해주는 것이 필요하다.

그때, 그 시절로 몇 번을 돌아가더라도

어린 시절에는 왜 그리도 먹고 싶은 것이 많았던지… 각종 서양음식이 들어올 만큼 들어온 지금에야 고를 게 너무 많아 걱정이지만 그때는 종류도 몇 가지 되지 않았다. 그래도 먹어 볼 수 있는 건 다 먹고 싶었고 배가 터지도록 먹는 게 소원이었다.

그중 가장 먹고 싶은 건 언제나 '짜장면'. 당시 짜장면을 먹는다는 것은 형, 가족의 생일과 같은 큰 행사가 아니고서는 상상도 못 할 일. 이제는 끼니 걱정 없이 먹고 싶은 거 다 먹고 살아가지만 이따금 무척이나 '짜장면'이 먹고 싶다.

다시 그 어린 시절로 몇 번을 돌아간다 하여도 내 선택은 짜장면이 되지 않을까. 그릇에 얼굴을 파묻고 입가에 범벅을 해 가며 먹던 짜장면. 그 진한 향내가 세월을 따라와 아직도 온몸에 배어 있다.

Chapter 3

자신만의
꿈

꿈이 있는 자만이
꿈을 이룰 수 있다

캐나다의 한 대학에서 장수의 비결을 연구하였다. 어떤 결과가 나왔을까?

뚜렷한 '삶의 목표'인 꿈이 있는 사람이 그렇지 않은 사람보다 오래 산다는 것이다. 나이에 관계없이 '삶의 목표'인 꿈이 있는 것은 장수에 도움이 되며 그 꿈을 빨리 찾으면 빨리 찾을수록 그 효과는 더욱 커진 단다. 꿈을 이루느냐 못 이루느냐의 여부도 중요하지만, 더 중요한 것은 꿈을 만들어 간직하고 있느냐의 여부이다.

'삶의 목표'인 꿈이 있느냐 없느냐에 따라, 그 꿈의 성취를 위해 어떻게 준비하느냐에 따라 우리 인생은 달라진다. 인생에서 성공한 사람들은 꿈이 있고, 그 꿈의 실현을 믿고, 그 꿈의 실현을 위해 많은 노력을 기울였던 사람들이다.

이 세상에는 두 종류의 사람이 있다. 꿈이 있는 사람과 꿈이 없는 사람이다. 인생에 있어서 '맛있는 삶'을 즐기며 살려면 '삶의 목표'인 자신의 꿈이 있어야 한다.

인생은 마라톤 레이스와 같다. 태어나서 죽을 때까지 유년기, 청소년기, 장년기, 노년기 등 서로 다른 여러 단계의 삶을 경험하게 된다. 매 단계마다 아름다운 마무리이자 새로운 시작이어야 한다. 우리는 지금 인생 마라톤의 새로운 단계에서 꿈을 갖고 레이스를 준비해야 한다.

꿈은 무엇이고 어떻게 만드나? 알은 스스로 깨면 생명이 되지만, 남이 깨면 요리감이 된다. 꿈과 관련하여 '자신이 사랑하는 것, 즐길 수 있는 것, 자신에게 기쁨을 주는 것, 그 일을 하면 가슴이 울렁거리는 것' 한 가지에 집중하여 '자신만의 브랜드'를 만들어야 한다. 꿈을 만들 때에는 자신의 개성이나 장점을 소홀히 하지 말아야 한다. 가능한 한 자신의 삶과 하나가 되도록 '자신만의 꿈'을 만들어야 한다.

맛있는 성공적인 삶을 살기 위하여 이렇게 '꿈을 갖고 있되, 어디로 가려고 하는지에 대한 명확한 꿈'을 갖고 있어야 한다. 명확한 꿈은 자신의 능력을 보다 강력하게 만들어 줄 것이다. 현재의 능력을 더 크게 또 지금은 없는 능력을 새로이 만들어 줄 것이다.

캐나다 출신 영화배우 짐 캐리Jim Carry는 무명배우 시절 본인이 원하는 꿈을 결정하고 나서 꿈을 실현할 수 있다고 굳게 믿었다. 그는 '1,000만 $ 수표'를 스스로 발행했다. 그리고 수표 뒷면에 '배우로서 비용을 지불, 지급 기한은 5년'이라고 적은 후 지갑에 지니고 다녔다. 짐 캐리는 5년 후 각 영화에서 1000만 $ 이상을 벌어들이는 기적을 만들었다.

미국 뉴욕 타임스퀘어 근처에 '플래닛 할리우드'라는 레스토랑이 있다. 그 레스토랑 한쪽 공간에 할리우드 스타들 소장품들이 놓여 있다. 그중에 홍콩 영화배우 이소룡이 쓴 메모지 한 장이 벽에 걸려있다. 그 내용은 "오늘은 1970년 1월 9일인데 지금부터 10년 내에 이곳 할리우드에는 쿵푸영화의 열풍이 한 번은 휩쓸고 지나갈 것이다. 그런 영화에서 최고 연기자는 브루스 리, 바로 당신이 될 것이다. 그날이 오면 당신은 대박을 터트려야 한다"이다.

브루스 리Bruce Lee로 불리는 이소룡은 이 내용이 담긴 메모지를 담은 편지를 우체국으로 가서 등기우편으로 보냈다. 그 편지의 수신인은 누구였을까? 바로 브루스 리 본인이다. 이소룡은 우체부로부터 받은 그 편지를 가슴에 품고 다녔다. 마음이 흔들릴 때마다 '자신으로부터 받은 그 편지'를 꺼내 읽으며 마음을 다잡았단다. 결국 그가 정한 꿈을 달성하는 쾌거를 이루게 된 것이다.

1998년 모든 국민이 IMF사태로 시름에 빠져있을 때 미국에서 골프 소녀 박세리의 우승 소식이 전해져 모두를 감동의 도가니로 몰아넣었다. 나도 박세리의 우승 여부를 판가름하는 최종라운드를 생중계로 보면서 새벽잠을 설친 기억이 있다. 그 후 박세리는 승승장구하여 한국인 최초로 '미국 LPGA 명예의 전당'에 이름을 올렸다.

골프선수 박세리는 주니어 선수시절에 골프대회에 참가하면 박세리 아버지는 어린 딸을 대회본부석으로 데리고 가 우승트로피를 직접 만져보도록 했단다. 어린 박세리가 망설이면 아버지는 "세리야, 어차피 그거 네 거야, 시합 끝나면 어차피 네 거가 될 테니까 미리 만져 봐도 괜찮아" 했단다. 성취하고 싶은 것이 있다면 가서 일단 만져 보라니, 정말 탁월한 발상이 아닐 수 없다.

나는 가장 하고 싶은 일, 가장 즐길 수 있는 일을 찾고자 고민한 끝에 2004년 5월 23일에 10년 후인 2014년의 나의 꿈을 담은 비전보드를 만들어 서재의 벽에 붙여놓았다. "세상을 더 낫게 만들어줄 메시지를 갖고 있는 유명한 대중강연가가 된다. My dream 2014" 나는 이렇게 붙여놓은 글귀를 수시로 바라보면서 나의 '삶의 목표'인 앞날의 꿈을 다듬어왔다.

총장에 취임하면서 총장실에는 봉선사의 월운 큰스님으로부터 선물받은 '맥고금사貊姑金師'라는 글귀를 액자로 만들어 걸어놓고 총장 재직 시 나의 행동지표로 삼았다. 스님은 이 글귀가 마음에 든다고 하는 나에게 설명을 해주었다.

"맥고금사貊姑金師란 말은 도교에서 쓰는 상징적인 전설로 전해지는 고사성어입니다. 그 내용은 貊姑아(야)산이라는 곳에 신선들이 있어 金丹이라는 약을 만드는데 그 약을 먹으면 죽지 않고 신선이 된다고 합니다. 이제 총장이 되었으니 많은 젊은이들을 '금 중의 순금', '약 중의 금단'으로 만들어내는 금단제조사金丹製造師가 되시라는 바람을 담은 염원이 담긴 글입니다"라고 말이다.

이렇듯 우리가 성공적인 맛있는 삶을 살고 싶다면 어떤 종류의 것이든 상상하고 꿈꾸는 내용을 시각화시키는 작업을 해야 한다. 만약에 박세리처럼 지금 만질 수 없는 것이라면 꿈을 담은 사진을 찍어 벽에 붙여놓는 것도 한 방법일 수 있다. 또는 짐 캐리나 이소룡이나 나의 경우처럼 글로 적어 수첩의 맨 앞장에 붙여놓거나 지갑에 지니고 다니든가 또는 잘 보이는 곳에 붙여놓거나 하면 어떨까?

시대와 나라를 불문하고 그 시대와 나라를 책임지고 대표하고 이끌어 가는 사람은 전체의 약 3%의 사람들이란다. 10%의 사람들은 시간적·경제적 자유를 누리면서 살고, 60%의 사람들은 그럭저럭 생계를 유지하며 살아가고, 나머지 27%의 사람들은 자기 앞가림도 못하여 남에게 의존하며 산다고 한다.

왜 누구는 3%, 10%에 속하는 삶을 살게 되고 누구는 60%, 27%에 속하는 삶을 살게 되는 것일까? 조사결과에 의하면 3%의 상위 삶을 사는 사람들은 '글로 쓴 구체적인 꿈'을 간직하고 삶을 살아가고 있다는 사실이다. 그리고 10%에 속하는 사람들은 글로 쓰지는 않았지만 '가슴속에 꿈'을 담아두고 있으며, 나머지 87%의 사람들은 그런 '꿈이 전혀 없다'라는 것이다. 이 조사 결과는 '왜 삶의 목표인 꿈을 활자화 시켜 글로 써 놓는 것이 필요한지'를 설명해주고 있다.

이렇게 '삶의 목표'인 꿈에 대해 그냥 생각하는 것과 이것을 종이에 글로 쓰는 것은 매우 다르다. 활자화시켜놓지 않은 꿈은 '여행하고 싶다'와 같이 막연하거나 이상적인 꿈이다. 그러나 종이에 활자화시켜놓게 되면 실제적이고 구체적인 꿈이 된다. 우리가 간절히 꿈꾸는 것이 있다면, 글로 써서 시각화시켜놓고 어떠한 어려움이 있다 하더라도 참고 인내하면서 즐겨야 한다.

절실하고 간절하게 원하는 것은 반드시 이루어진다. 환경이 불리하다느니, 장애에 부딪혔다느니, 몸이 약해서 무리라느니, 나이가 너무 많다느니 하는 말들은 변명에 지나지 않는다. 꿈을 갖고 있다고 해도 '할 수 없다'는 부정적인 생각으로 불가능한 이유만 생각하면 꿈은 이룰 수 없다.

긍정적인 생각으로 '할 수 있는 이유'를 찾는 태도가 중요하다. 긍정적인 생각으로 실현가능한 이유를 갖고 있으면 자신감이 생기고 언행에 의욕과 활기가 솟는다. 위기가 기회로, 고민이 희망으로 전환되어 인생 자체가 즐겁고 활기에 넘치게 된다.

꿈을 가지고 그 꿈을 믿고, 꿈을 달성하기 위해 '나는 할 수 있다'라는 긍정적인 태도와 함께 인생을 즐기도록 해야 한다. 분명히 여러분은 인생 마라톤의 승자가 되어 성공적인 맛있는 삶을 즐길 수 있다.

나이는
숫자에 불과하다

　환갑을 맞이하여 생일을 앞두고 가족들과 조촐하게 식사하는 자리를 갖게 되었다. 식사 장소로 가는 길에 부모님 집을 방문하였다. 아파트 문을 열고 들어서자 현관에서 어머니가 기다리고 있는 것이다.

　"환갑 날이니 새로이 한 살이 된 거나 마찬가지다"라고 하면서 손수 만든 수수팥떡을 환갑이 된 아들의 입에 직접 넣어주시는 것이다. 이 얼마나 감동 어린 장면인가? 아들인 내 가슴이 찡했다. 갑작스레 건네주는 뜻밖의 어머니 환갑 선물에 감동을 받은 것이다.

　어머니가 건강하기 때문에 60년 전 돌잔치 때 만들어 주었던 수수팥떡을 60년이 지난 오늘 또 먹을 수 있게 된 것이다. 수수팥떡을 돌잔치 때 만드는 이유는 "돌쟁이가 건강하게 잘 자라라"라는 상징성을 갖고 있기 때문이라고 한다. 어머니가 건강하게 삶을 유지하고 있기에 누릴 수 있는 나만의 행복이었다.

어머니에게 아들 나이는 숫자에 불과할 뿐 아들의 나이가 들어도 어머니 눈에는 늘 품안의 자식처럼 느껴지나 보다 하는 생각을 부모님 댁에 갈 때마다 하곤 한다.

"아범아, 가는 길에 차 조심하고, 늘 XX 조심하고, 음식점에 가더라도 X고기 먹지 마라."

"어머니, 내가 나이가 몇 살인데 그런 말씀을 하세요."

"그래도….”

부모님 댁에 가서 있다가 인사를 건네고 나올 때면 어머니가 늘 건네는 말이다. 어머니 눈에는 나이가 든 아들임에도 불구하고 나이와 상관없이 늘 자식으로서 걱정이 되는 것이다.

동료, 친구들과 다양한 회식을 즐기면서 철따라 X고기를 먹으러 가게 되는 경우가 있다. 이 경우 대세에 따라 X고깃집을 가곤 한다. 그때마다 나는 X고기 대체 음식인 삼계탕을 주문해 먹는다. 다른 사람들은 "이렇게 맛있는 X고기를 왜 안 먹느냐?"라고 약을 올리곤 한다. 나는 어머님의 간곡한 당부를 떠올리며 간곡히 사양하고 대체 음식을 아무 부담 없이 즐기곤 한다.

흔히들 인생을 축구 경기처럼 전반전·후반전이 있다고 한다. 그렇다면 몇 살까지가 인생의 전반전인가? 30살까지가 전반전이고, 60살까지가 후반전이고, 그 이후는 연장전이다. 지금은 30년 준비하고 30

년 일하고 60 이후에 남은 인생 몇 년 살다 생을 마감하는 30-30시대가 아니다. 요즘은 60 이후에 30~40년을 인생 연장전으로 생각하고 적극적으로 즐겨야 하는 30-30-30공식이 유행하는 인생 100세 시대이다.

낙엽에는 두 종류의 나뭇잎이 있는데 무엇인가? 잘 물들어서 단풍잎이 되는 경우와 쭈그러져서 가랑잎이 되는 경우가 그것이다. 우리는 그냥 가랑잎처럼 될 수는 없다. 그러면 무엇이 되어야 하나? 잘 물든 단풍처럼 되어야 한다. 잘 물든 단풍은 봄꽃보다 예쁘고, 땅에 떨어져도 누군가가 주워간다. 때로는 책갈피에 끼워 오래 간직하기도 한다. 이렇듯 앞으로 우리가 잘 늙으면 청춘보다 나을 수 있다. 인생 후반전을 끝내면서 남은 인생을 정말 우리가 하고 싶은 일을 찾아 새로운 꿈을 갖고 맛있게 살아야 한다.

인생 전반을 준비하고, 인생 후반을 일하느라고 보냈다면, 앞으로 나머지 인생은 하고 싶은 일 마음껏 하면서 즐겁게 살아야 하지 않을까 생각한다.

어느 좋은 글에, 사람이 평생을 살면서 아침·점심·저녁 중 저녁이 여유로워야 하며 봄·여름·가을·겨울 중 겨울이 여유로워야 하며 초년·중년·노년 중 노년이 여유로워야 한다고 했다. 사람은 누구나 행복하길 원한다. 행복의 기준은 다 다를 수 있다. 행복의 기준은 달라도 여유로운 마음을 갖는 것이 행복의 지름길인 것은 확실하다.

나이가 들었다는 건 그동안 살아오면서 겪은 경험과 지혜 그리고 추억을 간직하고 있다는 것이다. 나이가 들어가면서 필요한 것은 '늙어감은 거부할 수 없는 현실'이므로 삶에 대한 애착과 열정을 가지는 것이다.

사람의 평균 수명이 80세를 넘어서면서 인생 100세 시대가 된 요즈음이다. 최근 UN에서 발표한 연령분류 표준에 의하면 18세부터 65세가 청년이고, 66세부터 79세가 중년이고, 80세부터 99세를 노년으로 분류하고 있다.

의료과학기술의 발달로 인해 과거의 중년으로 일컬어졌던 65세 미만의 삶이 청년의 삶이 되고 있는 것이 현실이다. 또 65세 이후의 삶이 더 이상 나약한 늙은이의 삶이 아니라 79세까지는 중년의 삶을 산다는 관점에서 새롭게 부각되는 중년의 삶을 재조명해야 한다. 그러니 은퇴 이후 30년의 삶을 끌어 모을 수 있는 최대한의 기쁨·상상력·봉사정신을 유지하며 살도록 해야 한다.

세계 역사상 최대 업적의 35%는 60대에 성취되었다. 23%는 70대에 의하여 그리고 6%는 80대에 의하여 성취되었다. 결국 역사적 업적의 64%가 60세 이상의 사람들에 의해 성취되었다. 독일의 시인 괴테가 '파우스트'를 완성한 것은 80세가 넘어서였다. 미술가 미켈란젤로는 로마 성베드로 성당의 대성전의 돔을 70세에 완성하였다.

평소 늘 존경해온 S대 명예교수인 70대 중반의 Y교수님께서 본인이 저술한 책 한 권을 최근에 보내왔다. 70대 중반이라면 '내 나이에 무얼'하면서 하루하루를 소일하며 시간을 보내는 경우를 많이 보게 된다. 그러나 Y교수님은 건강을 조심스레 챙기면서도 늘 연구실을 떠나지 않고 평생해 오시던 연구에 몰두하시면서 시간을 즐기고 있다.

대학 캠퍼스가 아닌 산업체에 별도 캠퍼스를 개설하여 운영을 했다. 이 캠퍼스는 평생교육Continuing Education 활성화 차원에서 직장을 다니면서 못다 한 공부를 할 수 있도록 산업체에 만들어진 것으로서 정부의 승인을 받아 운영하게 된다. 다수의 학생들은 직장을 다니느라 이런저런 이유로 진학 시기를 놓친 만학도들이다. 학생들은 집에서 손주를 돌볼 나이임에도 불구하고 공부가 좋아서 또는 새로운 자격증을 취득하기 위해서 또는 대학생의 신분을 갖고자 하는 욕구 때문에 직장생활에 지친 힘든 몸을 이끌고 만학도의 길을 걷고 있는 것이다.

이들은 고교를 갓 졸업한 젊은 학생들과 비교해볼 때 남달리 태도가 진지하다. 나이가 들었음에도 본인 스스로 필요에 의하여 대학을 다니는 것이므로 배움에 대한 열정이 남달리 높다. 그러다 보니 강의를 하는 나도 먼 길을 마다하지 않고 즐겁게 달려가 강의를 하곤 했다.

요사이 대중강연을 다니면서 청중 중에 나이가 많은 분들을 많이 만나곤 한다. 예전 같으면 내 나이가 몇인데 이제 배워서 무엇을 하려고 하면서 손사래를 쳤을 연령대이다. 그런데 메모를 하면서 강의를 듣는 그들의 진지한 모습에서 '나이는 숫자에 불과하다'는 생각을 많이 하게 된다.

최근에는 대학뿐 아니라 지자체에 평생교육센터가 활발히 운영되고 있다. 마음만 먹으면 연령대에 관계없이 그동안 하지 못했던 자기

계발이나 취미활동을 즐길 수 있다. 동료였던 선배는 지자체 합창단에 다니면서 예전부터 하고 싶었던 음악활동을 즐기고 있고, 70이 넘은 선배는 동화구연 자격증을 취득해 유치원 원아들에게 동화구연 봉사활동을 하며 삶을 즐기고 있다. 그들을 보면 '나이는 숫자에 불과한 것'이다.

그런데 나는 어떤가? 이제 환갑을 갓 넘긴 사람인 데도 불구하고 무엇인가를 분명히 하겠다고 하면서도 제대로 하고 있지 않은 것은 아닌지 반성의 시간을 갖게 된다. 다시 마음을 가다듬고 나이 드는 것을 수용하는 긍정적인 자세를 갖고, 새로운 것을 시작해보게 되었다. 새로운 도전의 시간을 갖고자 하는 생각을 지난해 한 달 정도 호주 둘째 아들집에 다녀오면서 했다. 그래서 아내를 설득하여 많이 내려놓고 가벼운 마음으로 즐기며 살 수 있게 되었다.

일단 어디에 있던지 '건강이 최우선이다'라는 생각에서 사찰에서 아침마다 몸과 마음을 다듬는 시간을 갖고 있다. 나머지 시간에 글을 쓰고 강연에 몰두하겠다는 생각을 가졌다. 바쁘게 보내면서 몸과 마음이 건강해지고 있는 것을 몸소 느낀다.

지금 혹시 나이의 핑계를 대며 '생의 새로운 도전을 주저하고 있지 않기를' 많은 이들에게 외친다. '나이는 숫자에 불과하다'

산을 향한 경외

우리나라에는 참 산이 많다. 그래서인지 역사에 우여곡절 또한 많았다. 전쟁이 있을 때마다 산은 요충지가 되기도 하고 피난처가 되기도 했다. 이제는 현대인이 지친 삶을 달래는 곳으로 각광을 받는다.

비단 그뿐이겠는가. 산에 들어가 그 무섭다는 암을 완치했다는 뉴스도 심심찮게 볼 수 있다. 말 그대로 다 믿을 수는 없지만 분명 산이 좋은 기운을 주는 것만은 틀림없다. 산에서 나는 약초와 나물의 뛰어난 효능은 이미 과학적으로 검증되지 않았는가. 산을 위주로 한 캠핑 문화의 발달 역시 산이 얼마나 좋은 곳인지 현대인들 자체가 마음 깊이 깨닫게 되었기 때문이다.

저 높고 푸르른 산. 굴곡진 우리 인생살이처럼 산이 여기저기에 높낮이를 달리하여 자리하고 있다. 인생이란 결국 하나의 고비를 오르고 내려가는 재미 아닌가? 이렇게 내 인생 한가운데 우뚝 솟은 산을 나는 오늘도 넘고 있다.

나 홀로
유럽 여행 도전

유럽 여행을 도전적으로 해보고 싶었던 40대 초반 흥미 있는 여행 관련 기사를 접하게 되었다. '로텔 투어Rotel Tour'였다.

유럽을 버스를 타고 버스에 설치된 숙소와 주방 시설을 이용하며 여행하는 여행 방식인 것이다. 도전적 여행을 머릿속에 그려오던 나는 '로텔 투어'를 기획한 여행사를 통해 유럽 여행을 떠날 수 있었다. 파리행 비행기를 탑승하여 12시간여 동안 북극 상공을 거쳐 날아간 끝에 파리 드골 공항에 도착하였다.

공항을 빠져나와 설렘 속에 독일인이 운전하는 대형버스와 만남을 가졌다. 이 버스가 일행과 함께 먹고 자고 달리며 유럽 여행을 할 거란다. 솔직히 기대 반 걱정 반이었다. 첫날 머무를 파리 교외 캠핑장까지 이동했다.

캠핑장에 도착한 시간이 저녁 9시가 되어감에도 불구하고 하늘은 밝았다. 이른바 백야 현상 때문에 밤 10시가 되어야 어두워진단다. 캠핑장에 도착한 일행이 제일 먼저 한 일은 버스 기사와 함께 1박을 할 숙소 겸 주방을 설치하는 것이었다. 생각했던 것처럼 오랜 시간이 걸리지 않았다. 숙소를 설치하고 나서 식사를 손수 만들어 맛있고 재미있게 먹었다.

식사 후에는 캠핑장의 야간 정취에 흠뻑 빠진 가운데 유럽에서의 첫날밤을 만끽할 수 있었다. "이런 분위기는 로텔 투어 아니면 만끽할 수 없을 것이다"라고 하는 등의 이야기를 하며 말이다. 분위기는 이어져 다른 캠핑족과 함께 노천 바에서 생맥주 잔을 부딪히며 어울리기도 했다.

아침 새소리에 잠을 깬 나는 캠핑장 주변을 뛰면서 새벽 공기의 상큼함을 온몸으로 맛보면서 몸을 풀었다. 직접 요리한 한식을 먹은 후 파리 관광에 나섰다.

콩코르드 광장에서 그 유명한 상젤리제 거리를 걸어 언덕에 우뚝 서 있는 개선문을 관광하였다. 파리 관광을 하면서 처음 접하는 유적이어서인지 몰라도 기분을 사로잡기에 충분한 유적이었다.

건축학을 전공하고 있다는 현지 가이드 안내로 파리 역사와 유적에 대해 상세한 설명을 들으면서 시내 관광을 했다. 1889년에 만국박람회를 기념하여 만들었다는 324미터의 에펠탑부터 둘러봤다. 에펠탑이 한눈에 들어오는 곳에서 설명을 들었다. 지금은 파리하면 에펠탑을 떠올릴 정도로 파리의 상징물이 되었는데, 설계 당시에는 모파상을 비롯한 많은 이들의 반대가 극심했었단다. 재미있는 일이다.

나폴레옹 1세의 무덤이 있는 앵발리드 건물을 거쳐 러시아가 프랑스와의 동맹 기념으로 만들어 기증했다는 세느강 다리 중 가장 아름다운 다리라는 일컬어지는 알렉산더 3세 다리에서 황금을 입힌 조각물 옆에서 기념사진을 찍으며 폼을 잡기도 했다. 또 성서의 내용을 그대로 형상화시켜 지은 노트르담 사원의 안과 바깥 정원을 둘러보기도 했다.

파리가 한눈에 내려다보이는 몽마르트르 사원을 방문했다. 수많은 화가들의 수련장이면서 추억을 간직해오고 있는 몽마르트르 언덕의 화가 광장에서 수채화 1점을 작가 사인을 받아 구입했다. 몽마르트르 언덕 근처에서 양고기와 맥주로 점심을 해결한 후 파리 여행의 진수라는 루브르 박물관 관광에 나섰다.

40만 여 점의 유물이 소장되어 있다는 루브르 박물관은 규모도 엄청나지만, 그 안에서 본 소장품의 하나하나가 감탄을 자아내기에 부족함이 없었다. 프랑스인 조상들의 문화에 대한 높은 수준을 가늠해볼 수 있는 좋은 기회였다.

아쉬운 것은 박물관 내 전시물에 대한 안내가 영어 없이 프랑스어로만 되어 있고, 그렇다고 한국어로 된 전시물 통역기도 없는 시절이어서 가이드의 직접 설명에만 의존해야 되는 관람객 입장에서는 무척 불편했던 기억이 있다. 당시 가이드의 말에 의하면 프랑스인들의 자기 문화에 대한 자부심이 높기 때문에 프랑스어로만 전시물에 대한 설명이 되어 있는 것이라는 말에 의아해했다.

최근 루브르 박물관 방문에서는 프랑스어와 함께 영어로 전시물 안내가 되어 있었다. 우리나라 K항공사 후원으로 제공되고 있다는 GPS를 이용한 전시물 통역기를 통해서 한글로 된 설명을 어느 작품 앞에 서든지 편안하게 설명을 들을 수 있었다. 이런 것을 보면서 우리 국력의 신장과 함께 격세지감을 느꼈다.

루브르 박물관 관람을 마치고 저녁에 어둠이 깔리면서 세느강 유람선을 탔다. 세느강을 1시간여 동안 오르내리면서 강가 양쪽으로 펼쳐지는 아름다운 파리의 야경을 만끽할 수 있었다. 정말 압권이었다. 그리고 에펠탑에 올라 파리 시내를 조망하면서 은은한 조명의 아름다운 파리 시가지를 보면서 감탄을 했다.

다음 날 파리를 떠나 파리에서 1시간 반 정도 거리에 있는 베르사유 궁전에 도착하였다. 베르사유 궁전은 루이 14세가 늪지대에 건설한 초호화판 궁전으로 규모부터가 대단했다. 치밀한 계획으로 만들어진 건물, 정성스레 다듬어진 정원, 호수와 장식물들은 그 당시 왕의 권세가 어느 정도였는가를 짐작케 했다. 루이 14세는 "자연을 통제할 수 있는 능력이 있음"을 많은 이들에게 보여주려고 하였단다. 그 흔적을 나무와 정원을 규격화시켜 어마어마한 크기로 가꾼 데서 읽을 수 있었다.

베르사유 궁전을 떠난 일행은 퐁덴블루에 있는 궁전, 다비종에 있는 화가 밀레의 생가, 디종의 구도시 관광을 했다. 디종을 떠난 일행은 프랑스 왕에 쫓겨 남쪽으로 내려간 교황이 머물렀다는 아비뇽으로 향했다.

아비뇽으로 가는 동안 고속도로 양쪽으로 끝없이 펼쳐지는 전원 풍경은 프랑스가 농업국가임을 보여주었다. 저녁 무렵에 영화제로 잘 알려진 아비뇽에 도착한 일행은 파리로부터 도망해 온 교황이 건설했다는 교황청 및 성곽, Pont de avignon 등을 관광하고, 아비뇽 시내를 리틀 트레인Little train을 타고 30여 분에 걸쳐 시내 구석구석을 관광하였다. 물론 시내 한복판에서 판토마임을 하는 집시와 함께 즐거움도 나누고, 길거리 카페에서 생맥주 한잔하는 낭만도 가질 수 있었다. 우리 주변에도 이런 낭만의 거리가 있으면 좋겠다는 생각을 하며 말이다.

아비뇽을 떠나 프랑스 남부의 휴양도시인 지중해 연안의 니스Nice로 향했다. 차창 밖으로 펼쳐지는 전원 풍경을 만끽하며 니스에 도착한 것은 정오를 조금 지나서였다. 니스해변에서 Pette train을 타고 니스시내 시티투어를 했다. 니스의 전경이 한눈에 들어오는 해변의 성곽 위에서 니스의 아름다운 해변과 도시를 내려다보며 그 아름다움에 감탄하고, 시내의 시가지풍물을 감상한 후 Matiz미술관을 찾아 관람을 했다. 미술에 특별한 조예는 없지만 미술책에서 접했던 Matiz의 숨결을 직접 느껴보는 감격의 시간을 가졌다. 니스에서 지중해 해변과 숲속에서의 낭만을 시간에 구애받지 않고 즐겼다.

니스에서 행복한 시간을 보낸 후 환상의 도시 모나코로 향했다. 니스에서 Monaco로 향하는 도로는 가파른 산허리에 만들어진 환상의 코스였다. 지중해의 짙푸른 해안 절벽 위에 만들어진 도로 주변의 광경은 한눈에 휴양도시임을 짐작케 했다. 니스를 출발하여 1시간 정도를 지난 후 모나코에 도착하였다. 왕궁 앞에서 정오에 펼쳐지는 위병 교대식을 본 후 모나코왕궁과 박물관을 둘러보았다. 모나코왕궁에서 화려함의 극치를 보는 것 같아 황홀했고, 박물관에서는 나폴레옹 1세의 여러 유품들을 관람할 수 있었다.

이어 이태리 국경을 넘어 이태리의 역사적 도시인 피사Pisa에 도착하였다. 이곳에서 두오모 성당과 역사책을 통해 잘 알려진 피사 사탑, 박물관을 관람했다. 이후 중세의 영화를 간직하고 있는 르네상스 시대의 중심도시 피렌체Pirenche에 도착하였다. 피렌체는 중세 메디치가문의 영화를 직접 눈으로 확인할 수 있는 역사적 유물이 가득한 도시이다.

오후에 도착하여 언덕에 있는 미켈란젤로 광장에서 다비드상을 보고 피렌체 시를 조망한 후 피렌체 시내로 들어갔다. 시내에서 시인 단테의 생가를 직접 찾아가 단테Dante의 체취를 조금이나마 느껴볼 수 있는 시간을 가졌다. 그 후 두오모 성당의 웅대함에 감탄하고, 광장에서 이태리 피자를 시식하고, 단테가 페아트리체와 사랑을 나누었다는 다리를 건너기도 하면서 과거로의 시간 여행을 하며 즐거운 시간을 보냈다.

피렌체를 떠나 로마로 향했다. 차창 밖으로 끊임없이 펼쳐지는 고풍의 건물에서 로마에 들어왔음을 감지할 수 있었다. 오후에 도착한 로마의 첫날은 로마의 상징물인 콜로세움과 포로 로마나를 관광했다. 2,000년 전으로 거슬러 올라가 고대 로마인의 숨결을 직접 느낄 수 있었다.

본격 로마 시내의 관광에 나섰다. 우선 먼저 찾아간 곳이 지하무덤인 Catacomb로서 종교의 힘의 위대함을 알게 하는 관광이었다. 영화 '로마의 휴일'의 무대였던 스페인 광장에 도착해서는 영화 속의 주인공처럼 즐겼다. 젤라또 아이스크림을 먹으며 "사랑을 원하면 동전을 넣으라"는 애천분수를 바라보면서 말이다. 수천 명이 동시에 목욕을 했다는 거대한 고대 로마의 대중목욕탕, 벤허경기장 등을 관광했다. 이후 저녁에 캠핑장에서 그동안의 여행을 결산하는 '쫑파티'를 일행과 함께 했다.

우연한 만남이었지만 이런 만남도 소중한 인연이라는 생각으로 나는 가수 홍민의 '석별'을 노래했다. 서로가 좋은 추억을 가지고 헤어질 수 있기를 기원하면서 불렀다.

나는 며칠 더 이태리에 머물며 관광을 하기로 했기 때문에 일행과 다음 날 아침에 헤어졌다. 버스 편으로 바티칸 근처의 메트로역에서 내려 근처 호텔에 여장을 풀고 오후에 바티칸 박물관을 관람했다. 이곳에서 로마 시내의 관광을 통해서 보지 못했던 각종 유물들을 감상했는데 감탄사가 저절로 나왔다.

바티칸 박물관을 관람한 후 재래시장에 들러 과일 등 이것저것을 사면서 재래시장의 분위기를 맛보았다. 저녁식사 후 로마의 야경을 즐기고자 했다. 근처 메트로에서 A트레인을 타고 중앙역인 Termini역까지 가서 시내야경을 감상하고 왔다.

미리 예약한 대로 호텔 앞에서 나폴리Napoli와 폼페이Pompei행 관광버스를 타고 세계 3대 미항의 하나인 나폴리로 향했다. 하이웨이를 통해 2시간 반여를 달려 도착한 나폴리의 해변은 내가 상상한 대로 아름다웠다. 이 해변에서 세계적인 산타루치아, 오 솔레미오O Solemio등의 노래가 작곡되어 성악가에 의해 불러졌다고 하니 당연하다는 생각이 들었다.

나폴리를 관광한 후 40여 분 정도를 가니 베스비우스 화산의 폭발로 2,000여 년 전 사라진 폼페이 시의 모습이 눈에 들어 왔다. 폼페이 시의 발굴된 모습을 안내받으며 그들의 높은 문화적 수준을 가히 짐작할 수 있었다.

나폴리와 폼페이 시를 관광한 후 호텔로 돌아온 나는 TV에서 삼풍백화점 붕괴소식을 보게 되었다. 2천 년 이상의 수많은 건물들이 건재하게 관광객을 기다리는 로마에서 말이다. 삼풍백화점 붕괴 소식은 많은 생각을 하게 만든 안타까운 후진국형 사고였다.

택시를 타고 가라는 호텔 직원 권유를 거절하고 전철과 국철을 이용하여 레오나르도 다빈치공항에 무사히 도착하여 귀국 비행기에 몸을 실었다. 14박 15일의 긴 여행을 통해서 매우 다양한 경험을 했다.

기내에서 작성한 메모장에 "지금 머릿속에 가족들의 모습이 떠오른다. 이번 여행을 통해 세계는 도전해 볼 만한 가치가 있음을 새삼 느낀다. 다양한 환경과 문화 속에서 각기 다른 서로의 삶을 꾸려나가고 있는 지구촌의 모습을 이곳저곳 다니면서 비교해볼 수 있는 기회를 가질 수 있었음에 큰 기쁨을 가진다"라는 글이 적혀 있다.

한 가지에
집중하자

'생활의 달인'이라는 TV프로그램이 있다. 오랜 기간 한 분야에 종사하며 부단한 열정과 노력으로 달인의 경지에 이른 사람을 소개하는 프로그램이다.

TV에서 삶의 현장 속 달인들의 모습을 보면서 '열심히 한 가지에 집중하여 한 우물만 파면 누구나 대가가 되고 달인이 될 수 있다'는 생각을 하곤 한다.

세계적인 성공자인 빌 게이츠에게 누군가가 성공의 비결에 대해 물었다. 그는 "목표를 정했으면 끝까지 물고 늘어져야 한다. 성공한 사람들은 머리가 좋아서가 아니라 한 번 정한 목표를 끝까지 포기하지 않았기 때문에 성공한 것이다. 나는 그렇게 한 가지 바로 소프트웨어

에만 집중했다"고 말했다. 이렇게 빌 게이츠는 다니던 대학을 포기하면서까지 소프트웨어 개발에만 집중하여 큰 성공을 얻었던 것이다.

아침마다 집 근처에 있는 신흥사 사찰 내에 조성된 교화 공원에 오르는 것을 즐기고 있다. 불교 경전의 내용을 가지고 11개 테마별로 조각물을 조성하고 각각의 테마별 조각물에 안내문과 함께 음성으로 설명이 나온다.

'쥬리판타카 제도'라는 제목의 테마가 있다. 바보 쥬리판타카는 빗자루를 가르쳐 주면 쓸고를 잊어버리고, 쓸고를 외우면 빗자루를 잃어버리는 세기적 바보였다. 주변 사람들에게 놀림감이 된 쥬리판타카는 부처님을 찾아가 사정 이야기를 하면서 애원을 하였다. 부처님은 쥬리판타카에게 기원 정사 마당을 쓸게 하였다.

바보 쥬리판타카는 묵묵히 매일 사찰 마당을 일념으로 쓸다가 어느 날 마당을 쓸게 한 부처님의 그 깊은 뜻을 깨우치게 되었다. 쥬리판타카는 스스로 탐·진·치 삼독을 쓸어버리고 진리를 깨달아 아라한이 되었다. '아무리 바보라 할지라도 한 가지에 몰두하다 보면 큰 성취에 이를 수 있다'는 것을 보여주는 좋은 사례인 것이다.

신흥사의 주지인 성일 스님은 이 사찰에 오면서 청소년 교화에 큰 원을 세우고 일념으로 3,000일 기도를 감행하였다. 사연을 들어보니 어느 날 교도소에 재소자를 대상으로 하는 교정 관련 강연을 갔다가 강연에 감화된 재소자가 참회 편지를 스님께 보내왔다는 것이다. 이 편지를 받고 스님은 청소년 교화의 필요성을 절감하고 신흥사 내에 청소년수련원을 짓기로 마음을 먹었단다. 그 후 3,000일 동안 두문불출하고 오로지 기도만 하여 스님이 꿈꾸던 청소년 수련원을 완공하게 되었다. 이제 대한민국에서 유일무이한 청소년 수련시설을 갖게 되어 많은 청소년들을 수련 교화시키고 있는 것이다. 이게 쉬운 일이 아닌 것이다. 신흥사 성일 스님 이야기는 '어느 한 가지 일에 몰두하다 보면 안 되는 일이 없다'는 것을 실천으로 보여주고 있다.

어떤 일을 하면서도 의지가 약한 사람은 조그마한 장애가 있어도 발걸음을 멈춘 채 더 이상 나아가지 못하고 되돌아간다. 오직 집중하는 자만이 목적지에 도착하고 진정한 성공을 얻는다. 집중은 어떤 상황에서도 자신의 목표를 성취하기 위한 노력을 멈추지 않도록 한다. 비록 평범하다 하더라도 포기하지 않는 끈기로 목표를 향해 나아가면 큰 성과를 거둘 수 있다.

영국의 처칠이 어느 모임에서 "성공에는 두 종류의 성공이 있다, 그 하나는 최초의 성공이요, 다른 하나는 최종의 성공이다"라고 했다. 대학 재직 중 학습 관련 프로그램을 운영하면서 인사말에서 자주 인용하곤 했던 글귀이다.

"시작이 반이다"라는 말이 있다. 본인이 일단 무언가 해보겠다고 마음먹고 프로그램에 참여했으면 일단 성공한 것이다. 그런데 프로그램이 진행되는 동안 초심을 잃지 않고 프로그램에 집중해야 함에도 불구하고 그렇지 못한 경우를 많이 보게 된다. 많은 이들이 프로그램에 참여하기 전의 생활과 같은 패턴을 유지하면서 프로그램에 참여하다 보니 다른 일을 핑계로 한 지각, 조퇴, 결석 등이 잦아지게 되는 것이다. 그렇게 되면서 프로그램에 집중하지 못하게 되고 흥미를 잃어, 결국은 프로그램을 끝까지 마치지 못하고 실패하게 되는 경우를 많이 보곤 했다.

최초의 성공과 함께 최종의 성공을 거두기 위해서는 프로그램에 참여하고 있는 동안 생활을 단순화시키고 프로그램에 집중해야 한다.

똑같이 직장인임에도 불구하고 어떤 직장인은 대학에 다니는 동안 한 번도 결석 없이 개근을 하는 학생이 있는가 하면, 어떤 학생은 입학 첫날부터 경조사 참석 등을 핑계로 대면서 결석하더니 얼마 못 가 결국은 포기하는 경우가 생기는 것이다.

하위직 공무원이면서 스승과 제자로 인연을 맺은 R은 그 많은 공무원 제자 중에 재학 중 하루도 강의에 결석하지 않고 모범적으로 학교생활을 마쳤다. 기회가 주어질 때마다 모범적으로 학교생활을 한 제자 R을 사례로 들어 많은 이들에게 자랑하며 말하곤 했다. 나는 제자 R을 겸임교수로 초빙해 강의실에서 많은 후배에게 본인의 의지와 집중력이 얼마나 강했는지를 몸으로 보여주어 귀감이 되도록 했다. 그는 공직생활도 능력을 발휘해 그가 평소에 꿈꾸고 있던 고위직 공무원인 도의 국장을 거쳐 자치단체의 부시장으로 최고위직의 역량을 발휘하고 있다.

이런 여러 사례를 보면서, 어떤 목표가 정해지고 그 목표를 달성하기 위해서는 생활을 단순화시키고 목표 달성에 집중하면서 생활해야 한다. 주변을 버리고 정리하며 힘을 한곳으로 집중시키는 전략이 필요하다. 지금 주변의 유혹에 빠지지 않고 '목표와 관련된 일에 집중할 수 있다면 내 인생이 매우 행복해질 것이다.'라고 하는 생각을 하면 어떨까?

어렸을 때 검은 종이를 갖고 태양이 내리쬐는 양지바른 곳에 앉아 돋보기를 들이대면 초점이 모아져 검은 종이에 구멍이 뚫리는 놀이를 하곤 했다. 돋보기로 태양 광선을 모아 종이 위에 초점을 맞추면 잠시 후 종이에 불이 붙는다. 그러나 만약 초점이 계속 움직인다면 절대로 불꽃을 만들어낼 수 없다. 우리의 생활도 마찬가지다. 목표를 정하고 겨냥하고 집중하면 자신이 꿈꾸는 목표를 달성할 수 있다.

학창 시절 사찰에서 지내던 습관이 있어 교수 생활을 하면서도 방학 때 사찰에서 지내며 글을 쓰며 시간을 보내곤 했다. 사찰에서 나름대로 생활을 단순화시켜 한 가지 일에 집중할 수 있어 짧은 시간에 원하는 결과를 얻을 수 있기 때문이다.

대학에 둥지를 틀고 몇 년이 지나지 않아 학생들 눈높이에 맞추어 내 스타일에 맞는 전공서적을 만들어야겠다고 생각하였다. 학기 내내 자료를 준비하고 나서 원고를 마무리하는 데 나름대로의 집중된 시간이 필요했다. 나만의 시간을 많이 확보할 수 있는 방학 때만 되면 자주 머물곤 하던 속리산 내 탈골암에 들어가 방학 내내 원고를 마무리 지어 여러 권의 책을 만들었다.

내 이름으로 전공 관련 서적을 만들 수 있었던 건 나에게 학생들 눈높이에 맞는 책을 만들어야겠다는 분명한 목표가 있었고, 나름대로 생활을 단순화시키고 한 가지에 집중하면서 시간을 가질 수 있었기 때문이었다.

이렇게 방학 때마다 장기간 집을 떠나 하고자 하는 일에 집중하면서 사찰에서 지낼 수 있었던 것은 식구들, 특히 아내의 지원과 믿음이 있었기에 가능할 수 있었다.

승용차가 없었던 교수 시절에 아내는 자료 보따리를 들고 시외버스 터미널까지 와서 절로 떠나는 나를 배웅을 해준 기억도 있다. 지금도 그 당시에 격려와 함께 용단을 내리고 지원해준 아내에게 감사하는 마음을 갖고 있다.

총장을 끝으로 33년간 몸담았던 교직을 떠나면서 필리핀으로 가서 몇 개월 동안 지내고 오겠노라고 생각하고 그런 계획을 아내에게 말했다. 아내가 흔쾌히 동의해 주었고 나는 필리핀으로 떠나게 되었다. 필리핀에서 홀로 지내면서 'Simple life'를 아침마다 외치며 생활을 고도로 단순화시키고 생각과 행동을 집중시키며 생활하고자 했다.

귀국 후에도 생활을 단순화시키고 관심을 갖고 있는 분야인 '맛있는 삶을 위한 레시피'라는 화두에 집중하고자 사찰 근처에서 지내고 있다. 하루 중 많은 시간을 그 화두에 생각을 집중하며 연구하고 책을 쓰며 강연 관련 자료를 준비하는 데 할애하고 있다.

가장 한국적인, 가장 세계적인

요새 방송을 보다 보면 '먹방'이 대세다. 요리사가 연예인 못지않은 스타가 되고 골목 구석구석 숨어 있는 맛집이 소개된다. 많은 시청자들은 그런 프로그램을 보며 대리만족을 느끼고 직접 그 음식점을 찾아 맛집 투어를 다니기도 한다. 다만 하나 안타까운 것은 '한국의 맛'을 소개하는 프로그램은 별로 보이지 않는다는 점이다.

지금 우리나라를 대표하는 음식은 무엇일까. 김치, 불고기 등 여러 가지를 꼽을 수 있겠지만 특히 비빔밥이 주목받고 있다. 뉴욕 시내 번화가에서 비빔밥이 대형 광고판에 소개된다는 소식을 들었을 때 조금은 뿌듯한 마음마저 들었다. 나 역시 사찰음식을 즐기는 까닭에 산채비빔밥에 자주 먹는 편이다. 계절의 풍미를 한껏 느낄 수 있는 각종 산나물을 고추장과 함께 비벼 한 입 가득 물면 말 그대로 건강해지는 느낌이다.

맛있는 음식을 먹고 즐기는 것은 좋다. 다만 기왕이면 의미가 담긴 음식에 조금 더 주목해 보는 건 어떨까. 너무나도 평범하지만, 이제는 가장 세계적인 음식이 된 비빔밥처럼, 가장 한국적이면서도 가장 세계적인 음식을 계발하고 널리 알리는 시도가 더 많아졌으면 하는 바람이다.

확실한
자기 브랜드를 만들자

메밀이 먹고 싶을 때 연애 시절부터 지금까지 수십 년을 꾸준히 다니고 있는 메밀국수 전문점 '미진'이 광화문 근처에 있다.

그 집의 면발과 소스 맛은 찾아갈 때마다 나와 아내의 미각을 늘 만족시킨다. 다른 곳에서는 그 집만큼 미각을 만족시키지 못한다. 지금도 메밀국수가 먹고 싶으면 먼 거리를 마다하지 않고 달려가 줄을 서서 기다려서 먹고 오곤 한다.

60여 년 이상을 오로지 메밀에 특화하여 메밀 달인이 된 것이다. 메밀을 자기만의 경쟁력 있는 브랜드로 키워 지금도 많은 이들이 소문을 듣고 찾고 있다.

우리나라만큼 식당이 많은 나라도 없다. 제일 먼저 쉽게 시작하는 사업으로 음식점을 개업하곤 한다. 그런데 그중에 전문성이 있어 특화된 음식점은 살아남지만, 그렇지 못한 집은 창업을 했지만 전문성 결여로 얼마 못 버티고 망한다.

30대 중반 어느 비가 주룩주룩 내리는 날, 집 전화통의 벨이 울렸다. 전화를 받으니 낯선 목소리의 여성이 나를 찾는 거다. 조금은 긴장한 채로 말을 주고받는데, 지금 몇몇 사람들이 모 경양식집에서 맥주 한잔하면서 나를 찾고 있단다. 전화 수화기를 내려놓은 나는 그 음식점으로 달려가 선배 동료들과 어울리고 헤어졌다.

그리고 몇 달 지나지 않아 집을 나서는 길에 전화벨이 울려 받았다. 수화기 속의 목소리는 "지난번 비 오는 날 경양식집에서 전화를 했던 A"라고 하는 것이다. 전화의 용건을 물었더니, 경양식집에서 독립해 음식점 개업을 했으니 한번 방문해주면 고맙겠단다. 나름 고민한 끝에 한번 "방문해 보자"고 하여 개업한 음식점을 가게 되었다.

주인인 A에게 물었다.

"어떻게 나에게 전화를 하게 되었어요?"

"얼마 전 경양식집에서 일할 때 한 동료가 선생님에게 전화를 부탁하면서 건네 준 선생님 전화번호를 버리지 않고 기억해 두었어요."

그녀는 어느 날 배우자를 졸지에 잃은 후 생계를 위해 음식점을 해야겠다는 목표를 갖게 되었단다. 나름대로 남의 집에서 주방일부터 배우며 자신만의 영업력을 키워왔다는 것이다.

그렇게 그녀와 인연이 맺어져 이후부터 10여 년을 단골로 크고 작은 모임을 그 음식점에서 갖곤 했다. 그 집은 주인이 가장 잘할 수 있는 음식인 '북어구이' 전문점이었다. 음식도 경쟁력이 있었지만 주인의 서비스도 남달라 특별 대우를 받는다는 인식과 함께 시도 때도 없이 찾아가 즐기곤 했다. 그 집이 음식점으로 성공을 거둔 것은 물론이다.

해외여행을 하면서 가는 곳마다 여행 가이드를 만나곤 한다. 어떤 가이드는 직업 소명과 전문성 없이 마지못해 일하는 것이 눈에 보이고, 어떤 가이드는 전문성과 직업 소명을 갖고 정말 열심히 가이드하는 것을 보곤 한다.

북미 여행 중에 캐나다 밴쿠버에서 만난 가이드는 40대 중반의 가이드인데, 자기는 한국에서 대기업에 다니다가 캐나다로 이민을 왔다고 한다. "이민을 온 후 몇 년을 일 없이 보내다가 현지 여행 가이드를 합니다"라는 본인 모습에서 그곳 생활에 만족하지 못하고 있는 모습이 역력했다. 그런 모습에서 가이드로서 전혀 경쟁력이 없음을 읽을 수 있었다.

반면에 미국의 뉴욕에서 만난 여행 가이드는 이동하는 버스 안에서 허리에 제주 해녀들처럼 납으로 만든 벨트를 차는 것이다. 나는 물었다.

"왜 납덩이 벨트를 허리에 차요?"

"캐나다의 퀘벡까지 동행하는 가이드로서 일행을 잘 모시려면 체력이 좋아야 됩니다."

정말 버스 이동 중 그는 수시로 허리에 납덩이 벨트를 차고 운동을 하면서 우리 일행에게 프로 근성을 보여주곤 했다. 그의 모습과 말에서 가이드로서 자신감 있는 인상을 일행에게 심어주었다.

체코의 프라하에서 만난 여행 가이드는 "본인은 음악가로서의 꿈을 갖고 있습니다"고 하면서 성심을 다해 전공한 음악을 소재로 하여 진지하게 가이드하는 모습에 일행은 감탄하곤 했다. 일행 모두는 프라하 지역을 여행하면서 음악과 함께하는 가이드의 맛깔스런 설명에 행복했던 기억이 있다.

그런가 하면 최근에 서유럽 여행을 하면서 이탈리아의 로마와 피렌체 등을 안내했던 여행 가이드의 로마 역사를 꿰뚫은 역사학자와 같은 모습의 설명은 일행을 감동시키기에 충분했다.

급변하는 소용돌이 환경 속에서 성공적인 맛있는 삶을 살기 위해서는 자신만의 경쟁력을 갖추어야 한다. 자신만의 경쟁력을 가지려면 어떻게 해야 하나? 특성화이다. 자신이 가장 잘할 수 있는 것, 그 한 가지에 특화하여 자신만의 이야기를 들려주어야 한다. 요즘처럼 치열한 사회에서 경쟁력을 갖기 위해서는 확실한 '자기 브랜드'가 있어야 한다.

자신이 무엇을 가장 잘할 수 있는지 빨리 깨달아야 한다. 상대를 만족시키고 그들에게 즐거움을 주기 위하여, 자신만의 특별한 능력을 갖추어야 한다. 자신이 특화된 경쟁력을 갖고 있다는 것을 상대가 인식한다면 자신의 가치를 증대시킬 수 있다.

자신의 능력을 특성화시키기 위하여 상대가 누구이고, 어떤 욕구를 갖고 있는지 등 상대의 특성에 대해서도 잘 알고 있어야 한다. 그것에 대하여 잘 모르고 있다면, 상대에게 충분한 서비스를 제공할 수 없다.

그러니 스스로 훌륭한 진단가가 되어야 한다.

만약에 자신의 능력이 특성화되어 있다면 그것이 경쟁력이다. 모든 사람은 나름대로의 특별한 재능과 기술이 있다. 자신의 능력이 특성화되어 그것이 경쟁력을 바탕으로 다른 사람과 차별화될 수 있도록 하기 위해서는 관심분야에 대한 전문적 지식으로 무장할 필요가 있다. 전문성이 있어야 상대에게 신뢰를 줄 수 있기 때문이다.

이처럼 자신이 관심을 갖고 있는 분야에 대한 전문 지식으로 무장되어 있지 못한다면 경쟁력을 갖출 수 없게 되는 것이다. 자신이 가장 잘할 수 있는 분야를 찾고 특화시켜 자신만의 경쟁력으로 무장해야 한다.

모든 사람은 나름대로의 특별한 재능과 기술이 있다. 예를 들어 서비스 분야에 종사하고 있다고 한다면 스스로 최고의 서비스를 제공하는 데 필요한 최고의 기술과 능력을 연마하는 데 집중해야 한다.

고객만족의 정도는 4단계로 나눌 수 있다. 첫째로 단순 만족으로 서비스를 오직 제공하는 것, 둘째로 기대 이상으로 만족시키는 것, 셋째로 고객에게 즐거움을 주는 것 그리고 넷째로 고객에게 감동을 주는 것이다. 만약 내가 나의 고객에게 감동을 준다면, 많은 고객들은 나를 자랑스러워할 것이고 그들은 나를 다른 사람들에게 추천할 것이다.

40대 중반 당시 동료의 안내로 서수원 C카페를 들른 적이 있었다. 처음 간 그 카페에서 동료와 이런저런 이야기를 주고받고 헤어진 후 1년 정도 지나서 다시 C카페에 가게 되었다. 카페 주인은 '1년 전에 내가 처음 왔다는 사실'뿐 아니라 '내가 누구인지 어디에서 누구와 앉아서 있었는지까지' 다 기억해내는 것이다.

나는 깜짝 놀랐다.

"어떻게 그렇게 1년 전 일을 소상히 잘 기억하고 있어요?"

"매일 카페에서 있었던 일을 일지로 남겨놓아요."

그 이야기를 듣고 다른 카페와는 다르게 손님을 관리하고 있는 주인에게 감동했던 기억이 있다. 그 이후부터 그 카페를 자주 찾게 되어 단골이 된 것은 당연한 일이다.

인생 레이스에서 성공적인 맛있는 삶을 사는 사람이 되기를 원하는가? 그렇다면 명확한 삶의 목표인 자신만의 꿈을 만들어 놓고 그 꿈을 달성하기 위한 실천 계획을 세우고 특성화할 수 있는 분야에서 '자기만의 브랜드'로 경쟁력을 갖추는 것이 매우 중요하다. 자신이 하는 분야에서 특성화할 수 있다면, 인생 레이스에서 맛있는 삶의 주인공이 될 수 있다.

기회는
준비된 자의 것

야구 선수 서건창은 고교 졸업 후 LG트윈스에 입단했다. 하지만 첫 해인 2008년 1군 경기에서 단 1타석에 들어선 것을 끝으로 1년 만에 방출되는 아픔과 시련을 겪었다.

이후 그는 현역병으로 입대하여 일반 사병으로 2년의 공백기를 거쳐야 했다. 그러나 군 복무 동안에도 늘 야구에 대한 생각을 저버리지 않고 '이미지 트레이닝'을 하며 절치부심했다. 군 제대 후 무명인 그를 받아주는 프로팀은 어디에도 없었다. 그대로 그의 야구 인생은 끝날 수 있었다.

이런 그에게 새로운 기회가 주어졌다. 입단 테스트를 통해 신생 프로구단인 넥센에 입단해서 기회를 놓치지 않고 남다른 열정과 노력으로 주전 선수가 되었다. 2012년 신인왕을 차지하더니 2014년에는 모든 야구인의 부러움을 사는 우리나라 최고의 선수인 MVP가 되었다.

아무도 주목하지 않던 무명 선수 서건창에서 남다른 열정과 노력으로 기회를 놓치지 않고 본인 것으로 만들어 최고 자리에 오른 것이다. 사실상 맨땅에서 시작해 기회를 현실로 만들어 거머쥔 '서건창의 성공 신화'는 성공을 위해 땀을 흘리고 있는 많은 사람들에게 큰 희망인 것이다.

세계적인 소프라노 성악가 조수미는 이태리 유학 후 1986년 베르디의 오페라 '리콜레토'에 질다 역으로 데뷔한다. 그 후 1988년 조수미 오페라 인생을 세계 정상 무대로 이끌어 올리는 계기가 되는 큰 전환의 기회를 맞이하게 된다. 바로 세계적인 지휘자 카라얀Karajan과의 만남이다. "조수미의 목소리는 신이 내린 목소리다"라는 카라얀의 극찬과 함께 오디션에 초청되는 기회를 거머쥔 것이다. 조수미는 베르디의 오페라 〈가면무도회〉의 '오스카' 역으로 출연하면서 엄청난 성공을 거둔다. 이후 이태리 밀라노의 라스칼라 등 세계 정상급 오페라 하우스와의 공연에서 주역으로 출연하는 등 왕성한 활동을 통해 정상급 성악가로서 영광을 이어가고 있다.

나는 대학 시절을 '공무원이 되겠다'라고 생각하고 공부를 하면서 보냈다. 대학 졸업 후에도 고시 공부를 계속하겠다고 하면서 대학원에 진학하여 공부도 계속할 수 있었고 석사학위도 받을 수 있었다.

대학원 재학 중 아내를 만나서 사귀면서 결혼을 약속하는 사이로까지 발전하게 되는 행운의 기회를 가졌다. 약혼 이후 어느 날 아내 자취집에 놀러갔다. 우연히 탁발 스님이 집에 들러 시주를 받고 당간 사주를 보여 주었다. 탁발 스님은 나의 생년월일과 태어난 시를 묻더니 미래의 모습을 그림으로 보여주며 내 평소 생각과는 전혀 달리 "교직자가 되겠는데요"라고 하는 거다. 스님의 말을 지나가는 말로 여기고, 그동안 해오던 고시 공부를 계속하다가 다음 해 결혼을 하고 가정을 꾸렸다. 결혼 다음 해에 고시 공부를 그만두고 스님의 말대로 대학에서 가르치는 기회를 갖게 되었다.

대학원에 진학하여 학위를 받을 기회를 갖지 않았더라면 내 인생은 어떻게 되었을까? 또 탁발 스님과의 우연한 만남이 없었더라면 어떻게 나의 인생이 펼쳐졌을까? 아마도 내 인생은 지금과는 사뭇 다른 방향으로 흘러갔을지도 모른다.

인생을 살면서 최소한 3번의 기회가 찾아온다고 한다. 첫 번째는 자기도 모르게 지나쳐가고, 두 번째 기회는 알면서도 못 잡고, 세 번째 기회는 잡느냐 못 잡느냐에 따라 성공 여부가 갈린단다. 세 번째 기회는 준비된 사람만이 잡을 수가 있단다.

그런데 기회는 어떻게 찾아올까? 남의 눈에 잘 띄는 모습으로 기회가 주어지는 것이 아니라 남의 눈에 띄지 않게 조용히 기회가 주어진단다. 기회는 일반인들의 생각으로는 아무것도 아닌 듯한 상황에서 주어지게 되는 것이다.

이와 관련하여 재미있는 그리스 신화가 있다. '기회의 신' 카이로스 Kairos이야기다. 이태리 북부에 있는 토리노 박물관에 가보면 기이한 조각상 하나를 볼 수 있다. 앞에서 보면 우람한 근육질의 벌거벗은 몸에 무성한 앞머리를 늘어뜨리고 있지만, 뒤에서 보면 머리카락이 없는 대머리이다. 손에는 칼과 저울을 들고 있고, 어깨와 발에는 날개가 달려 있다. 이 석상은 그리스 신화에 나오는 '기회의 신' 카이로스Kairos 상이다.

카이로스가 왜 이런 모습을 하게 되었을까? 그 이유가 석상 아래 부분에 자세히 적혀있다.

"발가벗고 있는 이유는 사람들이 나(기회)를 발견하기 쉽게 하기 위함이고, 앞의 머리가 무성한 이유는 사람들이 나(기회)를 쉽게 잡을 수 있도록 하기 위함이고, 뒷머리가 대머리인 이유는 내(기회)가 지나가면 다시 붙잡지 못하도록 하기 위함이다. 어깨와 팔꿈치에 날개가 달린 이유는 내(기회)가 최대한 빨리 사라지게 하기 위함이고, 손에 들고 있는 칼과 저울은 나(기회)를 만났을 때 기회의 시간은 당신을 기다려주지 않으니 신중한 판단과 신속한 결정을 하도록 하기 위함이다. 내 이름은 카이로스, 바로 기회Kairos다."

많은 이들이 성공하는 삶을 살지 못하고 실패하는 삶을 살아가는 이유는 무엇 때문일까? 기회가 왔는데도 기회가 왔음을 알아채지 못하고 그냥 지나치거나 기회가 왔다는 것을 알고 있으면서도 이해득실을 따지면서 우물쭈물하다가 기회를 놓치기 때문이다.

기회는 항상 준비된 자의 것이다. 언제 올지 모르는 '기회의 신' 카이로스의 앞머리를 잡기 위해 항상 준비가 필요한 것이다. 기회가 왔을 때 빨리 잡아야 한다. '기회의 신' 카이로스가 앞머리를 늘어뜨리고 있는 이유는 무엇일까? 늘 기회를 노리고 있는 준비된 이들이 '기회의 신' 카이로스의 앞머리를 잡고 기회를 붙잡을 수 있도록 친절하게 배려한 것이다.

미리 준비하고 있지 않은 사람은 기회가 와도 기회가 온 것을 알아보지 못한다. '기회의 신' 카이로스의 앞머리가 헝클어져 잘 알아보지 못하도록 하고 있는 것은 이 때문이다.

미리 준비하고 있지 않은 사람에게 '기회의 신' 카이로스는 매정하다. '기회의 신' 카이로스의 뒷머리가 대머리인 이유는 기회가 빠르게 지나간 이후에는 뒤에서 아무도 잡지 못하게 하기 위해서이다. '기회의 신'은 기회를 잡을 때까지 기다려주지 않는다.

크로노스Cronos의 시간 개념은 시계와 달력 속의 시간처럼 객관적이다. 이와 달리 카이로스Kairos의 시간 개념에서는 시간을 어떻게 인식하는가가 개인의 주관적 상황에 따라 다른 것이다. 소치 동계올림픽 쇼트트랙 경기에서 금메달을 딴 심석희 선수를 떠올려 보면 승리하기 위해 순간적으로 신중한 판단을 하고 기회를 엿보아 상대를 제치는 순간의 결단이 필요하다고 했다. 이렇게 승리의 기회를 포착하기 위해서는 평소에 꾸준한 노력을 통한 준비 과정이 있어야 한다.

그리스 신화를 보면 행운의 여신 포르투나Fortuna는 공이나 바퀴를 타고 있어 계속 움직인다. 수건으로 눈을 가리고 있어 제멋대로 돌아간다. 이처럼 운運은 계속 옮겨 다니므로 기회는 자기 앞에 왔을 때 순간적으로 잡아야 하는 것이다.

어떤 사람은 앞선 사람들이 기회를 모두 챙겨갔기 때문에 뒤에 오는 사람들에게 남겨진 것은 없다고 생각하곤 한다. 그렇다고 해서 더 이상 기회가 없을까? 누구라도 '더 이상 기회는 없다'는 생각이 지배하면 성공적인 맛있는 삶을 살 수 없다.

기회가 오지 않을 때는 스스로 기회를 만들도록 하면 어떨까? 앞으로 어떤 삶이 전개될지는 아무도 정확히 알 수 없다. 그러나 한 가지는 확신할 수 있다. 주어진 기회가 마지막인 것처럼 전부를 걸고 혼신의 힘을 다할 때만이 다음 기회의 문이 열린다는 사실이다.

우리는 언제나 어떤 기회가 다가오는 것은 아닌지 관심을 집중하도록 해야 한다. 우리 주위에 기회는 얼마든지 있다. 중요한 것은 기회가 찾아와 문을 두드릴 때 일어나 달려가 문을 열고 맞아들이는 것이다.

나는 총장직을 끝으로 교직을 떠나 새로운 인생의 길을 가게 되었다. 2004년에 만들어 놓은 10년 후의 나의 꿈인 '세상을 더 낫게 만들어줄 강연가'로서 맛있는 삶을 살고자 했다. 자신의 꿈에 대한 기대와 믿음이 확고해졌다. 지금은 연구소를 만들고 연구자·강연가로서 도전의 인생을 맛있게 즐기고 있다.

영국 처칠은 "비관론자는 모든 기회 속에서 어려움을 찾아내고, 낙관론자는 모든 어려움 속에서 기회를 찾아낸다"고 했다. 주어진 상황 속에서 그 상황을 바라보는 태도와 자세가 중요하다. 비관적이기보다는 낙관적으로 생각하면서 '기회를 만들어가는 습관'을 몸에 지니면 어떨까?

죽 한 그릇의 위대함

목이 아파 물 한 모금도 못 넘길 것 같은 날에는 죽을 먹는다. 별 맛도 없고 그
래서 왠지 감동도 없는 죽 한 그릇. 하지만 죽을 만들어 본 사람은 안다. 얼마나
많은 정성이 필요한지를.

다른 음식에 비해 물과 불의 양 조절이 중요하고, 눌어붙지 않도록 요리가 끝나
는 내내 곁에서 저어 줘야 한다. 이 모든 게 조금이라도 엇나가면 말 그대로 맛
없는 죽이 된다. 몸이 아픈 가족을 위해 죽을 준비한다는 건 얼마나 위대한 일
인가. 그이가 한 숟가락이라도 더 떠 먹길 바라며 최대한 정성을 들여 요리를 하
는 순간들.

내가 아파 누워 있는데 손수 만든 죽을 들고 찾아오는 애인이 있다면, 두말할
필요도 없이 단단히 붙잡을 일이다.

북유럽 여행의
꿈을 이루다

남아공 월드컵 열기가 무르익어가는 2010년 6월이었다. 무려 11시간여의 비행 끝에 체코 프라하에서 하루를 머문 일행은 드디어 북유럽 여행의 시작점인 덴마크 코펜하겐에 도착하였다.

'상인의 항구'라는 의미를 갖고 있는 코펜하겐의 시청 옆에 서있는 동화 작가 안델센 동상을 보니 이곳에 온 것이 실감이 난다. 코펜하겐 시민의 쉼터인 티볼리공원을 둘러보는 등 행복지수가 세계에서 가장 높다는 덴마크 수도의 이곳저곳을 감상했다. 자전거 도시로 유명하다는 것이 눈으로 직접 확인이 될 정도로 많은 자전거 인파가 놀랍기도 했다.

1167년 코펜하겐의 창설자인 압살론 주교가 세웠다는 크리스티안

보르 성은 지금은 여왕 알현실과 국회의사당으로 사용된단다. 국회의 사당 문설주에 있는 네 개의 조각은 '국민의 어려움을 느끼고, 고민하며, 더 나은 나라의 발전과 국민을 위해 일하라'는 4가지 의미를 담아 흉상을 조각하였다고 한다.

국회의사당을 통해서 국립도서관 정원으로 들어가니 작지만 아름답고 조용한 곳에 키에르케고르 동상이 서있다. 마흔 살에 요절한 키에르케고르의 이름 뜻은 놀랍게도 '공동묘지'란다. 이름이 재미있다. 국회 앞 운하를 거쳐 고전과 현대가 잘 어우러진 국립도서관을 지나 코펜하겐 대학으로 이동했다. 슬럼가였으며 1960년대에는 히피문화의 중심지였던 코펜하겐 대학 거리에는 과거의 학문적 명성을 확인할 수 있는 노벨상 수상자의 동상이 즐비했고, 그들이 즐겨 찾던 아름다웠던 카페도 많았다. 특별한 의미로 내게 다가왔다.

작은 비엔나 또는 바르세이유 궁전 같은 분위기를 연출하는 곳으로 숲, 호수 그리고 백조가 잘 어우러졌던 프레데릭보르 성에서 잠시나마 여유로운 시간을 보냈다. 호텔로 돌아오는 길에 안델센이 가난한 시절을 보냈던 곳이면서 악명 높았던 홍등가였던 뉘하운을 지나왔다. 지금은 한낮의 햇볕과 여유를 즐기러 나온 젊음으로 가득했고 거기서 맥주 한 잔을 먹으며 그들 속에 스며들었다. 저녁을 먹고 다시 시내로 나와 젊음의 거리 스트레외에서 JAZZ와 백야로 물드는 거리를 감상했다.

다음날 칼스버그 맥주회사 사장인 카를 야콥슨이 기증한 광장을 거쳐 아말리엔보르 궁전으로 갔다. 이곳은 누구에게나 개방된 곳으로 여왕을 가까이서 볼 수 있는 곳이란다. 왕실 요트를 옆에 끼고 계피온 분수로 이동했다. 네 마리의 수소를 끄는 여신상을 거쳐 그 유명한 꼭 와보고 싶었던 인어상으로 발걸음을 옮겼다. 그런데 있어야 할 인어 상은 상해 EXPO 관계로 출장가고, 진정 한 사람 인어가 앉아 있는 거다. 여기까지 어떻게 왔는데 하며 투덜대며 아쉬워했다. 인어상 조각품을 구입하는 것으로 만족했다.

십자군전쟁 시 군인들의 숙소였다는 노란 건물들을 지나 크리스티안 4세와 절세의 미인 키아스텐 뭉크와의 뜨거운 사랑이 이루어졌던 로센보르 궁전으로 이동했다. 이곳은 크리스티안 4세의 눈에 박힌 파편으로 사랑하는 여인의 귀걸이를 해주었다는 믿거나 말거나 전설이 깃들어 있는 곳이란다. 지금은 한가로이 도심 속 삶의 여유를 즐기는 시민들로 가득했다.

점심식사 후 공항으로 이동하여 노르웨이의 오슬로로 출발했다. 오슬로에 도착하여 오슬로 번화가 거리에서 간단히 맛배기 관광을 한 후 호텔로 이동하여 여장을 풀었다. 다음날 날이 채 밝기 전 호텔을 빠져나와 들판을 지나 오슬로 해안까지 걸었다. 시시각각 변하는 일출 풍경을 보면서 이런저런 생각에 잠기곤 한다. 호텔로 돌아오는 들판은 황금빛 물결로 넘쳐났다.

아침에 찾아간 곳은 바이킹 선박박물관이다. 이곳은 800년 대부터 50년간 여왕의 전용선박이었던 Oseberg호와 900년 대에 활약했던 고

크스타트호가 전시되어 있는 곳이다. 오래된 바이킹 선박이 인상 깊었다. 노르웨이가 자랑하는 조각가 비겔란공원으로 이동했는데 이곳은 인간의 일생과 감정을 적나라하게 펼쳐놓은 곳이다. 어떠한 해석도 거부한 채, 각자의 삶의 무게만큼만 느끼라는 곳이란다. 오슬로 시청사는 시 창립 900주년을 기념해 세운 건축물로서 유럽에서 가장 큰 유화가 있는 곳이다. 주제는 '독일군의 침략에 신음하는 오슬로 시민'이다. 이곳은 매년 12월이면 노벨 평화상이 시상되는 곳이란다.

일행은 1994년 동계올림픽 개최지인 릴리함메르에서 약간의 휴식을 하고 한적하고 조용한 시골마을인 오따에 도착했다. 이곳은 하늘로 향하는 기차역이 있고, 아기자기한 조각이 정성스레 배치된 마을이다. 무엇보다 흑사병으로 45만 명의 인구 중 8명만 살고 마을주민 모두가 죽었다는 슬픈 전설을 가진 동네이다.

다음날 오따를 출발하여 점점 고도를 높여서 게이랑에르로 이동했다. 이동 중 버스에서 노르웨이 출신 작곡가 Rolf Lovland의 "Secret Garden"을 들었다. 그는 조국 노르웨이 산하의 아름다움을 애잔한 바이올린 선율에 얹어 그려내고 있는 거다. 아름다움과 숨겨진 비경의 노르웨이 산하를 보면서, "Secret Garden"이 애잔할 수밖에 없다는 생각을 해보았다.

피요르드의 끝자락, 세계문화유산, '노르웨이의 보석'이라는 게이랑에르에서 유람선에 올라 수많은 폭포와 빙하로 침식된 단애를 보면서 한 시간여에 걸쳐 감격스런 크루즈 여행을 했다.

페르퀸트 미술관이 있는 헬레쉴트에서 점심겸 휴식을 한 후 유럽에서 가장 큰 빙원이 형성된 브릭스달로 이동했다. 아쉽게도 지구온난화로 20년을 견뎌내기도 힘들다고 하는 안타까운 말을 듣고 있는데, 빙하도 자신의 미래가 아픈지 슬픈 블루빛을 띠고 있다.

다음날 라르달에서 아침 산꼭대기에 차오르는 햇살을 받으며 마을로 산책한 후 아침을 먹고 아름다운 길과 호수가 얼려 있는 만헬러~포드네스, 라르달 터널(24.5Km)을 지나 플롬으로 이동했다. 450명이 거주하는 작은 마을이면서 노르웨이의 아름다운 심장이라 불리는 플롬에는 이미 대형 크루즈선이 도착했고, 많은 실버계층 승객들을 쏟아 내고 있었다.

피요드르 여행의 출발지이자 해발 2m인 플롬에서 녹색 산악열차를 타고 해발 865m에 위치한 뮈르달로 향했다. 급경사의 산허리와 셀 수 없는 터널, 그리고 요정이 출몰하는 폭포를 지나 뮈르달 역에 도착했다. 세계에서 가장 아름다운 기차여행을 시작할 수 있는 역이라는 뮈르달에서 역 아래로 펼쳐지는 풍광의 아름다움은 강한 인상을 주기에 손색이 없었다.

뮈르달에서 게일로로 기차로 가면서 차창 밖은 조금도 한눈 팔 기회를 주지 않는 절경의 연속이었다. 여름에는 모든 것을 잊기 위해, 겨울에는 스키와 함께 젊음을 확인하기 좋은 곳이 게일로라는 말에 전적으로 공감이 갔다. 게일로에서 오슬로로 오면서 어느 숲 속에서 도시락으로 야외식사를 하는데 그 맛이 일품이었다.

아침 일찍 노르웨이의 오슬로를 떠나 스웨덴 스톡홀름으로 향했다.

스톡홀름으로 가는 길 주변은 그야말로 청정구역이다. 스톡홀름이 보이는 언덕에 도착해서 시가지를 조망하면서 심호흡을 했다. 왕궁으로 이동해 일반에게 2층까지 내부가 공개되는 왕궁을 봤다. 그리고 18세기 스톡홀름의 전형적인 골목길이라는 광장 앞의 좁은 노란색 골목을 여기저기 휘저으며 과거로의 시간여행을 했다.

버스를 타고 시티투어를 하면서 스톡홀름 거리를 감상했다. 매우 정돈되어 있다는 인상을 주었다. 노벨상 수상자들이 묵는 공식호텔인 스웨덴 유일의 5성급 호텔이라는 그랜드 호텔을 지나 바사호 박물관에 도착했다. 바사호는 지나치게 화려했던 것이 바다신의 저주를 받았는지, 진수 후 불과 32m를 항해하고는 침몰했다는 비운의 선박이란다.

저녁에 헬싱키로 떠나는 '실리아 라인' 크루즈를 탔다. 6만 톤이 넘는, 거대한 호텔 같은 세라나데호에서 저녁노을, 백야, 밤, 맥주, 음악과 춤, 카지노, 여명을 즐기며 꿈같은 시간을 보내다 아침에 헬싱키에 도착하였다.

터미널 앞의 마켓 광장에서 신선한 과일을 흥정하여 한 입에 먹고 몸을 추스른 후 나서 헬싱키 관광에 나섰다. 약 4만 개의 화강암으로 조성된 정방형 광장인 원로원 광장과 헬싱키의 상징적 존재라고 하는 루터파 헬싱키 대성당, 작은 바위산을 자연스럽게 깎아내려 조성한 암석교회, 스테인레이스 파이프로 조성한 핀란드의 국민 작곡가 시벨리우스 공원 등을 둘러보는 것으로 하루 관광을 마무리했다.

헬싱키 중앙역으로 이동하여 기차에 올랐다. 설레는 마음과 함께 기차는 밤늦게 러시아 쌩트페테르부르크에 도착했다. 과거에는 습지에 불과했지만, 표토르 1세가 '북유럽의 베니스'를 꿈꾸며 만든 도시가 '생트페테르부르그'란다. 아침 일찍 러시아 4대강을 상징하는 뱃머리가 조각된 로스트랄 등대를 보고 나서 압도적인 스케일로 생트페테르부르그의 스카이라인을 이루는 건물이라는 성이삭 성당으로 갔다. 원형 돔의 표면에 100킬로그램의 금으로 금박을 했다고 하는 성이삭 성당은 숭고하고 압도적인 아름다움을 내뿜고 있다.

데카브리스트 광장으로 가서 예카테리나 여제가 표토르 대제 후계자임을 입증하기 위해 만든 표토르 대제 기마상을 보고 카잔 성당으로 갔다. 러시아정교회에서 추앙하는 카잔을 기리기 위해 축조된 카잔 성당은 나중에는 나폴레옹전쟁에서 승리한 러시아군을 상징하는 장소가 되었다고 한다.

에르미따쥐박물관은 300만여 점이 넘는 초일류소장품을 보유하고 있는 세계 4대 미술관이란다. 에르미따쥐박물관을 나서면 궁전광장이 나온다. 1905년 비무장시위대에게 발포한 "피의 일요일" 현장이기도 하며, 1917년 볼쉐비키 혁명이 이루어진 곳이기도 하다.

에르미따쥐박물관으로부터 모스크바기차역에 이르는 생트페테르부르그의 중심 대로인 넵스키대로로 이동했다. 이 대로는 3개의 운하가 관통하고, 수많은 르네상스식 건축물과 쇼핑몰이 몰려 있는 곳이기도 하다.

다음날 도심에서 벗어나 자리한 '러시아의 베르사이유'라고 하는 예카테리나 여름궁전으로 갔다. 표토르 대제가 베르사이유 궁전을 모방하여 이 궁전을 건축했다고 한다. 음악분수에선 쉼 없이 물줄기가 솟아오르고, 정원은 인공적으로 잘 다듬어져 있다.

피의 사원은 원명이 '그리스도 부활성당'인데 내외벽 모두가 화려한 모자이크와 러시아를 상징하는 양파 모양의 지붕이 아름다웠고 탄성을 짓게 만들었다.

페터엔 파울 요새는 도시를 지키는 요새이자 형무소로 역할을 했던 곳이란다. 무엇보다 넵스키대로 어디에서도 보였던 100m가 넘는 첨탑이 아름다웠던 곳이다. 외형적 아름다움보다는 1917년 볼쉐비키 반란군이 정오쯤 이 요새를 점령하고 자신들의 행위를 "혁명"으로 명명한 곳이란다. 볼쉐비키에게는 혁명의 성공을, 로마노프 왕조에게는 몰락을 확인해 준 슬픈 곳이기도 하다. 그리고 이번 여정의 마지막 코스였던 곳이기도 하다.

이렇게 한번 가보고 싶었던 긴 북유럽 여행을 마무리하면서 맛있는 삶의 의미를 다시 한 번 곱씹어 보게 된다.

좋은
습관을 만들자

영동고속도로를 달려 평창 근처에 가면 '해피700'이라고 써놓은 입간판을 볼 수 있다. 사람이 가장 살기 좋은 고지가 700고지라는 것이다.

40대 후반 여름 경북 청도의 해발 650고지에 있는 '용천사'에서 한 달 정도 머무른 적이 있다.

아침 산책을 다녀온 후 매일 스님과 겸상을 하고 앉아 아침식사를 하게 되었다. 식단은 늘 잣죽이고 반찬은 오로지 김치이다. 스님의 식습관은 잣죽 한 숟가락 떠서 입에 넣은 후 숟가락을 상에 내려놓는다. 젓가락으로 반찬을 집어 입에 넣은 후 젓가락을 상에 내려놓는다. 그러고 나서 씹기를 마냥 반복한다. 서로 오가는 대화 없이 잣죽 한 그릇을 비우고 식사를 마치기까지 30분 정도가 걸리는 것이다.

빨리빨리 먹는 식습관을 갖고 있던 나는 10여 분이면 다 먹을 수 있는 죽 그릇을 스님 앞에서 먼저 후다닥 그릇을 비우고 일어날 수도 없는 것이었다. 스님과 마주 앉아 스님의 속도에 맞추면서 식사를 하자니 무척 힘들었던 경험이 있다.

요사이 천천히 오래 씹는 것이 건강에 좋다는 이야기를 듣고 오래된 식습관을 바꾸어 천천히 오래 씹으며 먹는 것을 습관화시키려고 노력을 하곤 한다. 그런데도 오랜 세월에 걸쳐 빨리 먹는 것에 습관이 들어서인지 잘 안 된다. 그만큼 어떤 것이든 우리가 습관 들이기는 쉽지 않은 것이다.

최근 성공의 법칙으로 회자되고 있는 것이 바로 '1만 시간의 법칙'이다. 말콤 글래드윌Malcolm Gladwell이 제시한 법칙이다. 어떤 목표나 소망을 가지고 1만 번 이상 되풀이하면 습관화되어 그것이 반드시 이루어진다는 말이다. 하루의 3시간씩 총 3,333일, 약 10년의 시간 동안 묵묵히 한 우물을 파면 어느 한 분야의 전문성은 차츰차츰 쌓여 그 분야 전문가가 될 수 있단다. 매일매일 반복하다 보면 습관으로 만들어져 몸에 배는 것이다. 그것이 매일 반복하는 것의 힘이다.

세계피겨여왕 김연아, 동계올림픽 2연패 빙속선수 이상화, 골프여왕 박세리, 미국 MLB야구선수 류현진, 세계적 발레리나 강수진 등 많은 사람들의 성취는 모두 '1만 시간의 연습'을 통해 이루어졌다.

야구선수 류현진은 메이저리거이다. 류현진은 원래 오른손잡이였다고 한다. 유명 야구선수로 키우겠다는 꿈을 갖고 있던 아버지는 초등학교 때 류현진에게 왼손잡이 글러브를 사다주며 '왼손잡이로 습관을 만드는 훈련'을 시킨 것이다. 왜 그랬을까? 아버지는 야구선수로서 왼손잡이의 유리함을 알고 있었기 때문에 인위적으로 왼손잡이 투수로 훈련을 시킨 것이다. 류현진은 한화에서의 프로생활을 거쳐 2013년 미국으로 건너가 LA다저스에서 메이저리거로서 성공적인 삶을 살고 있다.

다른 사람들로부터 인정을 받기 위해서는 부단한 연습 이외에 다른 방법은 없다. 일부 타고난 자질도 물론 있을 것이다. 그러나 끊임없는 노력과 정진을 통해 개발시키는 것에 비하면 타고난 소질은 큰 비중을 차지하지 않는다.

세계적인 발레리나로서 지금은 국립발레단의 단장을 맡고 있는 강수진은 보통의 발레리나들처럼 어린아이 때 발레를 시작한 것이 아니라 중학교 때 늦게 발레를 시작했다. 그녀는 굳은 다리를 찢기 위해 밤에 방벽에 다리를 벌려서 대고 잤단다. 연습벌레였던 강수진은 하루 19시간의 연습과 1천 켤레의 '토슈즈'를 갈아치우면서 부단히 연습했단다. 그녀의 굳은 살덩어리의 일그러진 발을 찍은 사진을 보면 큰 감동이 밀려온다. 최고의 발레리나가 되기 위해 강수진이 얼마나 노력했는지 알 수 있다.

우리나라의 한류열풍을 이끌고 있는 K-POP 스타들을 보면 보통 사람들이 견디지 못하는 것을 참으며 기량을 갈고 닦은 끝에 그 자리에 서게 된다고 한다.

이렇듯 성공한 사람들을 보면, 반드시 그렇게 하고자 하는 신념과 그렇게 되기를 바라는 간절함이 결합된 정신상태가 개인의 습관으로 만들어져 엄청난 힘을 갖게 됨을 알 수 있다.

"처음에는 우리가 습관을 만들지만 그다음에는 습관이 우리를 만든다"라고 존 드라이든John Dryden은 말했다. 사람의 행동 가운데 95%는 습관의 영향을 받고, 그 습관 속에서 자질이 조금씩 길러진단다. 처음에는 어색하던 것도 시간이 지나면서 습관으로 굳어지고 몸에 배면 아주 자연스러워진다는 것이다.

아침형 인간의 습관을 갖고 있는 나는 저녁 이후에는 특별한 계획 없이 잠자리에 드는 시간대를 10시 전후로 잡고 있다. 그러다 보니 일어나는 시간대가 5시경이 된다. 전날 회식 등으로 늦게 잠자리에 들더라도 아침에 일어나는 시간은 거의 일정하다. 아침에 일찍 일어나다 보니 산책을 나가기 전까지 나에게 주어진 1시간여 시간은 무척 유용한 시간이 되는 것이다.

물론 지방을 가거나 해외에 여행 중에도 나는 예외 없이 아침 일찍 숙소를 뛰쳐나와 바깥에서 시간을 보내며 나 자신을 추스르곤 한다. 육체적 건강은 물론이고 정신적 건강에도 크게 도움이 되고 있다.

호주 시드니 아들 집에 머무르면서 한 달 정도 짧은 시간이지만 호주 거주민의 삶을 엿볼 수 있었다. 그들 라이프스타일은 올빼미형이 아니라 아침형이었다. 아침 5시가 조금 넘으면 서서히 동이 터오고 벌써 출근이 시작되는 것이 눈에 들어온다. 그리고 오후 서너 시가 되면 퇴근하여 나름대로의 시간을 즐기는 것이다.

우리나라에서 보는 것처럼 왁자지껄하며 주변 음식점에서 시간을 보내는 모습을 찾아볼 수가 없다. 집 근처에 상가가 있지만 일찍 문을 닫는 것이다. 직장에서 집으로 돌아온 경우 그네들은 식구들과 시간을 보내다 9시 정도가 되면 잠자리에 드는 것이다. 거주자들이 가족을 중심으로 해서 삶을 이어가는 좋은 생활습관을 갖고 있구나 하는 생각이 들었다.

나는 점심식사 후에 가능하면 30분 정도를 낮잠을 즐기는 습관을 갖고 있다. 이런 습관은 아침형 인간의 라이프스타일과 무관하지 않다. 새벽에 일어나 일찍 하루를 시작하다 보니 오후 시간이 되면 다른 사람들의 저녁 시간대에 해당하는 몸의 피곤한 상태를 느끼게 되는 것이다.

이렇게 피곤한 몸을 추스를 필요를 느끼고 있어 점심식사 시간 이후에 사무실에서 의자에 앉아서건 소파에서건 30여 분 정도를 취침하는 습관을 갖게 되었다. 점심식사 후에 하는 짧은 취침 습관은 몸이 재충전되어 오후 활동에 크게 도움이 되는 매우 의미 있는 시간인 것이다.

필리핀에 머무를 때 주변의 공사장에서는 점심시간 이후에 낮잠을 자는 '시에스타siesta'가 제도화되어 있는 것이다. 이 제도는 지중해연안의 국가들을 비롯하여 동남아·베트남·필리핀 등 지중해성 기후나 아열대기후에 속하는 나라에서 오래전부터 시행되어온 제도적 산물이다. 내가 경험했듯이 '시에스타'는 점심 이후의 짧은 시간의 취침시간이지만 뇌가 잠시 활동을 휴식하면서 재충전되어 오후 활동에 매우 도움이 되는 것을 그들 국가에서는 이미 알고 제도화시켜 놓은 것이다.

나는 잘 아는 나쁜 습관을 갖고 있는데 '성격이 급하다'는 점이다. 급한 성격을 스스로 고칠 필요가 있다고 생각하였다. 젊었을 때는 누군가의 조언대로 천천히 걷는 것을 행동으로 옮기며 습관화시키려고 해보기도 했고, 바둑을 두면 급한 성격 개조에 도움이 된다고 해서 바둑도 취미로 가져보기도 했다.

꾸준히 계속된 노력으로 급한 성격은 많이 고쳐졌지만, 아직도 많은 사람들이 내 성격의 급한 점을 지적하곤 한다. 이처럼 한 번 형성된 습관은 짧은 시간 안에 고쳐지기가 힘든 것이다. 처음부터 좋은 습관을 갖도록 노력해야 한다는 생각을 한다.

우리가 살면서 겪게 되는 모든 성공과 실패의 95%는 습관이 결정한단다. 좋은 습관은 어렵게 형성되지만 인생을 성공으로 이끌고, 나쁜 습관은 쉽게 형성되지만 인생을 실패로 이끈다. 좋은 습관이 기초가 되지 않으면 그 어떤 것에서도 성공할 수 없다. 어떻게 해야 자신의 나쁜 습관을 좋은 습관으로 바꿀 수 있을까? 아주 작은 사소한 일상의 문제에서 사회생활에 이르기까지 나쁜 습관을 모두 적어보고 좋은 습관으로 바꾸도록 하면 어떨까?

기대와
믿음

한국 리듬체조 역사를 새롭게 쓰고 있는 선수, 광주 유니버시아드에서 3관왕이 된 손연재는 항상 스스로에게 '할 수 있다'는 기대와 믿음에 대한 얘기를 많이 한다고 한다.

자신이 스스로에게 걸고 있는 기대와 믿음을 스스로 저버리지 않겠다는 마음이 가장 크게 자신을 움직이게 하는 것 같다고 말한다. 조금씩이지만 점점 기량이 향상되는 선수 모습을 계속 보여주면서 자신감을 갖다 보면, 선수로서뿐만 아니라 자신의 삶 전반에 걸쳐 선순환을 이끌어 낼 거라는 생각을 하게 된단다. 손연재의 체조연기를 보면 그녀가 자신에 대한 기대와 믿음을 확실하게 갖고 있음을 느끼게 한다.

간절히 기대하고 절실히 믿으면 반드시 실현된다. 우리 조상들이 생활 속에서 간절한 기도수단으로 택하였던 백일기도와 같은 거다. 우리 인생은 우리의 생각과 행동에 의해 만들어진다. 좋은 일을 생각하면 좋은 일이 일어난다. 성공한다고 기대하고 믿으면 언젠가 이루어진다는 신념을 갖고 나아가야 한다.

2005년 봄 국가재정 지원사업에 사업계획서를 제출하기로 하였다. 그런데 대학 참여조건에 '전임교원 확보율'이 기준을 채우고 있거나, 사업계획서 제출 기한까지 기준을 채우도록 되어 있었다. 만약 그 공문의 참여 조건대로 라면 우리대학은 지원 자격을 충족시키지 못하는 상황이 되어 사업계획서를 제출하지 못하는 것이었다.

'전임교원확보율 때문에 사업계획서 제출을 포기해야 하나?' 하는 생각으로 주무부서장인 나는 안타까움을 지울 수 없었다.

"교육부의 요구조건을 충족할 수 없으니 사업계획서 제출을 포기하자"고 주변에서는 말했다.

"한 번 교육부에 전임교원확보율 산정기준일을 다시 정하도록 논리를 갖추어 건의를 해보자"고 나는 마음을 먹었다.

교육부를 방문하여 관련사항에 대해 해당국장에게 설명을 했다. 해당국장으로부터 긍정적인 답변을 얻어내었다. 나는 사업단장으로서 사업계획서를 작성하여 제출했고 서류심사에서 우수한 성적을 받고 통과했다.

그 후 사업관련 현장실사가 있었는데 실사준비를 치밀하게 마친 나는 현장실사 당일 새벽 등산화 끈을 질끈 동여매고 과천에서 1시간 30분 거리에 있는 관악산연주대에 오르기로 마음먹고 아침 7시에 관악산 연주대에 올랐다.

관악산 정상에 있는 연주대에서 108배를 하면서 '오늘 현장실사가 좋게 마무리될 수 있도록 도와달라'는 간절한 염원을 담았다. 그리고 '그렇게 될 수 있다'라는 기대와 믿음과 나름대로 최선을 다했다는 생각을 갖고 대학에 도착하여 자신감을 갖고 실사를 받았다. 얼마 후에 사업참여대학으로 선정되어 5년간 사업을 성공적으로 진행하였다.

피그말리온Pygmalion은 그리스 신화에서 나오는 인물이다. 조각가인 피그말리온은 자기의 상상력을 동원해 자기가 그리는 아름다운 여인상을 조각하게 된다. 피그말리온은 본인이 만든 여인상에 갈라테이아라는 이름을 붙여주고 갈라테이아 조각상과 사랑에 빠진다. 피그말리온은 "그 조각상에 생명을 불어넣어 달라"고 사랑의 여신 아프로디테에게 간절히 기도했다. 그의 기도는 아프로디테에게 받아들여졌고, 피그말리온은 드디어 생명을 얻은 갈라테이아와 결혼하게 되었다.

'피그말리온 효과'란 무엇인가? 이는 우리 인간이 간절히 원하면 무생물인 조각상도 생물인 갈라테이아 여인으로 변화시킬 수 있듯이, 누군가가 어떤 것에 대해 간절히 기대하고 그것에 대해 믿고 있다면 그것이 실제로 이루어진다는 것이다.

이는 다른 의미로 어떻게 행동하리라는 예언을 누군가가 믿게 되면 그 예언이 이루어지도록 본인의 행동에 영향을 미쳐 결국 그것이 실현되도록 하는 강력한 수단이 된다는 것이다.

미국의 머튼R. Merton 교수는 이것을 자기충족적 예언Self-fulfilling prophecy이라고 이름 붙였다. 한 예로 실제로 칭찬을 받으면서 자란 아이는 긍정적인 자기충족을 하게 되고, 그 힘에 의해서 자기 믿음이 높아지기 때문에 지속적으로 자기계발을 하게 된단다.

1968년에 '자기충족적 예언' 효과를 믿고 있던 미국 초등학교 교장 제이콥슨Jacobson은 로젠탈R. Rosenthal 교수 일행과 함께 자기가 교장으로 있는 초등학교 학생 650명을 대상으로 지능검사를 통한 실험을 해보기로 했다.

그 실험을 하면서 학생들과 교사들에게는 본래의 목적을 숨기고 영재선발이 목적이라고 위장했다. 지능검사 후 무작위로 성적과 관계없이 A, B 두 반으로 나눈 후, A반은 성적이 크게 올라갈 우수 집단으로 만들어졌고, B반은 그렇지 아니한 집단이라고 학생들과 교사들에게 알려 주었다.

그 후 8개월이 지난 후 다시 그들을 대상으로 지능검사를 실시했는데 어떻게 되었을까? A, B 두 반의 학생들 성적이 확연히 차이가 났다. 우수 집단의 학생들이니까 성적이 많이 오를 것이라고 하는 기대를 가지고 가르쳤던 A반 아이들의 성적이 그렇지 않은 B반의 학생들의 성적보다 크게 향상이 되었다.

이 실험은 '자기충족적 예언'이론을 교육현장에서 검증한 것이다. '우수 집단의 아이들이니 성적이 오를 것이다'라고 하는 교사의 학생들에 대한 기대가 교육에 반영이 되었다는 것을 실제로 보여주는 사례이다.

삼국유사에 이런 이야기가 있다. 원효와 의상이 중국 당나라로 유학을 가는 길에 지금의 화성시 서신면 신흥사가 위치한 당성唐城 근처에 있는 동굴에서 하루를 머무르게 되었다. 마침 목이 마른 원효는 갈증을 해소하고자 동굴 내를 더듬다가 손에 잡히는 바가지의 물을 시원하게 먹고 잤다.

원효는 아침에 일어나 자기가 먹은 물이 해골에 담겨 있던 것이라는 것을 확인하고 토해버렸다. 그리고 나서 원효는 일체유심조一切唯心造라고 생각하고 유학길을 포기하고 국내에 남기로 한다. 즉 모든 것은 내 마음 먹기에 달려있다는 것을 깨달은 것이다. 이것이 '자기충족적 예언'이라고 하는 것이다.

플라시보 효과Placebo effect라는 말이 있다. 실제 약효보다 사람의 심리 상태가 약효에 더 영향을 미친다는 현상을 의미한다. 예를 들어 밀가루로 만든 가짜 약을 진짜 약이라고 속이고 환자에게 먹였을 경우 환자가 이를 믿고 먹으면 낫는다는 말이다.

이와 반대로 노세보 효과Nocebo effect가 있다. 진짜 약을 먹고도 환자가 믿지 못해 차도가 없는 현상을 의미한다. 실제로는 약효가 있음에도 "이것을 먹으면 안 나아" 하면 약효가 없어진다는 현상이다. 플라시보 효과가 긍정적 믿음, 기대감을 보여주는 반면에 노세보 효과는 부정적 믿음을 보여주는 것이다. 병뿐만 아니라 자아에 대해서도 부정적 인식을 계속하게 되면 자존감 상실로 이어질 수 있다.

이처럼 똑같은 사물과 현상을 놓고도 보는 관점이 긍정적이냐, 아니면 부정적이냐에 따라 결과는 크게 달라진다. 세상도 마찬가지로 원하는 바에 대해 그렇게 마음먹으면 세상은 그렇게 보일 것이며 결국 그렇게 이루어진다. 지금의 자신 모습은 자신의 생각에서 비롯된 것이며 주인공은 바로 자신이다. 매사를 긍정적인 좋은 방향으로 생각하여 자신만의 좋은 방향으로 만들어야 한다.

영국의 육상선수인 배니스터Roger Bannister는 1954년에 마의 4분 벽을 깨고 1마일(1,609m)을 달리는 신기록을 작성했다. 그가 작성한 기록은 3분 59초 4였다. 그는 "나는 반드시 4분 안에 1마일을 뛰고 말 거야. 나는 꿈을 이룬다. 나는 반드시 성공할 수 있다"라고 아침마다 큰 소리로 외치며 일어나 스스로 자신감을 북돋으며 마인드 세팅을 하였단다. 배니스터가 마의 4분 벽을 깬 신기록을 작성한 그 이유는 무엇 때문이었을까? 바로 자신에 대한 기대와 믿음 때문이었다.

이처럼 자신에 대한 믿음은 성공의 디딤돌이며, 그것을 상실하면 성공은 물거품이 된다. 자신에 대한 믿음은 역경을 헤쳐 나가는 용기이며, 어떤 상황하에서도 전혀 동요하지 않게 할 수 있는 원동력이다.

우리 주변에서 보는 사람들의 다양한 모습을 살펴보자. 꿈도 없고 아무런 준비도 되어 있지 않고 도전도 하지 않는 그야말로 폐인과 같은 사람, 꿈도 없고 준비도 되어 있지 않으면서 무작정 도전만 하는 무모한 사람, 꿈도 있고 준비도 되어 있으면서도 막상 도전하지 못하는 겁쟁이, 꿈도 있고 준비도 되어 있으면서 도전을 하는 성공자 등의 모습이 있는 것이다.

인생의 성공자가 되어 맛있는 삶을 즐기는 사람이 되기 위해서는 어떻게 해야 할까? 꿈을 갖고, 그 꿈에 대한 기대와 믿음을 갖고, 준비하고 도전해야 한다.

단점보다는 장점을 먼저

가을날 세상 곳곳은 형형색색의 단풍으로 물든다. 특히 해충의 피해가 없는 은 행나무의 경우 가로수로 인기가 많고 여기저기서 쉬이 찾아볼 수 있다. 그 노랗 고 독특한 낙엽보다 가을에 잘 어울리는 것이 또 있을까. 다만 열매의 고약한 냄새 때문에 골치가 아프다. 은행나무를 전부 베어 버리고 다른 나무로 교체하 자는 사람들도 있다.

허나 묻고 싶다. 당신은 얼마나 완벽한 사람이냐고. 누구에게나 장단점이 있고 그것이 바로 세상 이치 아니던가. 내 마음에 들지 않는다 하여 상대가 가진 장 점은 모두 잊어버리고 연을 끊는 이들의 어리석음은 어떠한가. 그렇게 편협한 사 고가 이 세상을 얼마나 병들게 하는가.

코를 막으며 고개를 돌리기 전에 은행나무가 있어 얼마나 이 세상이 아름다운 지 먼저 떠올리자. 고소한 은행구이 먹을 생각에 술 한 잔이 생각나는 건 둘째 문제고⋯.

열정을
갖자

TV프로그램에 출연한 마술사 최현우에게 사회자가 진지하게 물었다.

"최현우 씨는 어떻게 마술을 그렇게 잘하세요? 천재세요?"

"제가 하는 일에는 지적 능력보다 열정이 있어야 합니다."

그는 하루에 4~5시간의 반복된 훈련을 매일 한다고 했다.

대한민국 최초 잉글랜드 프리미어리거 박지성은 축구 선수로서는 왜소한 체격과 평발이라는 두 가지 큰 핸디캡을 가지고 있다. 하지만 열정을 갖고 남들보다 배로 뛰며 평발이라는 단점을 극복하고, 왜소한 체격은 남다른 축구 센스로 보완했다.

누구나 원치 않는 핸디캡을 한두 가지는 갖고 있다. 핸디캡은 내 의

지대로 거부할 수 있을까? 거부할 수 없다. 하지만 핸디캡 앞에서 무릎을 꿇느냐 아니면 극복하느냐는 우리가 선택할 수 있는 것이다. 어떤 선택이 행복을 가져올지는 우리 스스로가 더 잘 알고 있다.

무엇인가를 간절히 꿈꾸고 실행에 옮기기 위해서는 3가지 공부가 필요하다. 그 공부에는 머리 공부, 마음 공부, 몸 공부 등 3가지가 있다. 우리가 어떤 상황에 처해 있든 성공하고 싶다면 절대 공부를 주저하거나 머뭇거리면 안 된다.

머리 공부가 잘되어 지적 능력IQ이 아무리 좋다 하더라도, 끈기와 열정 같은 마음 공부EQ가 제대로 되어 있지 않다면 성공을 가져올 수 없다. 쿵푸 영화에서 수련자들을 보면 수련한다고 하면서 머리 공부(책), 마음 공부(명상), 몸 공부(단련) 3가지 공부를 다 하는 것을 볼 수 있다. 양궁, 골프, 피겨스케이팅 등에서 성공한 이들을 보면 3가지 공부가 병행된 것을 알 수 있다.

나름대로의 꿈을 달성하기 위해 우선 머리 공부를 통해 지적 능력 IQ을 갖추어야 한다. 그러나 오늘날처럼 급변하는 사회에서는 더 필요한 것이 있다. 바로 마음 공부를 통해 열정과 같은 감성 능력EQ을 갖추어야 한다. 성공하기 위해 갖추어야 할 기본적인 조건 중의 하나가 바로 열정인 것이다. 어떠한 어려움이 있다 하더라도 참고 인내하면서 열정을 갖고 즐겨야 한다.

어느 평범한 청년의 이야기이다. 그는 대학 4학년 때 취업을 하기 위해 나름대로 몇 개 회사에 이력서를 만들어 지원했다. 그 결과는 취업 실패였다. 그는 포기하지 않고 꾸준히 백 통이 넘는 이력서를 여러 회사에 냈다. 그럼에도 불구하고 면접 기회는 단 3번 주어졌고, 그중에 2개 회사에 최종합격하였다. 그는 말한다. "1%의 성공 확률만 있다면, 당연히 도전하는 겁니다. 그리고 그 1%는 10번째 시도해서 나오는 것이 아닙니다. 최소 99번째까지는 도전하고 좌절하고 100번째에 1번의 기회가 생길지도 모르는 확률입니다."

그 청년은 누구일까? 바로 둘째 아들이다. 그는 "이렇게 노력하지 않았으면 그 어느 누구도 알아주지 않았을 겁니다"라고 말한다. 그의 대학 생활은 그야말로 도전의 연속이었다. 시력이 매우 안 좋은데도 불구하고 해병대에 자원입대하고자 마음먹고, 대학 1학년을 마친 방학에 '라식수술'을 감행하고 열정 하나만으로 해병대에 힘들게 지원해서 성공적으로 군 생활을 마쳤다.

그 아들에게는 또 다른 두 가지 이야기가 있다.

먼저 그는 붉은악마 초창기 멤버다. 축구 경기장에서 열정을 갖고 북을 치며 수많은 서포터즈 응원을 앞에서 리딩하며 젊은 시절을 보냈다. 2004년 아테네 올림픽부터 2005년 독일월드컵 최종예선 쿠웨이트 원정, 2006년 독일 월드컵, 2010년 남아공 월드컵, 2011년 맨체스터Utd. 박지성 응원 원정 등 5가지 국제 대회에 자기 돈 한 푼 들이지 않고 다녀왔다. 한 번도 가기 어려운 이런 여러 이벤트들의 당첨 확률은 1%보다 높을까? 수만 명의 지원자 중에 열정을 가지고 꾸준히 도전하는 사람이 당첨되는 것이다.

둘째 그는 대학 시절 열정 하나만으로 호주행 편도 비행기 티켓만을 끊어가지고 호주로 갔다. 1주일 간 반 노숙을 하며, 하루 한 끼 햄버거로 생활하며 호주에서의 일자리를 찾기 위해 골드코스트 길거리 가게마다 이력서 100장을 돌렸다. 그러나 연락 오는 곳은 한 곳도 없이 2주가 지나갔다. 많은 이들은 이력서를 100장 뿌리고 나서 포기하고 귀국했을지도 모른다. 그는 어떻게 했을까? 열정 하나만으로 참고 인내하며 또 100장의 이력서를 뿌렸다. 어느 날 동시에 세 군데로부터 연락이 와서 호주에서 쓰리잡three-jobs을 하며 번 돈으로 호주 여행도 하고 공부도 하고 돌아왔다.

아무리 힘든 일일지라도 집중력을 잃지 않고 꾸준히 100번 도전하면 1번은 되는 것이다. 성공은 1번이면 되는 것이다. 기회는 스스로 만드는 것이다. 물은 몇 도에서 끓나? 100도에서 끓는다. 59도, 95도에서 안 끓는 것은 마찬가지다. 그러나 95도에 포기하는 것은 너무 아까운 것이다. 인생에 있어서 열정을 갖고 있는 사람이 어려움을 극복하고 성공적인 맛있는 삶을 살 수 있다. 학벌, 집안, 건강, 재능 등의 조건은 성공에 도움이 될 수 있다. 하지만 그 무엇이 없으면 성공을 거두기 어렵다. 그 무엇이 무엇인가? 반드시 해내고야 말겠다는 열정이다.

이태리 북부에 있는 베니스를 환갑여행길에 관광을 했다. 베니스의 역사를 들으면서 그들의 열정에 고개가 숙여졌다. 베니스는 1,500년 전에 몽골족의 침입을 피해 전쟁 피난민들이 피난처로 택한 곳이다. 그들은 밀물과 썰물이 교차하는 이곳에 인공섬을 만들었다. 어떻게 만들었을까? 물푸레나무과에 속하는 백향목 말뚝을 박고 물을 퍼내고 그곳에 자갈 모래 등을 넣어 인공섬을 만들었다. 그런데 그 숫자가 114개이다. 자연섬 4개를 포함하여 총 118개의 섬으로 베니스가 만들어졌다.

베니스는 지금 한 해에 2mm씩 지반 침하가 진행되고 있어 그냥 놔둘 경우 100년 뒤에는 20cm가 낮아지게 된다. 이렇게 인류의 유산인 베니스가 침하 현상으로 물에 잠길 것이라는 예상하에 이를 막기 위한 일명 '모세 프로젝트'를 진행시키고 있다. 이 프로젝트는 외곽 밀물 유입 장소에 수문 87개를 설치하는 55억 유로(약7조 원)공사이다.

베니스를 여행하면서 "인간의 능력에는 한계가 없구나. 열정만 있으면 그 어떤 어려움도 극복하고 성취해낼 수 있다"는 생각을 하게 되었다.

인생에서 가장 중요한 태도는 무엇일까? 열정이다. 열정이 없는 사람은 어떤 일도 제대로 할 수 없다. 성공한 맛있는 삶을 살고 싶다면 먼저 나약함을 극복하고 열정을 지녀야 한다.

어린아이에게 물었다.

"넌 스키를 어떻게 배웠니?"

"넘어지면 일어서고, 일어섰다 또 넘어지고 그러면서 배웠어요"라고 대답했다.

한 개인의 성공은 이런 정신이 있어야 가능하다. 넘어진 것이 곧 실패는 아니다. 끝까지 포기하지 않는 강한 열정을 지닌 사람은 아무리 많은 실패를 경험하더라도 결국 최후 승리자가 될 수 있다.

성공을 원하고 열정을 지닌 사람들이라면 실패하는 것을 두려워하지 말아야 한다. 처음에 실패를 받아들이기가 어렵다면 "할 가치가 있는 일이라면 서투르게 하는 것도 가치가 있다"라고 생각하자.

많은 사람들은 본인의 열정이 강한데 일이 잘 안 풀리는 것처럼 느껴져 쉽게 상처받고 좌절하곤 한다. 본인의 열정을 다스릴 줄 알아야 한다.

열정을 다 바친 노력의 성과물이 인생이고 삶이다. 잘못될까 걱정하느라고 시간을 낭비하지 말고, 실패했다고 시도하는 것을 멈추지 말자. 모든 경험에는 배울 것이 있다.

우리는 꿈과 열정이 이끄는 삶을 살아야 한다. 열정이라는 뜻을 가진 영어 'Passion'은 아픔이라는 의미의 'Passio'를 어원으로 한다고 한다. 열정에는 아픔을 동반한다. 그 아픔이란 미래의 꿈을 위해 당장 보이는 눈앞의 달콤함을 포기해야 하는 데서 온다.

자신의 일을 사랑한다면 작고 간단한 일이라도 전력을 다하고 더 나아가 한 단계 발전할 수 있도록 하는 열정이 필요하다.

호주에서 맛있는
가족 여행

　호주에 둥지를 튼 둘째 아들 가족과 지내기 위해 부부는 함께 시드니에 다녀왔다. 둘째 아들 가족은 2013년 연말에 취업 이민을 위해 호주로 떠났다. 아들 부부가 어떻게 둥지를 틀고 살고 있는지 무척이나 궁금했다.

　시드니에 1달 여 머무르면서 그동안 눈에 밟혔던 식구들과 행복한 시간을 보냈다. 아들네 가족이 살고 있는 집은 시드니올림픽 파크 건너편의 강가 지역이다. 아침마다 시드니 강가 주변에 조성된 올림픽 파크를 따라 이어지고 있는 산책길에서 산책을 1시간여 하곤 하였다. 그 강가에는 맹그로브숲이 잘 조성되어 있어 나름대로 즐거운 시간을 보냈다.

　맹그로브나무는 바다와 강이 만나는 지역에 널리 분포하고 있는 나무로 짠물이 있는 곳에서 자라면서 군락을 이루는 나무이다. 맹그로브나무 군락지 속에 나무 길을 만들어 놓아 그 숲 속 길을 걸으니 걷는 것 자체로 힐링이 되었다. 오후나 저녁시간에도 틈나는 대로 잘 조성된 강가에서 산책의 즐거움을 만끽하였다.

시드니 지역은 시드니만과 연결되어 있어 날씨가 온화하고 쾌적한 환경을 자랑하고 있다. 호주의 4월 날씨는 한국의 10월에 해당하는 가을 날씨이다. 그럼에도 불구하고 해가 쨍하는 겨우 강렬한 햇살이 강한 자극을 주고 있다.

시드니 올림픽파크에서 열리고 있는 Easter 축제에 다녀왔다. 우리 설날이나 추석처럼 Easter 축제는 크리스마스 축제와 함께 호주 사람들이 즐기는 축제란다. 2주간에 걸쳐서 열린단다. 엄청난 인파로 북적댔는데 이곳에서 각종 볼거리·먹을거리·탈 거리가 우리들을 즐겁게 했다. 우리나라 지방자치단체 축제 같았다.

어느 날 전통을 자랑하는 시드니 시내의 Royal Botanic Garden을 갔다. 공원 내에 차를 주차시키고 바다를 끼고 조성된 산책길을 따라 걸으며 풍광을 즐겼다. 공원 끝자락에 도착하니 시드니의 상징물인 오페라하우스와 하버브리지를 한눈에 조망할 수 있는 곳이 나타난다.

이전에 세 번이나 시드니에 왔던 나는 늘 오페라하우스 앞쪽에서 걸으며 건물 내부로 들어가 즐기곤 했다. 이번에 오페라하우스 건너편에서 한눈에 바라본 오페라하우스와 하버브리지는 지난번과는 사뭇 다른 절경이었다. 추억의 사진을 몇 장 찍고 가든을 산책한 후 정원 내의 레스토랑에서 수제 햄버거를 먹었는데 무척 맛이 있었다. 햄버거만 보면 이 집 맛이 떠오르곤 한다.

어느 날 블루마운틴을 다녀왔다. 블루마운틴은 시드니 지역의 상징물이다. 집에서 차로 1시간 30분 정도 서쪽에 위치한 거대한 산이다. 가는 길에 눈앞에 펼쳐지는 거대한 병풍 같은 산의 모습에 감탄하면서 제일 먼저 도착한 곳은 에코포인트와 세자매봉이다. 그곳에서 이리저리 발걸음을 옮기며 광활한 블루마운틴의 장엄한 모습을 감상했다. 눈으로만 감상하기 아까운 곳은 사진으로 담기도 했다.

Scenic World로 차를 타고 이동했다. 레일로드, 케이블웨이를 탑승하고 관람할 수 있는 티켓을 구입하여 관광을 즐겼다. 먼저 석탄을 실어 나르던 레일로드를 타고 급경사를 내려갔다. 그곳에는 예전 석탄광산 모습이 길을 따라 재현되어 있다. 원시림 속의 잘 조성된 숲길을 따라 트레킹코스가 다양하게 조성되어 있다. 1시간여에 걸쳐 트래킹을 하면서 원시림을 즐겼다. 그런 다음, 내려온 곳이 아닌 다른 곳에서 케이블웨이를 타고 올라왔다. 건너 봉우리에서 블루마운틴의 장관을 보기로 했다. 스카이 케이블카를 타고 건너편 봉우리까지 갔다 오는 것으로 블루마운틴 여행을 마무리했다.

부활절 연휴 동안에는 금, 토요일 양일에 걸쳐 시드니에서 1시간 반정도 남쪽에 위치하고 있는 울릉공Woolangong지역 휴양지를 다녀왔다. 먼저 도착한 곳은 Kaima 등대지역이었는데 많은 이들이 찾는 휴양지였다. 남태평양의 파란 쪽빛 바다에서 넘실대는 높은 파도가 부딪히면서 만들어내는 바다 소리에 연신 감탄하였다. 카이마 등대 옆 해안에는 많은 관광객을 끌어 모으는 곳이 있었다. 용암이 분출하면서 만들어 놓은 용암바위 굴에 강한 파도가 밀려 들어와 바위벽에 부딪히면서 만들어 내는 소리와 높은 물줄기는 장관이었다.

이어서 도착한 곳은 울릉공휴양지였다. 숙소에 여장을 푼 후 다음날 아침 울릉공해안을 찾아 해변가를 거닐며 남태평양의 해안 정취를 마음껏 즐겼다. 나와 집사람은 오랜만에 남태평양의 해안가 백사장에서 뛰며, 바닷물에 빠지며, 높은 파도와 장난치며, 즐거운 추억 만들기에 나섰다. 정말 오랜만에 갖는 추억 만들기였다.

일요일에 아들네 식구들과 우리 부부는 시드니 트레인을 이용해 시드니 다운타운 관광에 나섰다. 집 앞에서 멀지 않은 곳에 있는 Rodhes역에서 2층으로 되어 있는 시드니 트레인을 타고 20여 분 걸려 타운홀역에서 내려 시내를 걸으면서 시내관광을 했다. 역을 나와 걷다가 길거리에 있는 유명하다는 맥도날드점에서 햄버거로 점심을 해결했다.

10여 분 길거리를 걸어서 오페라하우스와 하버브리지가 보이는 역사와 전통이 서려있는 Rocks지역에 도착했다. 주말마다 이 지역은 길을 막아놓고 벼룩시장이 열린단다. 이곳에서 각종 볼거리들을 감상하고 걸어서 Circular Quay 선착장에 도착했다.

선착장 매표소에서 Watsons Bay를 왕복하는 유람선 티켓을 구입하여 편도 30여 분 걸리는 유람선을 타고 시드니의 모습을 즐겼다. 왓슨베이에서는 영화 〈빠삐용〉 촬영지로 유명해진 절벽을 배경으로 추억의 인증샷도 만들고 풍광을 즐겼다.

왓슨베이Watsons Bay는 시드니만의 입구로서 이곳을 벗어나면 남태평양으로 나아가게 된다. 유람선을 타고 선상에서 보는 시드니 모습은 육지에서 보는 모습과는 다른 아름다운 매력이 있다. 하선한 후 선착장에서 연결되는 Circular Quay 지하철을 타고 타운홀에서 환승하여 돌아왔다. 오늘 시드니 다운타운을 다녀오면서 네 번째 방문 끝에 시드니의 지도가 머릿속에 만들어진 것이다.

본다이 비치Bondi Beach에 다녀왔다. 본다이 비치는 한국으로 말하면 해안도시 부산 시내에서 얼마 떨어져 있지 않은 해운대 같은 곳이다. 많은 이들이, 짙푸른 남태평양의 바다에서 몰려오는 파도 조각에 몸을 던지며 윈드서핑을 즐기거나, 해수욕을 즐기거나, 해변가 바다 수영장에서 수영을 즐기고 있다. 어떤 이들은 해안선을 따라 트래킹을 하며 해안의 경치를 만끽하고 있다. 이런 다양한 본다이 비치 모습을 눈과 카메라에 담으며 즐거운 시간을 보냈다. 본다이 비치에서 해안선을 따라 조성된 트래킹코스를 왕복 2시간 정도 걷고 쉬기를 반복하며 마음껏 풍광을 즐기고 왔다.

주중에 30여 분 걸려 시드니 다운타운에 있는 달링 하버Darling Harbour를 다녀왔다. 이곳은 시드니의 어느 곳보다 잘 다듬어져 있어 이름처럼 달콤함이 곳곳에서 묻어나는 느낌을 받았다. 달링 하버 근처의 옛 시청사, 빅토리아 백화점 등을 둘러보며 초기 이민 시대 모습을 느껴보기도 했다.

어느 날 페리를 타고 시드니 지역의 해안 절경을 감상하면서 시드니 북부 지역에 있는 맨리Manly까지 갔다 오기로 했다. 집 근처 선착장에서 수상 택시 같은 페리에 승선하였다. 시드니 사람들은 이 페리를 이용하여 출퇴근하거나 시드니 시내를 다녀오곤 한단다. 시드니만의 해안선을 따라 이름답게 조성되어 있는 시드니의 모습을 감상하며 40여 분 만에 Circular Quay 선착장에 도착하였다. 여기서 Manly로 가는 페리로 환승하여 30분 만에 맨리에 도착하였다. 그곳에서 맨리 지역의 해안에서 풍광을 즐기고 되돌아왔다.

시드니 지역은 반도 지역에다 긴 지류가 발달해 있어서 해상교통수단이 발달해 있단다. 육상으로 이동하면서 느꼈던 맛과 다른 맛을 해상 관광을 통해 느끼면서 즐거운 시간을 가졌다. 오늘 해상 관광을 하면서 이제 시드니 지역의 지도와 아름다운 모습을 머릿속에 그림으로 그릴 수 있어 좋은 기회였다.

나는 시드니를 네 번째 방문하였다. 그동안은 여러 사람들과 연수의 일환으로 다니러 온 8박 10일의 호주와 뉴질랜드 여행 중 이틀 정도 머무르면서 일정을 소화한 바쁜 시드니 여행이었다.

이번 네 번째 여행은 아들집에 머무르면서 생각나면 하루에 한나절 정도 시간을 내어 여기저기 여행하는 것이어서 시간에 쫓기지 않고 여유로운 가운데 심신이 편안한 상태에서 즐길 수 있는 것이었다.

"맛있는 삶이 이런 것이다"라는 생각과 함께 부부가 행복감에 젖었던 여행이었다.

실패는
우리의 선택이 아니다

대학에서 산학협력단 보직을 갖고 있을 때의 일이다. 산학협력단의 특성상 각종 사업을 공격적으로 준비하곤 했다.

어떤 사업을 어떻게 할 것인지를 놓고 고민하고 있을 때 주변에서 회의적인 반응을 보이는 경우가 있다. "이 사업계획이 성공할 수 있을 까요?" "실패는 우리의 선택이 아니다"라고 하면서 나는 사업을 강하 게 밀고 나가곤 했다.

2004년 디자인계열의 쥬얼리과를 대상으로 학교기업을 만들어 재 정지원사업에 참여하기로 하였다. 학교기업 명칭은 'J&J'로 하고 사업 계획서를 U교수와 학과의 S교수가 머리를 맞대고 만들기로 했다. 그리고 사업계획서 작업 중에 알고 지내는 한 외부인의 자문을 받기로 하였다.

그 와중에 전체교직원 단체연수가 예정되어 있어 전담 작업팀을 제외한 대학의 교직원들은 속초로 교직원연수를 떠났다. 그 연수 중에 전담작업팀에서 급히 연락이 왔다. 외부자문을 한 자문인 L이 학교기업사업계획서를 나름대로 검토한 후에 던진 말이 "이런 식의 접근으로는 학교기업 사업계획서가 선정되기 힘들다"는 부정적 의견을 말했다는 거다. 이 말을 전해들은 본부에서는 "어떻게 할까?"를 고민하고 있다가 떨어지더라도 우리 접근 방식으로 "시험 삼아 해보지요"라는 주문을 하게 되었다.

이에 사업계획서를 나름대로 최선을 다해 만들어 제출하였다. 심사결과 심사위원 중 한 사람으로부터 "학교기업 사업은 J대학과 같은 아이템을 염두에 두고 시행한 사업이다"라고 하는 칭찬과 함께 서류심사에서 최고점을 받는 결과를 가져왔다.

이후 현장실사를 거쳐 학교기업지원 대상대학으로 최종 선정되었다. 이렇게 우여곡절 끝에 학교기업 지원대상자로 선정되어 그 사업을 2년에 걸쳐 재정지원을 받으면서 진행할 수 있었다.

2006년 6월경 교육인적자원부의 특성화사업 중 하나인 '취업약정제지원사업'을 준비하면서 일어난 일이다. 이 사업은 대학이 산업체와 전문계고교와 협약을 맺고 3자가 컨소시엄을 구성해서 사업을 선정하도록 되어 있는 사업모델인 것이다.

이에 대학에서는 수원 S고교와 M고교를 사업파트너로 하기로 하고, 산학단 책임자인 나는 고교와 협약을 맺기 위해 멀티미디어학과 K교수와 해당 고교들을 방문하였다.

그중 한 M고등학교에서 이 사업에 대한 취지를 설명하고 설득을 위해 교장선생님과 대화를 나누던 중이었다. 동석한 담당 부장선생이 "타 대학을 제치고 M고교가 우리 대학과 협약을 맺으면 경쟁을 뚫고 취업약정제사업에 우리 대학이 선정될 수 있는 자신감을 갖고 있는지요?" 하고 물었다.

이에 나는 "각종 사업을 수행하면서 실패를 하나의 선택사항으로 고려하지 않습니다"라고 말했다. 그리고 "우리 대학은 지금까지 각종 사업을 해오면서 한 번도 실패한 적이 없습니다. 그러니 믿으셔도 됩니다"라고 덧붙여 말했다.

이렇게 나는 대학의 강한 재정지원사업의 성공의지를 보여줌으로써 S, M고교 등 두 고등학교와 성공적으로 연계협약을 맺을 수 있었다. 이를 바탕으로 사업계획서를 만들어 국가의 취업약정제 재정지원 사업에 대학이 선정되어 사업을 3년간 수행할 수 있게 되었다.

이처럼 어떤 일을 하더라도, 상대방에게 신뢰감을 주기 위해서는 "과연 내가 할 수 있을까?" 하며 자신을 의심하지 말고 "나는 할 수 있다"는 자신감을 가져야 한다. 만약 자신을 믿지 못하고 실패를 예상한다면 결국 실패할 것이며, 자신을 믿고 성공을 기대한다면 반드시 성공할 것이다. 자신을 믿고 자신에게 성공할 수 있다는 최면을 걸어야 한다. 그렇지 않고서는 자신의 꿈을 이루어낼 수 없다. 자신이 강한 자신감에 불타고 있다는 것을 보여줄 필요가 있다. 신념과 자신감에 차 있는 사람의 눈빛과 언어는 사람의 마음을 사로잡는 힘을 가지고 있으며, 훨씬 더 신뢰감을 준다.

"겨울날 눈이 수북이 쌓여있을 때 자신감을 갖고 길을 만들어 걸어가면 승자이고, 눈이 녹기를 기다리면 패자다"라는 말이 있다. 어떤 일을 하느냐 하는 것보다 더 중요한 것은 "할 수 있다"는 자신감이다.

자신감에 찬 태도를 보면 그 사람의 성공을 가늠할 수 있다. "할 수 있다"고 생각하는 자신감과 같은 태도는 아무리 많은 돈을 주어도 살 수 있는 것이 아니다. 실제로 일을 해내는 것은 실력이다. 성공을 위해서는 자신감과 같은 '태도'와 해내는 '능력'이 필요하다. 그중 하나를 꼽으라면 나는 자신감과 같은 태도라고 본다. 태도가 좋으면 언젠가는 능력도 좋아질 수 있기 때문이다.

자신의 꿈을 이루기 위해서는 "할 수 있다"는 자신감에 찬 태도를 갖고 있다면 어떤 위기에서도 두려움이나 어려움을 극복할 수 있다.

자신에게 닥친 상황을 어떻게 대처하느냐에 따라 삶이 달라진다. 그동안 경험한 바로는 뭔가 잘되는 사람들은 생각이 밝고 긍정적이다. 반면에 힘들게 살아가는 사람들은 가르쳐줘도 긍정적인 생각을 못 한다. 자신의 능력을 의심하지 않고 믿어주고, 주저하거나 나약한 모습을 보이지 않는다면 분명 성공에 한걸음 다가선 것이다.

일본의 기업 신화를 만든 기업인 마쓰시다 고노스케(일본, 마쓰시다 전기 회장)는 언제나 긍정적인 태도와 관점을 가지고 살았다. 그는 자신의 인생 승리 비결을 한마디로 '세 가지 덕분에'라고 말하였다.

첫째, 어린 시절부터 몹시 가난했던 집안에서 태어난 덕분에 어릴 적부터 온갖 힘든 일을 하며 세상살이에 필요한 경험을 쌓으며 부지런히 일했다. 둘째, 허약 체질의 아이였던 관계로 어릴 적부터 건강관리에 신경 썼고 이 덕분에 건강을 유지할 수 있었다. 셋째, 학교를 제대로 다니지 못해 배우지 못한 덕분에 세상 사람을 스승으로 삼으며 배우고자 했다고 했다.

그의 이야기를 들으며 세상살이란 정말 마음먹기와 생각하기에 달렸다고 생각한다. 남들 같으면 '때문에'라고 하면서 한탄하고 주저앉을 상황을 '덕분에'로 바꾸어 성공비결로 삼았으니 정말 대단한 사람이라는 생각이 든다.

나는 우리 모두가 잘 알고 있는 기업신화를 일궈낸 정주영 씨를 존경하고 있다. 정주영 씨는 평소 "이봐, 해봤어?"라고 입버릇처럼 말하곤 했단다. 어떤 사업을 추진할 때 장애에 부딪히면 안 되는 이유보다는 되는 이유를 먼저 찾는 정주영 특유의 기업가 정신을 대변하는 말인 것이다. 안 해보고 나중에 후회하기보다는 최선을 다해서 해보고 후회하는 것이 낫다는 생각을 늘 갖고 있는 거다.

"난 할 수 없어"라고 말을 한다면 아무것도 이루지 못하지만, "난 할 수 있어"라고 말을 한다면 기적을 만들어낼 수 있다.

지레 겁부터 먹고 잔뜩 움츠러드는 경우가 있다. 물론 그럴 때는 '나도 할 수 있다'는 자신감을 갖자. 물론 자신감만 갖고 되는 것은 아니지만 마음가짐 하나 바꾸는 것에 따라 행동이 달라지고 적극성을 띠게 되면 결과도 달라진다.

"난 할 수 있다"라고 주먹을 불끈 쥐고 외쳐보자. 꿈을 가진 자, 용기 있는 자만이 꿈을 이룰 수 있다.

호빵은 호호 불며 먹어야 제맛!

호빵. 참 이름도 잘 지었다. 호빵이라는 이름의 유래는 정확히 모르지만 호호 불면서 먹어야 제맛이라서 호빵이 아닐까.

그 모양도 왠지 호빵이라는 이름과 너무 잘 어울린다. 동글동글한 모양의 뜨거운 호빵을 반으로 가르면 뜨거운 김이 모락모락 솟아오르고, 그 안에 팥소를 비롯한 다양한 속이 가득 들어있다.

겨울철 국민 간식 호빵. 나도 저 호빵처럼 동글동글 모나지 않게 살아가고 싶다. 겉은 그렇게나 유순해 보이지만 안에는 뜨거운 김이 모락모락 나는 열정을 담고 싶다. 그리고 그 무엇보다 군침 돌게 하는 '맛'을 내고 싶다.

참고
인내해야 한다

연년생 두 아들 중 큰 아들은 원하는 대학을 가지 못하게 되자 재수를 하게 되었다. 그러다 보니 동시에 두 아들이 입시를 준비하는 비상 상황이 되었다.

아내는 두 아들이 대학 입시를 준비하는 1년 동안 모든 생활의 초점을 아들들 뒷바라지에 맞추고 일념으로 기도와 함께 생활을 했다. 뭔가에 대한 간절함이 있어 참고 인내하면서 생활을 하게 된 것이다. 어느 날 아내가 3천 배를 하러 1박 2일 예정으로 절에 다녀오겠단다. 그러면서 관악산 연주대에서 3천 배를 하고 다음 날 아침에 집으로 오는 것이다.

이러한 광경을 목격하면서 아내에게 감동했다. 나도 절에서 공부를 하면서 3천 배 기도를 시도해 봤지만 실패한 경험이 있기 때문에 더욱 그랬다. 3천 배가 얼마나 참고 인내해야 성공할 수 있는지를 잘 알고 있는 나로서는 "두 아들의 엄마 대단하다"고 칭찬을 했다. 3천 배 기도에 동참한 신도들이 기도를 끝내고 했다는 이야기가 재미있다. "내가 배 아파 난 자식 일이니깐 3천 배가 가능하지, 남편 일이라면 못 한다"라고 말이다. "그렇겠지" 하면서도 내심 서운하기도 했다.

누구나 마찬가지겠지만 간절함이 없으면 참고 인내하면서 8시간 동안 3천 배를 끝낸다는 것이 쉬운 일이 아닌 거다. 그러나 3천 배를 끝내면서 갖게 되는 성취감은 다른 무엇과도 비교할 수 없을 정도로 대단하다고 한다. 아내는 그 해에 3천 배를 3차례나 감행했다.

절에서 스님들이 하는 이야기가 있다. 일반인들이 절에 오면 절에서 3일 버티기가 힘들다는 것이다. 3일 버티면 7일까지는 가고 7일 버티면 21일까지 간다는 것이다. 그만큼 속세를 떠나 자신과의 싸움에서 참고 인내하기가 쉽지 않다는 것이다. 이처럼 무언가를 목표로 삼고 끈기와 인내를 갖고 끝까지 해낸다는 것은 끝없이 자신과 싸우는 과정으로서 생각처럼 쉽지 않은 일이다. 끝까지 한다는 것은 결코 쉽지 않은 일이나 내가 절실하면 참고 인내하면서 해야 한다.

두 아들이 동시에 입시를 준비하는 비상 상황 속에서 감행했던 잊지 못할 가족여행이 있다.

두 아들 모두 공부하느라 지쳐 있을 7월 한여름 우리 부부는 큰아들의 짧은 학원 방학 기간 정신적, 육체적으로 지쳐 있을 몸을 추스를 겸 해서 설악산 봉정암에 가자고 제안했다. 며칠 공부 더하는 것도 의미가 있지만 우리나라에서 제일 높은 설악산에 위치한 봉정암 여행이 더 의미가 있다고 생각했다.

큰 아들은 가겠다고 하는데 둘째 아들이 학교 수업을 빠질 수 없어서 못 가겠다는 거다. 우리 부부는 "학교 수업 며칠이 크게 중요치 않다"고 판단해서 아들을 통해 담임선생님에게 사연을 이야기하도록 했다. 이야기를 들은 담임선생님은 흔쾌히 다녀오라고 격려와 함께 허락을 하여 쉽지 않은 설악산 가족 여행을 하게 되었다.

새벽에 설악산 용대리에 도착한 후 아침식사를 하면서 1박 2일의 각오를 다졌다. 주차장에서 백담사로 가는 버스 첫차에 몸을 싣고 백담사 입구에 도착한 이후 본격적으로 등반을 시작하였다. 아들들이 얼마 안가서 "얼마나 남았어요?"라고 했을 때 "서너 시간"이라고 얼버무렸다. 얼마 가지 않아 또 "얼마나 남았어요?"라고 묻는 것이다. 또 "서너 시간"이라고 했다. 그랬더니 엄마 아빠한테 속았다고 생각했는지 더 이상 묻지를 않는 것이다. 모두는 묵묵히 산을 올라서 8시간 만에 봉정암에 도착하였다.

우리가 참고 인내하면서 드디어 해냈다는 기쁨은 그 무엇과도 바꿀 수 없는 것이었다. 우리의 이야기를 들은 스님은 "대학 입시생들을 데리고 쉽지 않은 큰일을 해냈다"고 칭찬을 해주시는 것이다. 스님의 배려로 모두의 소망을 담아 종루에서 종을 치는 기회도 가지면서 하룻밤을 신도들 틈에서 칼잠을 자면서 보냈다.

다음 날 새벽에 봉정암에서 만든 주먹밥을 손에 쥐고 출발하여 2시간여 만에 대청봉을 올랐다. 대청봉 정상에 오르니 '무언가 해냈다는 성취감'에 감동이 밀려온다. 구름이 걷혀 드넓은 설악산의 장관이 눈앞에 펼쳐지는가 싶더니 어느새 세찬 바람과 함께 구름이 정상을 휘어 감곤 한다.

대청봉 표지석을 배경으로 오래 기억될 인증샷을 만들고 우리 가족은 오세암을 거쳐 하산하기로 하고 발걸음을 내딛었다. 중청대피소와 소청대피소를 거쳐 오세암에 도착하니 정오가 되었다. 이곳에서 점심을 먹고 지칠 대로 지친 몸을 이끌고 발길을 재촉하며 백담사를 거쳐 용대리로 돌아왔다. 하산하는 동안 아내는 발이 부어터져 등산화를 벗어버리고 맨발로 걸어서 큰 고생을 하기도 했다.

우리 가족은 설악산 봉정암 여행을 통해 앞으로의 삶을 어떻게 가져가야 할 것인지에 대해 생각해보는 좋은 기회가 되었다. 그 해에 두 아들은 원하는 대학에 모두 들어가 대학생으로서 즐거운 학창 생활을 보내게 되었다. 우리 부부 또한 1년 동안 참고 인내하면서 무언가 꿈을 이루어 냈다는 자부심을 갖게 되었다. 그다음부터는 무슨 일을 하다가 힘든 고비가 생기면 설악산도 다녀온 사람이 이 정도를 가지고 하면서 마음을 추스를 수 있게 되었다.

큰아들은 대학교 2학년 방학 때 친구와 함께 자전거로 국토 종단을 하며 제주를 다녀오겠다고 하는 것이었다. 부부는 안전이 우려스럽기는 하지만 "여행을 통해 인생의 아름다운 추억을 만들 수 있을 것"이라고 말하면서 격려를 해 주었다.

큰아들은 수원에서 자전거 여행을 시작하여 부여 외갓집을 거쳐 전라도 완도까지 갔다. 그곳에서 여객선을 타고 제주도로 건너가 제주도 전체 여행을 끝내고 나서 비행기에 자전거를 싣고 김포를 거쳐 집에 자전거로 돌아왔다. 큰아들이 집을 떠난 지 15일 동안 자전거 여행을 하면서 고생을 많이 했음은 가히 짐작할 수 있었지만, 큰아들은 좋은 추억거리 하나를 만든 것이었다.

이런 큰아들의 참고 인내하면서 일구어낸 경험들은 그가 인생을 살아가면서 큰 난관에 부딪쳤을 때 도움이 되었으리라 생각한다.

큰아들이 대학을 졸업하면서 학사장교로 공군에 입대하여 몇 개월간 훈련을 받을 때였다. 이러한 두 가지 큰 아들이 겪은 성공적 경험을 편지에 써서 상기시켜주며 참고 인내하면서 무사히 고된 훈련을 마치기를 바란다고 했던 기억이 있다.

무언가를 목표로 참고 인내하면서 하게 되는 자신과의 치열한 싸움은 자신의 만족감을 최고로 만들어 준다. 42.195km를 달리게 되는 마라톤에서 마라토너가 극한 상황까지 자신을 내몰면서 느끼는 쾌감인 러너스 하이Runner's high를 느끼기 시작하면 달리기 매력에 푹 빠지게 된다. 등산을 할 때도 참고 인내하는 마음이 없다면 정상에 올라 마운틴 오르가즘Mountain orgasm을 느낄 수 없는 것이다.

무엇인가 목표를 정하고 그에 대한 절실함이 있다면 초심을 잃지 않고 힘든 상황을 극복하고 인내하면서 즐겨야 한다. 이처럼 참고 인내심을 발휘하면 나중에 보상을 톡톡히 받게 된다. 자전거 타기를 배우려면 처음에 넘어지고 다치는 것을 두려워하지 말아야 하듯이 말이다. 시간은 좀 걸릴지는 모르지만 포기하지 않고 인내하는 한 인생에 있어 불가능한 일은 없다.

야구선수인 박찬호는 미국 진출 후 성적부진으로 메이저리그에서 마이너리그로 강등됐을 때 팀의 동료로부터 몸에서 냄새난다고 차별을 받았다. 그는 참고 인내하면서 냄새를 없애겠다고 마음먹고 한 달 내내 치즈만 씹었단다. 그랬더니 그 동료로부터의 차별이 없어졌다는 것이다. 그러면서 박찬호는 "뭐든 오래가려면 시련의 과정을 거쳐야 한다. 꿈이 간절하다면 지금의 과정이 힘들어도 웃으면서 겪어라. 왜냐하면 그 과정이 당신을 더 알차게 만들어 줄 것이기 때문이다"라고 했다.

자신의 꿈이 이루어질 때까지 실패와 시련의 순간들을 만나더라도 실패했다고 좌절하지 않고, 시련 앞에서 굴하지 않고 참고 인내하며 나아가는 그들 앞에 비로소 성공의 문이 활짝 열리는 것이다.

세계은행 총재인 김용이 우리나라를 방문해 서울 모 중학교에서 특별강연을 하는 자리에서 3P를 강조했다. 열정Passion, 목표Purpose 그리고 끈기Persistence이다. 그는 "사람의 지능IQ은 평생 변하지 않지만, 끈기는 노력에 따라 드라마틱하게 변한다"며 세 가지 P 중에서 끈기가 가장 어렵고 가치 있는 것이며, 성공의 가장 큰 요소라고 말했다.

누구든 참고 인내하면서 자신을 독려할 수 있다면 자신이 원하는 꿈에 도달할 수 있다. 인생의 승리는 결국 참고 인내하면서 준비한 사람들의 것이 아닐까?

집착을
버려야 한다

집착이란 어떤 것에 마음이 쏠려 잊지 못하고 매달리는 것이다. 그 대상은 자기가 좋아하는 것일 수도 있고 싫어하는 것일 수도 있다.

주변에 보면 권력이나 지위에 대한 남다른 집착을 보이거나, 사람에 대한 집착이 너무 강한 사람이 있다. 또 돈이나 집에 대한 집착이 너무 강하다거나, 난초와 같은 화초에 대한 집착이 강한 사람을 종종 본다. 집착이 많거나 강하면 부정적 감정에 억눌려 늘 심신이 피곤하고 불안하게 된다.

불교에서는 집착을 버림으로써 깨달음의 세계로 간다고 한다. 무명 옷에 걸망 하나 둘러메고 바람과 구름처럼 떠돌아다니다가 날이 저물면 산사에 머물고, 어쩌다 도반을 만나 하룻밤 친구가 되지만 다음 날 새벽 홀연히 어느 곳으론가 떠난다. 인연을 만들지 않으니 집착이 있을 수 없다.

나는 총장을 사직하고 학과 교수로 복직하기를 희망했으나 그것이 잘 안 되어 마음고생을 하였다. 교수는 만 65세까지 신분이 보장되는 자리인데 총장직을 제의받을 당시 60살이 안 된 나이였기 때문에 고민을 했던 것도 사실이다. 그 고민은 총장이 되면 교수직을 내려놓아야 하는데 총장 임기를 마무리하고 재임용되거나 해서 정년 근처까지 간다는 보장도 없고, 그렇다고 다시 교수로 복직한다는 보장도 없었기 때문이었다. 그렇더라도 '총장직은 명예로운 자리이니 총장직을 수락하는 것이 맞다'라는 판단하에 총장직을 수행하였다.

그러나 우려가 현실로 되어 총장직을 사직하고 나서 교수로 돌아가지를 못했다. 그러다 보니 그 스트레스로 인해 건강이 안 좋아지는 것이었다. 과감하게 대학에 대한 집착을 떨쳐내어 버리고 자유인이 되어 편안한 마음으로 생활하여야 하는데 그것이 말처럼 잘 안 되는 것이었다.

누가 물으면 마음을 비웠다고 얘기하면서도 그것이 잘 안 되었다. 대학 동료들을 만나면 대학 소식이 궁금하고 언제나 그들과 함께 대학에서 근무할 수 있을까 하는 생각이 머릿속을 지배하고 있는 것이었다. 바로 대학에 대한 집착 때문인 것이었다.

1년을 그렇게 보낸 다음해 봄에 호주의 둘째 아들집에서 한 달 정도 머무르면서 그동안 나의 마음을 짓눌러 왔던 '집착의 마음'을 쓸어내는 결심을 하게 되었다. 자식 둘 모두 결혼하여 각각 둥지를 틀고 손주들과 잘 살고 있다는 것을 호주 시드니에 새로이 둥지를 튼 둘째 아들집에 다녀오면서 확인하게 되었다.

부부만 홀연히 남았으니 이제부터 자식들에 대한 집착, 대학에 대한 집착을 버리고 '남은 인생을 맛있게 살아보자'고 마음먹었다. 부부는 장소에 연연하지 않고 어딘가 머물고 싶은 곳에 머물면서 남은 인생을 즐기기로 하였다. 귀국하자마자 약속한 대로 사찰 근처로 와서 지내게 되었다.

예전의 삶과는 다른 전원 속에서 살면서 몸과 마음을 추스르게 된 것이다. 마음을 짓누르고 있던 집착을 내려놓으면서 자유인이 되어 다른 삶의 맛을 만끽하고 있는 것이다.

무언가를 잡으려고 하면 할수록 집착에 따른 고통이 찾아온다. 그 집착의 끈을 놓았을 때 비로소 자유로움이 온다는 것을 경험하고 있는 것이다. 무언가를 잡고 있는 집착을 버리기 위해서는 무언가에 집착하고 있는지를 본인이 알아야 한다.

아이가 태어날 때 두 주먹을 꼭 쥐고 태어난다. 두렵기 때문에 무언가를 잡고자 하는 거란다. 그때 엄마가 따뜻하게 안아주면 비로소 서서히 주먹을 놓게 된다. 인생을 살아가는 데 있어서 가장 중요한 것이 갓 태어난 어린아이들처럼 두려움에 떨면서 주먹을 쥐는 것보다 주먹을 놓음으로써 자신을 자유롭게 하는 것이다.

많은 이들이 욕심을 버리기 위해서 노력을 하지만 그것이 생각처럼 쉽지 않다. 왜 그럴까? 그것을 놓으면 우리의 삶이 행복해지는 것을 알면서도 우리는 왜 잡으려 하나? 그것은 비우기보다 더 잡고 싶은 마음이 강하기 때문이다.

자신에 대한 집착이 유난히 강하다는 인상을 주는 한 동료가 있었다. 대화를 나누다 보면 다른 사람에 대한 칭찬에 인색하고, 남의 능력 깎아내리기를 즐기고, 일을 본인이 하나부터 열까지 간섭하고 챙겨야 직성이 풀리고, 자기가 아니면 남은 할 수 없다라는 인식이 강한 사람이었다. 그런 모습을 보면서 무척 피곤하겠다는 생각을 지울 수 없는 것이다. 왜 이런 모습이 나타나는 걸까? 아마도 본인에 대한 집착이 유난히 강한 그의 욕심 때문이 아닐까 하는 생각이 든다.

자식이나 남편에 대한 집착으로 고통의 시간을 보내는 경우를 주변에서 보게 된다. 직장에 출근하여 근무 중인 남편에게 수시로 전화를 걸어 남편이 아내 전화를 귀찮아 할 정도가 된다면 그것은 남편에 대한 집착인 것이다. 저녁 회식을 하거나 해서 늦게 귀가하는 경우 남편이 집에 올 때까지 무작정 기다린다거나 해서 서로가 불편해진다면 아내의 집착인 것이다. 자식에 대한 집착이 강해 자식의 행동 하나하나를 부모 위주로 관리한다든가 하는 경우가 있는데 이러한 과도한 집착이 부정적인 결과로 이어지는 경우도 종종 본다.
이러한 과도한 집착을 가지면 가질수록 부정적 감정에 억눌려 늘 불안하게 된다. 그러나 집착을 버리고 이러한 부정적 감정을 떨쳐내면 마음이 편해지게 되고 현실에서 만족을 느낄 수 있다.

아내는 결혼 후 10여 년이 지나 아이들이 초등학교 고학년 시절에 어느 날부터 남편에 대한 집착을 떨쳐버리게 되었단다. 그 전만 해도 남편에 대한 애정 때문인지는 몰라도 나의 사회생활에 대해 이것저것 간섭을 하면서 신경을 쓰며 보냈다. 늦게 집에 들어오는 경우에는 자지 않고 기다리다가 늦게 들어온 것에 대해 이것저것 캐묻곤 했다. 그렇던 아내가 어느 날부터는 남편에 대한 집착을 내려놓았단다. 그 이후부터 아내는 몸과 마음이 편해지게 되었단다.

대학 재직 때 있었던 이야기이다. 한솥밥을 먹는 사람들인데도 유별나게 특정인에 대해 갖고 있는 강한 미움에 대한 집착으로 주변에서 안타까운 생각을 갖게 한 K교수가 있었다. 그는 언제부터인가 모교수에 대한 미움의 집착이 컸는지 건물 내 복도에서 우연히 모 교수를 만나면 그가 지나갈 때까지 고개를 돌려 다른 쪽을 보면서 지나치는 것이다. 사무실에서 재미있게 이야기를 주고받다가도 K교수가 미워하는 그가 들어오게 되면 그냥 눈도 마주치지 않고 일어나 나가버리는 것이다. 같은 동료로서 불편한 것은 아랑곳하지 않고 말이다. 이런 상황을 주변에서 보면서 "당사자인 K교수도 엄청 스트레스를 받겠구나"하는 이야기를 했던 기억이 있다.

우리가 젊은 시절에 했던 놀이 중에 두 사람이 마주보고 서서 줄을 서로 잡고 늦추거나 당겨서 먼저 상대방을 앞으로 또는 뒤로 넘어뜨리는 사람이 승리하는 '줄잡기 놀이'가 있다. 누가 이기게 될까? 서로 줄을 팽팽하게 잡아당기고 있는 상황에서 이쪽에서 그냥 재치 있게 줄을 탁 놓아버려 줄을 잡아당기는 저쪽 상대가 중심을 잃고 뒤로 넘어져 버리면 줄을 놓은 이쪽이 이기게 된다.

그러나 이처럼 우리 삶에 있어서 무엇인가에 대한 집착을 놓아버린다는 것이 결코 쉬운 일이 아니다. 내가 살아야겠다는 생각, 내가 가져야겠다는 생각, 내가 이루어내겠다는 생각 등이 마음 깊은 곳에 잠재되어 있기 때문이다. 맛있는 삶을 즐기며 살기 위해서는 '줄잡기 놀이'에서 줄을 재치 있게 놓아야 이길 수 있듯이 집착을 놓고자 하는 노력이 필요하다.

이런 자기 스스로를 자제할 수 있는 힘은 맛있는 삶을 즐기며 살아가는 데 꼭 필요한 덕목이다. 이 덕목은 머리 공부, 몸 공부가 아닌 많은 마음 공부를 통해 길러진다. 마음 공부를 통해 자기를 자제하고 이길 수 있는 힘을 가지면 모든 것을 이길 수 있다. 모든 것을 자제하여 필요할 때 포기하는 사람, 놓아버릴 줄 아는 사람만이 자유인으로서 맛있는 삶을 사는 승리자가 될 수 있다.

자기에게 주어진 상황을 어떻게 받아들이느냐에 따라 삶의 질이 달라진다. 맛있는 삶을 살고자 한다면 삶을 바라보는 긍정적인 태도와 삶을 즐기고자 하는 마음 상태를 가지도록 해야 한다.

비교하지
말자

어느 TV드라마에서 교직자와 결혼한 범생이 주부로서 가족들 뒷바라지를 해온 30대 후반의 주인공이 등장한다.

가족 뒷바라지에만 전념하던 주인공이 오랜만에 동창회에 다녀오겠다고 남편에게 말한다. 동창들이 여기저기 흩어져 있다가 오래간만에 만나게 되는 거니 남편은 이왕 가는 거 "집 걱정하지 말고 친구들하고 즐기고 와요" 한다.

동창회가 있던 그날 저녁 모임에 다녀온 주인공의 표정을 보니 심기가 편치 않다. 동창회에 간다고 들떠 있던 때의 즐거운 표정이 아니다. 오늘 뭔가가 잘못된 것이다.

"왜 오늘 뭔 일 있었냐?" 하고 물으니 아내는 "가지 말걸. 동창회에

괜히 갔어" 한다.

유별난 차림에 주렁주렁 치장한 한 친구가 모임의 분위기를 주도하는 데 별났던 것이다. 동창회 분위기가 무르익자 여자 친구가 오랜만에 참석한 주인공 옆에 오더니 이렇게 말하는 것이다.

"너는 학교 다닐 때 공부도 잘하던 애라서 시집도 잘 가고 잘살 줄 알았는데 겨우 선생님 마누라냐?"라면서 "먹고사는 데는 지장이 없냐?"라고 묻는 것이다. 그 말을 들은 주인공은 "응 그래"라고 마지못해 대답을 했지만 기분이 개운치 않은 것이다. 집에 와도 마음이 편치 않은 것이다.

여느 여자들 동창 모임에서 보는 일이 TV드라마 주인공에게 일어난 것이다. 얼마 지나지 않아 그렇게 동창회에서 모임을 주도했던 친구를 우연히 길거리에서 만난 주인공은 풀이 죽은 그 친구에게 '뭔가 있구나' 하는 생각을 하게 된다. 얼마 후 주인공은 동창 모임에서 사업으로 잘나가던 그 동창 남편이 사업에 실패하고 고생하고 있다는 말을 듣게 된다. 그 말을 전해들은 남편은 주인공에게 "그때 선생 마누라가 된 것에 후회 많았었지?" 하니 "내가 그때 왜 그랬지?" 하며 주인공은 피식 웃는다.

지금까지 살면서, 아내에게 늘 당부하는 말이 있다. 절대 아이들을 다른 집 아이들과 비교하는 이야기를 하지 말라는 것이다. 지금은 이런저런 친구들 모임에 나가게 되는데 모여서 대화를 나누다 보면 자연스레 남편, 자식, 손주 등 집안 이야기가 소재로 등장하게 되곤 한단다.

여럿이 모여 수다를 떨다 보면 "내 남편은 어떤데"하면서 자랑을 늘어놓다가 "네 남편은 어떠냐?" 하면서 염장을 지른단다. 그러면 이쪽에서는 스트레스를 받곤 하는 것이다. 그 스트레스가 집까지 이어져 불똥이 남편에게까지 미친다. 또 "누구네 아들은 어떻고 저렇고 한데 우리 아들은 어떻다"라고 하면서 비교를 하는 것이다. 또 집안 자랑을 하면서 다른 집과 비교를 한다.

이럴 때마다 "왜 동일한 잣대를 갖고 비교를 하려고 하냐?"라고 하면서 "절대 비교하지 말아요" 한다. 그러면 아내는 "알았어요" 한다. 나중에 보면 또 비교를 하고 스트레스를 받는 것이다.

우리는 살아가면서 알게 모르게 타인과 많은 비교를 하곤 한다. 자식들을 다른 집 자식들과 비교하고, 자신도 다른 사람들과 비교를 한다. 그리고 상대적 열등감, 박탈감, 우월감 등에 쉽게 갇혀 버리곤 한다.

사업이나 의사, 변호사 등 전문 직종에 종사하는 사람들이 나 같은 월급쟁이보다 더 경제적 풍요를 누리는 것은 당연한 일인데 경제적인 잣대만 갖고 서로 비교를 하는 것이다. 그들과 나를 '삶을 즐긴다'라는 측면에서 비교를 하면 어떨까?

나는 나름대로 남들과 비교하지 않고 삶을 즐기려고 했다. 교수라는 직업으로 경제적인 풍요는 누리지 못했지만, 하고 싶은 공부하면서, 시간 나는 대로 방학을 이용해 지구촌 곳곳을 여행하면서, 또 다른 나를 찾으며 즐겁게 지냈다. 반면에 의사, 변호사 등 전문 직업을 가진 친구들은 경제적인 풍요를 누리고 있지만, 나처럼 시간적인 여유가 없다. 그래서인지 친한 친구들임에도 불구하고 각자 사회생활하면서 같이 동반해서 여행을 가기가 쉽지 않았다.

책 《꾸베씨의 행복여행》에 보면 "행복의 첫 번째 비밀은 자신을 타인과 비교하지 않는 것이다"란다. 맞는 말이다. 진정으로 행복을 원한다면 비교하는 삶을 살지 말자. 삶을 맛있게 즐기고 있는 사람은 자신과 타인의 삶을 비교하지 않고 지금을 즐기면서 행복해지는 것이다.

"사촌이 땅을 사면 배가 아프다"라는 말이 있다. 주변에서 보면 타인이 잘되는 것을 그냥 두고 못 보는 사람들이 너무 많다. 그 사람이 잘되면 축하를 해주고, 더 잘되기를 빌어 주어야만 하는데 그것을 못하는 이유가 무엇일까? 타인과 비교하기를 좋아하기 때문이다. 아파트, 차, 연봉, 군대, 키, 옆집 남편은? 옆집 아내는? 놀부의 심보를 지니고 있는 것이다. 그러다 보니 자꾸 타인과 비교를 하게 되고, 그 비교 때문에 다툼이 일어나곤 한다. 이렇게 타인과 비교를 함에 따라 가족끼리도 염장을 지르며 마음을 아프게 만들면서 살아가고 있다. 왜 그럴까? 타인과 비교를 해서 그 사람보다는 내가 그 위에 있어야만 하는 욕심 때문인 것이다.

그런데 타인과 자신을 비교했을 때 대부분의 사람들은 자신의 단점과 타인의 장점을 비교하는 오류에 빠진다고 한다. 속사정을 모른 채 눈에 보이고 귀로 듣는 것만으로 자신과 타인을 비교하고 타인의 삶을 부러워해서는 안 된다. 우리가 해야 할 일은 무엇일까? 자신의 장점과 강점을 찾아내고 긍정적인 태도와 관점을 키우는 것이다. 그러면 자신이 갖고 있는 것이 갖지 못한 것보다 훨씬 소중하다는 사실을 깨닫게 된다. 자신과 타인을 비교하는 것으로 시간을 낭비하지 말고 자신이 가진 것을 더욱 아끼고 소중히 여기자.

비교를 하게 되면 "나는 저 사람과 다르다"면서 조금 더 있고, 조금 더 안다고, 우쭐대고 싶은 마음이 앞서게 되어 자기자랑을 늘어놓게 된다. 또 열등감이 있으면 그걸 감추기 위해 자기를 뻥튀기를 하면서까지 인정받고 싶어 한다. 우리 주변에서 흔히 보는 모습이다.

조금 더 있고, 조금 더 안다고, 우쭐대고 싶은 마음이 있게 된다. 타인을 먼저 인정해 주고 칭찬을 해 줌으로써 그 복이 곧 자신에게로 돌아온다는 것을 잘 알아야만 한다. "뿌리 깊은 나무는 바람에 흔들리지 않는다"라는 말이 있다. 집에 있는 아내, 남편, 아이들을 절대로 타인과 비교하여 마음을 아프게 해서는 안 된다. 그냥 내 것이 최고다 하고 살아가자.

그러려면 어떻게 해야 할까? 자신감을 가져야 한다. 자신감은 어떤 일을 함에 있어서 기쁨과 용기를 갖고 인생에 도전할 수 있게 해준다. 스스로 자신을 믿지 못한다면 누가 나를 믿을 수 있겠는가? 스스로 자신을 존중하지 않으면서 어떻게 타인이 나를 특별하게 생각하기를 바라는가?

그저 내 자신이 맛있는 삶을 살면서 행복할 수 있는 방법을 찾는 것이 더 행복할 것 같다. 현재 가질 수 있는 것과 없는 것을 구분할 줄 알고, 현재 해야 할 일과 할 수 없는 일을 구별 지을 수 있는 삶을 사는 것이 행복한 삶이다.

타인과 비교하면서 살지 말고 자기 분수를 알아서 자신의 역할에 최선을 다하고 즐거움을 느껴야 한다.

인생이 다 그런 것이다. 자신이 타인과 비교하지 않고 '주인 되는 삶'을 살아간다면 맛있는 삶을 즐기며 행복하게 살 수 있는 것이 아닐까?

자신과 타인, 내 자식과 다른 집 자식, 내 직업과 다른 사람의 직업, 나의 경제력과 다른 사람의 경제력 등을 비교하지 말고 지금 내 삶을 즐길 수 있으면 어떨까?

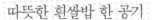

따뜻한 흰쌀밥 한 공기

우리 민족은 밥의 민족이다. 흰쌀밥은 주식 이상의 가치를 우리 문화에서 내포하고 있다. 그 힘겨운 시절 쌀밥은 모든 국민들에게 하나의 소망이었다.

별다른 영양가도 없고 건강에 안 좋다 하여 이제는 구박을 받지만 그래도 따뜻한 흰쌀밥만큼 맛나는 게 있을까. 그 아무리 맛없는 반찬도 진미로 만드는, 그냥 맨밥으로 꼭꼭 씹어만 먹어도 단물이 도는 흰쌀밥.

우리가 늘 마시는 물만큼이나 평범해진 흰쌀밥에 대해 감사해하고 싶다. 너라는 목표가 우리를 이끌고 여기까지 오게 했음을 잘 알고 있기 때문이다. 대한민국이 세계 1등 선진국이 되더라도 흰쌀밥은 흰쌀밥이다. 지금 내 앞에 놓인, 따뜻한 흰쌀밥 한 공기가 행복의 전부이다.

맛있게
즐기며 살자

평생교직을 끝으로 자유인이 되고 나서 크게 달라진 점은 내 배짱대로 하루하루를 즐기면서 보내게 된 것이다. 내가 살아온 삶과 내가 살아갈 삶의 모습을 마주할 기회가 많아졌다. 지난 삶을 되돌아보고, 앞으로 '맛있는 삶을 살아야겠다'는 생각을 바탕으로 나와 주변의 경험들을 글감으로 하여 책을 만들기로 한 것이다.

얼마 전 친지의 마지막 떠나가는 모습을 추모공원에서 지켜봤다. 마지막 떠날 때는 다 내려놓고 가는 게 우리네 인생이라는 생각이 들었다. 누구에게나 마지막 이승을 하직하는 순간은 공평하게 100분의 시간만 주어진다. 생전에 권력이 있거나, 명예가 드높거나, 재력이 있다 하더라도 이승을 하직하는 시간은 100분의 시간보다 더 주어지지 않는다. 그 시간만큼은 똑같이 공평하게 주어지는 것이다. 살아 있는 동안 남보다 더 많은 재물을 움켜쥐려고, 더 많은 권력을 탐하느라고,

더 높은 명예를 거머쥐느라고 끌탕할 필요가 없다. 이 세상에 빈손으로 왔으니 빈손으로 가는 것이다.

우리는 인생을 어떻게 살아야 하는가? 인생을 부, 권력, 명예를 쫓아서 정신없이 살기보다는, 현재의 삶을 여유롭게 즐기면서 맛있게 살아야 한다. 그러기 위해서는 늘 자신에 대한 정확한 파악과 함께 좋은 인간관계와 자신만의 꿈을 갖고 있어야 한다. 이 책은 독자들보다 인생을 앞서 산 인생선배의 진솔한 주변 이야기이다. 그렇다 보니 치열하게 생존경쟁을 하며 하루하루를 살아가는 독자들의 생각과 다른 내용도 포함되어 있으리라 생각된다.

치열한 생존경쟁의 소용돌이 속에 휘둘리는 삶을 살고 있다 하더라도 '피할 수 없으면 즐기자'라는 자세로 임하면 어떨까? 똑같은 일을 하더라도 마지못해 하는 것과 스스로 즐기며 하는 것은 그 결과에 있어서 엄청난 차이가 있기 때문이다. 단, 즐기되 보람 있는 일을 하면서 말이다. 그런 노력들을 모두가 같이할 때, 우리 삶은 맛있는 삶을 유지할 수 있고, 그 맛있는 삶은 행복과 닿아 있음을 알게 된다.

인생은 시간의 역사다. 앞으로 여러분들이 살아갈 날이 얼마가 남았든 살아가면서 가장 값진 것인 시간을 낭비할 수는 없다. 그것은 되돌릴 수도 대체할 수도 없다. 시간을 낭비하는 것은 인생을 낭비하는 것이다. 하지만 시간의 주인이 되면 인생의 주인이 될 수 있다. 그러니 인생을 주체적으로 살아야 한다. '삶의 목표'는 무엇인가? '삶의 목표'를 정하고, 그에 따른 우선순위를 정하고, 자신이 하는 일에 정성을 다하면 되는 것이다.

어제는 지나간 오늘이요, 내일은 돌아올 오늘이기 때문에 오늘 할 일을 못하고 사는 사람은 인생을 낭비하고 사는 것이다. 일체유심조一切唯心造란 말이 있다. 어떻게 살아갈 것인가는 마음먹기에 달려있다. 오늘을 삶의 주인으로서 주체적으로 즐기며 살아간다면 어느 날 올바른 길에 서있는 자신을 만날 수 있는 것이다.

이른 아침 산책하면서 하늘을 보니 구름 한 점 없이 맑다. 아내는 오늘 같이 맑은 날 관악산에 오르면 서해바다가 시야에 들어온다며 연주대를 다녀오겠다고 한다. 나는 '책 원고를 마무리하려 한다'고 하면서 혼자 다녀오라고 했다. 저녁때가 되어 아내가 어디쯤 오는지 궁금해서 전화를 했다. 아내는 연주대에 올라와보니 마음이 바뀌었단다. 삼천배를 하기로 했단다. 다음날 새벽에 삼천배를 끝내고 하산한단다. 다음날 아침 관악산 입구에서 지친 모습으로 하산하는 아내에게 음료수를 건네주며 맞이했다.

"이 음료수를 먹으니 힘이 나네."
"누구를 위해 그렇게 기도했냐?"
"예전엔 자식을 위해서 했지만 이번엔 남편을 위해서 했어."
"고마워. 이제 부부밖에 없지."

나는 속으로 '이 맛에 부부가 서로 의지하며 사는 것이다'라는 생각을 했다. 이 글을 쓰면서 주변의 많은 이들이 떠오른다. 나의 동반자로서 한평생을 같이해 오고 있는 아내와 지금의 나를 있게 해준 부모님, 자식들, 손주들에게 고맙다는 이야기를 하고 싶다.

아울러 본서의 편집과 출간에 혼을 불어넣고 사랑으로 감싸는 노고를 아끼지 않은 도서출판 행복에너지 권선복 대표이사, 김정웅 편집주간, 최새롬 디자인팀장에게 고마움을 전한다.

지난해 본서가 출간된 이후 많은 관심과 격려를 보내준 지인과 독자들에게 감사의 뜻을 전한다. 특히 정성을 다해 교정하고 의견을 보내준 서울대 이범희 교수와 벗 윤근영에게 깊은 감사의 말을 전한다.

2016년 가을

이범이

인생이라는 위대한 성찬

권선복(도서출판 행복에너지 대표이사,
대통령직속 지역발전위원회 문화복지 전문위원)

하루하루 열심히 살아가다가도 지난날을 돌아보면 문득 '내가 지금까지 무엇을 위해 살아왔을까? 앞으로는 무엇을 해야 보람되고 행복하게 살아갈 수 있을까?'라는 생각이 들곤 합니다. 참된 자아를 찾아내어 어두운 미래를 밝히는 위대한 일을 하며 살아가기에 현대사회는 하루가 다르게 급변합니다. 먹고살기도 바쁜 나머지 자신의 목표를 위해 도전에 나서는 일은 꿈도 꾸지 못합니다. 그래서일까요. 부정적인 시각으로 세상을 바라보는 이들이 주변에 너무나도 많습니다. 그렇게 어려운 삶을 살아가더라도 꼭 잊지 말아야 할 사실이 하나 있습니다. 우리 인생은 그 자체만으로도 풍성하게 차려진 따뜻한 밥상이라는 점입니다.

여기 어떻게 하면 삶을 맛있게, 멋있게 살아갈 수 있을까 늘 고민하는 분이 계십니다. 장안대학교 총장을 역임하시고 현재는 '맛있는 삶 연구소'를 개업하여 행복한 삶을 위한 노하우를 다양한 연구와 강연을 통해 전하고 계신 이경서 소장님이십니다. 책『맛있는 삶의 레시피』는 저자의 풍부한 경험을 바탕으로, 그 누구든 노력 여하에 따라 '따봉인생'을 살 수 있음을 에세이를 통해 전하고 있습니다. 마음이 편안해지는 글들은 어느덧 두 번 세 번 다시 읽게 만드는 깨달음을 주고 있으며 음식과 관련하여 중간중간 등장하는 한 페이지짜리 에세이는 독서에 감칠맛을 더합니다. 좋은 원고를 주신 이경서 소장님께 큰 응원의 박수를 보냅니다.

　이 세상에 태어난 것만으로도 큰 축복이지만 우리는 좁은 시야와 잘못된 마음가짐 때문에 이를 깨닫지 못하고 살아가곤 합니다. 고개를 들어 조금 더 멀리 내다보면 이 세상이 얼마나 아름다운지, 내 곁에 있는 가족과 이웃과 친구들이 얼마나 소중한 존재인지 깨달을 수 있습니다. 우리 인생이 얼마나 소중하고 위대한지를 깨닫게 하는 책『맛있는 삶의 레시피』를 읽는 모든 독자분들의 삶에 행복과 긍정의 에너지가 팡팡팡 샘솟으시기를 기원드립니다.

음식보다 감동을 팔아라

김순이 지음 / 값 15,000원

책『음식보다 감동을 팔아라』는 가장 '기본적인' 것부터 지키고 그때그때 상황에 맞는 아이디어로 재치 있게 위기를 극복해내면서, 20년 넘게 외식사업을 성공적으로 이끌어 온 한 CEO의 성공 노하우와 경험담을 담고 있다. 고객은 물론 직원들마저 가족처럼 섬기는 '서번트 리더십'으로 대한민국에서 가장 성공한 음식점 사장님이 된 과정을 생생히 그려내고 있다.

위대한 고객

이대성 지음 / 값 15,000원

책『30년차 경찰공무원이 말하는 위대한 고객』은 30년차 경찰공무원이 현장 일선에서 직접 경험하고 느낀 바를 가감 없이 전하고 있다. 대한민국 경찰이 가져야 할 마음가짐과 나아갈 방향에 대하여 자세하게 풀어내고 있으며 개인, 경찰 조직을, 더 나아가 국가의 비전에 대해서도 생각해 볼 시간을 갖게 한다.

사람은 다 다르고 다 똑같다

민의식 지음 / 값 15,000원

책『사람은 다 다르고 다 똑같다』는 '소통'을 통해 자신의 행복한 삶을 도모함은 물론 그 주변, 나아가 세상의 행복을 이끄는 방안을 다양한 사례를 통해 제시한다. 다양성과 다름을 인정하고 이를 조화시키고 통합함으로써 가정과 학교, 직장, 사회 그리고 국가 내에서 소통을 도모하는 방안을 역사적, 인문학적 관점으로 풀어나간다.

꽃할배 정우씨

김정진 지음 / 값 15,000원

책『꽃할배 정우씨』는 위의 질문에 대한 멋진 답변이 담겨 있다. 노숙자로 전락했던 한 노인이 나이를 무색하게 하는 열정을 통해 현역으로 복귀하는 과정을 생생히 담고 있다. 그 열정이 자신의 삶은 물론이요, 그 주변과 세상을 행복하게 물들이는 장면들은 온기를 넘어 작은 깨달음마저 독자의 마음에 불어넣는다.